Né à Providence (Rhode Island) en 1933, Cormac McCarthy a passé sa jeunesse dans le Tennessee. Couronnée par de nombreux prix littéraires, dont le National Book Critics Circle Award et le National Book Award, son œuvre est considérée aujourd'hui comme l'une des plus marquantes de la littérature américaine contemporaine.

DU MÊME AUTEUR

L'Obscurité du dehors
Actes Sud, 1991
et « Points », n° P567

Un enfant de Dieu
Actes Sud, 1992
et « Points », n° P611

De si jolis chevaux
(La Trilogie des confins, I)
Actes Sud, 1993, 2001
et « Points », n° P490

Suttree
Actes Sud, 1994
Seuil, « Points », n° P489

Le Grand Passage
(La Trilogie des confins, II)
Éditions de l'Olivier, 1997
et « Points », n° P751

Méridien de sang
Éditions de l'Olivier, 1998
et « Points », n° P827

Des villes dans la plaine
(La Trilogie des confins, III)
Éditions de l'Olivier, 1999
et « Points », n° P961

No Country for Old Men
(Non, ce pays n'est pour le vieil homme)
Éditions de l'Olivier, 2007
et « Points », n° P1829

La Route
Éditions de l'Olivier, 2008
et « Points », n°P2156

Cormac McCarthy

LE GARDIEN DU VERGER

ROMAN

Traduit de l'américain
par François Hirsch et Patricia Schaeffer

NOUVELLE TRADUCTION

Éditions de l'Olivier

Une première édition du *Gardien du verger* est parue en 1968 aux Éditions Robert Laffont dans une autre traduction.

TEXTE INTÉGRAL

TITRE ORIGINAL
The Orchard Keeper

ÉDITEUR ORIGINAL
Alfred A. Knopf, Inc.

ISBN 978-2-02-038207-6
(ISBN 2-86869-088-0, 1re publication)

L'arbre était à terre et tronçonné les rondins épars sur l'herbe. Se tenait là un homme trapu avec trois doigts enveloppés d'un bandage sale maintenu par une attelle. Il y avait à ses côtés un Noir et un jeune homme, tous trois rassemblés autour du pied de l'arbre. Le type trapu posa la scie et lui et le Noir empoignèrent le piquet de clôture et bandèrent leurs muscles en ahanant et en soufflant jusqu'à ce qu'ils aient réussi à retourner la bille. L'homme se baissa, s'appuyant sur un genou, et examina l'entaille. On ferait mieux d'attaquer de ce côté-ci, dit-il. Le Noir ramassa la scie de travers et lui et l'homme se remirent à scier. Ils continuèrent un moment et l'homme dit : Tiens-la. Nom de Dieu, voilà que ça recommence. Ils s'arrêtèrent et retirèrent la lame de l'entaille et regardèrent à l'intérieur de l'arbre. Oh là là, dit le Noir. Y a plus de doute maintenant, pas vrai ?

Le jeune homme s'approcha pour regarder. Ici, dit l'homme, regarde ici sur le côté. Tu vois ? Il regardait. Ici jusqu'en haut ? Ouais, dit l'homme. Il empoigna le morceau de fer forgé tordu, un reste méconnaissable de clôture, et le secoua. Rien ne bougeait. Ça a poussé autour tout du long, dit-il. On peut plus rien scier. Du vieil orme comme ça c'est déjà dur pour la scie.

Le Noir opina du chef. Oui m'sieur, dit-il. Sûr que vous avez raison. Y en a dans c't arbre jusqu'en haut.

Première partie

Depuis quelque temps la route était déserte, blanche encore et calcinée, mais le ciel à l'ouest déjà rouge de soleil. Il marchait doucement dans la poussière, s'arrêtant de temps à autre, courtaud volatile disgracieux vacillant sur une patte, pour examiner le tampon de ruban adhésif qui sortait de la semelle de sa chaussure. Il regarda encore une fois par-dessus son épaule. Au loin, sur l'éblouissante piste de ciment, une petite masse informe venait d'apparaître et avançait dans sa direction. Elle grossissait régulièrement, tremblante et grotesque, comme un objet vu à travers une vitre brouillée, puis elle acquit soudain l'aspect et la solidité d'une camionnette, passa dans un éclair et reprit au loin la même forme fluide sous laquelle elle avait surgi.

Sans conviction il pointa vers le véhicule son pouce renversé. De petits éventails de poussière balayaient l'accotement de la route et retombaient dans les revers de son pantalon.

Vas-y, va te faire foutre, charogne, dit-il au fugace mirage. Il sortit ses cigarettes et les compta, les remit dans sa poche. Il tourna la tête vers le soleil. Y aura guère de chance une fois la nuit tombée, dit-il. Le silence sans un souffle de vent, pas même un frémissement des pages de journal et des papiers de bonbon poussiéreux furtivement enfouis dans le mur brun du chiendent au bord de la route.

Plus loin il apercevait les lumières d'un poste d'essence, des bâtiments. Peut-être un carrefour où les véhicules ralentissaient. Il leva le pouce vers un camion-remorque qui le dépassa en trombe, aspirant poussière et papiers dans son sillage. Il le regarda s'éloigner sur la route, secouant les branches des arbres.

Tu t'arrêterais pas pour Jésus-Christ, fit-il en se recoiffant du bout des doigts.

En arrivant à la pompe à essence il but une longue rasade d'eau et fuma une des cigarettes qu'il lui restait. Il y avait une épicerie à côté et il y entra, longeant en traînant les pieds les rayons garnis de boîtes en fer-blanc et en carton et bourrant ses poches de menus articles – des confiseries, un crayon, un rouleau de chatterton. Émergeant de derrière un carton de papier hygiénique, il remarqua le patron qui l'observait.

Dites donc, fit-il, vous auriez pas – et ses yeux dressèrent un rapide et dernier inventaire –, hum, des pompes pour gonfler les pneus, par hasard ?

Pas avec les gâteaux, dit le patron. Il baissa les yeux et aperçut un amas désordonné de miches de pain et de biscuits tranquillement assassins sous leur cellophane piquetée de mouches.

Par ici, dit le patron, montrant du doigt la direction. Dans une caisse, de l'autre côté du comptoir, il y avait des crics, des démonte-pneus, une tarière d'un modèle insolite.

Voilà, dit-il, j'y suis maintenant. Il fit le tour de la caisse et resta quelques minutes à fouiller.

C'est pas ce modèle-là que je cherchais, dit-il au patron, en faisant un pas vers la sortie.

Et qu'est-ce que c'est comme modèle ? s'enquit le patron.

J' savais pas qu'il y en avait plusieurs.

Mais si, mais si, dit-il, s'arrêtant juste devant la porte de l'épicerie, se tapotant la lèvre inférieure. Il inventait un nouveau modèle de pompe pour pneus d'automobile. Oui, dit-il, ils viennent de sortir un nouveau modèle ; à présent, on a plus besoin de tenir la pompe et de pousser de haut en bas sur le piston (faisant le geste d'actionner une pompe), il y a une espèce de poignée qui sert de levier et il suffit d'appuyer dessus comme ça (actionnant la pompe d'une seule main).

Sans blague, fit le patron.

Sans blague. Et vous pouvez me croire qu'on se fatigue moins.

Qu'est-ce que vous avez comme voiture ? demanda le patron.

Ce que j'ai comme voiture. Je viens de m'acheter une nouvelle Ford. Une trente-quatre flambant neuve. Avec un moteur V 8. Ça fait peur rien que de monter dedans.

Mais y a pas mal de pépins avec les pneus, hein ?

Mais non. C'est la première fois, la seule et la dernière, je vous le garantis, qu'il m'arrive quelque chose à un pneu... C'est pas tout, mais il est temps que je file... À propos, y a combien d'ici à Atlanta ?

Dix-sept miles.

Bon. Cette fois il faut que je file. À la prochaine.

À bientôt, dit le patron. J'espère que vous arriverez à regonfler vot' pneu. Sûr que ça serait bien moins pénible avec une pompe.

Mais la porte treillissée claqua et il sortit. Il s'attarda sur la galerie, essayant de deviner l'heure. Le soleil était déjà bas. Une stridulation de cigales et une escadrille d'énormes chauves-souris sortit de l'ouest incandescent, haut dans le ciel sur leurs ailes pointues, à la poursuite du crépuscule.

Il y avait une voiture stationnée devant la pompe à essence. Il pesta un moment contre le patron de l'épicerie puis revint en arrière et but encore une rasade d'eau. Il exhuma de sa poche une barre de praliné et commença à la mâcher.

Au bout de quelques minutes un type sortit des toilettes et passa devant lui. Il allait à la voiture.

Dites donc, fit-il. Vous allez pas du côté de la ville ?

L'homme s'arrêta et regarda autour de lui, l'aperçut, adossé à un fût d'essence. Oui, dit-il. Vous voulez que je vous emmène ?

Sûr que ce serait rudement gentil, dit-il, et il s'approcha de l'homme, toujours en traînant les pieds. J'ai ma fille là-bas à l'hôpital et il faut que j'y sois ce soir si je veux la voir.

À l'hôpital ? Où ça, lui demanda l'homme.

Eh bien, à c'lui d'Atlanta. Le grand hôpital qu'il y a là-bas...

Ah bon ? dit l'homme. Moi je vais que jusqu'à Austell.

C'est loin ça ?

À neuf miles.

Ça vous ennuierait pas que j'aille avec vous jusque-là ?

J' serais content de vous faire faire ce petit bout de chemin, dit l'autre.

En arrivant à Atlanta, il aperçut en haut d'une colonne de panneaux de signalisation une plaque qui indiquait Knoxville 197 miles. Le nom de la ville qui était sa destination. Si on lui avait demandé son nom, il aurait pu dire n'importe lequel, sauf le nom de Kenneth Rattner, le sien.

À l'est de Knoxville, État du Tennessee, commencent les montagnes, arêtes et crêtes basses du pli appalachien qui tordent à leur guise les routes au sortir de la ville. Il y a d'abord Red Mountain ; du sommet on peut voir par temps clair comme une lointaine promesse une fraîche ligne bleue, la ligne de partage des eaux.

À la fin de l'été, la montagne cuit sous un ciel d'un bleu sans merci. La poussière rouge de la route du verger est de la poudre échappée d'un four à briques. Impossible d'en tenir une pincée dans le creux de la main. Des vents brûlants remontent la pente de la vallée comme une mauvaise haleine, chargés d'effluves de dompte-venin, d'enclos à cochons, de végétation pourrissante. Les talus de terre rouge le long de la route sont couronnés de chèvrefeuille flétri, de vesceron desséché et poussiéreux. Quand arrive la fin juillet les maïs sont assoiffés et fanés, les tiges penchées avouent leur défaite. Tout ce qui subsiste de verdure pâlit et brûle. L'argile craque et se fissure en d'interminables microcataclysmes et partout le calcaire affleure du sol érodé, pareil à des bancs de dauphins se chauffant au soleil, leurs dos gris striés arc-boutés contre le ciel infernal.

Dans la relative fraîcheur des bois, la sarigue et la muscadine fleurissent avec une obscène fécondité, et le parterre de la forêt – jonché de vieux troncs moussus, peuplé d'oronges vénéneuses, étranges et solennelles parmi les fougères et la vigne vierge et légèrement inclinées en arrière pour laisser voir leurs ouïes délicates de la teinte du foie cru – a quelque chose de primitif, marais carbonifères où parmi les fumées guettent d'antiques sauriens dans un simulacre de sommeil.

À flanc de montagne le calcaire dresse ses gradins et érige d'invraisemblables escarpements parmi les racines chantournées de hickorys, de chênes et de tulipiers qui ont besoin de toutes leurs forces contre la pente aléatoire que leur accorde la chute fortuite d'une graine.

Au pied du versant ouest de la montagne il y a une agglomération qu'on appelle Red Branch. C'était une localité bien différente en 1913 quand Marion Sylder y vit le jour ou en 1929 quand il quitta l'école et partit travailler, pas pour longtemps, comme apprenti charpentier chez Increase Tipton, patriarche d'un clan dont le patrimoine comprenait une dizaine de cabanes construites n'importe comment, éparpillées dans les endroits les plus improbables de la vallée, accroupies sur leurs aires ravinées pareilles à de grandes bêtes boudeuses raidies par la constipation et gardant malgré tout on ne sait quoi d'éphémère et de circonstanciel, comme abandonnées là par la décrue des eaux après une inondation. Même la rapidité que l'on mettait à les construire ne pouvait rivaliser avec la décrépitude avec laquelle elles avaient tant d'affinité. Les moisissures gangreneuses s'attaquaient aux fondations avant même que la toiture ait été clouée. La boue remontait le long des parois et la peinture en s'écaillant laissait de longues balafres blanches. Elles semblaient succomber l'une après l'autre à une effroyable épidémie.

Elles étaient louées à des familles de gens émaciés bruns de peau et aux yeux caves, pas des Mélungeons et pas vraiment quelque chose d'autre, qui se multipliaient avec une si prolifique ardeur que leur vie entière semblait être consacrée à la production d'une triste lignée de descendants, lesquels passaient des heures entières assis nu-pieds et en haillons au bord de la galerie, guère différents des victimes d'on ne sait quelle catastrophe, le regard perdu au loin sur les terres désolées, avec une expression qui n'était ni d'espoir ni de stupeur ni de désespoir. Ils arrivaient et repartaient, sans plus de bagages que des oiseaux migrateurs, chaque famille de nouveaux venus était l'exacte réplique de la précédente et seuls changeaient les noms sur les boîtes à lettres, les derniers en date inscrits d'une écriture maladroite sur des couches successives de peinture qui replongeaient les précédents occupants dans l'anonymat d'où ils avaient surgi.

Marion Sylder avait travaillé avec le marteau et la scie jusqu'à la fin de septembre de cette année-là et ensuite il était parti, expert en sablières et chevrons, et avait acheté avec ses économies à une maison de vente par correspondance du Minnesota des vêtements et une paire de bottes à trente dollars, puis avait disparu. Il était resté absent cinq ans. Quelque métier qu'il eût exercé pendant son exil il n'avait ni porté de salopette ni manié de marteau.

En ce temps-là il y avait au col dans la montagne un estaminet dit *À l'Enseigne de la Mouche verte*. C'était une construction en forme de caisse avec une haute façade et un toit en tôle ondulée à une seule pente incliné d'avant en arrière, et tout le bâtiment reposait sur un échafaudage de solives au-dessus d'un à-pic vertical, la porte de devant donnant directement sur la route. Un angle était cloué à un grand pin dont le tronc s'élevait majestueusement du fond de l'abîme – un abîme qui, les jours de grand vent, produisait un effet de cheminée, aspirant l'air ascendant qui remontait de la vallée et s'engouffrait comme dans un entonnoir par le col de la montagne. Ces nuits-là les clients de l'auberge avaient sous leurs pieds des planches qui dansaient une sarabande d'ivrogne, qui se soulevaient et s'affaissaient avec d'énormes gémissements. Parfois le bâtiment faisait de folles embardées, prêt à plonger d'un moment à l'autre. Les buveurs marquaient une pause, le liquide incliné dans leurs verres, la construction soubresautait violemment, un balai tombait, une bouteille, et l'auberge se redressait lentement et retrouvait une fois encore l'équilibre instable qui était sa position normale. Les buveurs levaient leurs verres, la conversation repartait. Les allusions aux excentricités de l'estaminet n'étaient admises qu'à l'extérieur du bâtiment. Pour eux l'auberge était une créature animée comme l'est un vieux navire pour son équipage, ce qui créait une atmosphère que peu de gens peuvent se flatter de connaître, une solidarité qui devait beaucoup à sa précarité même. Le tangage, les petits gémissements continuels du bois tourmenté créaient une illusion on ne peut plus nautique, de sorte qu'après une violente secousse on pouvait presque s'attendre à voir un matelot barbu tomber d'une écoutille du plafond et annoncer : Le gréement a tenu bon.

À l'intérieur il y avait un authentique comptoir, soi-disant en acajou, qui avait été récupéré dans un bar de Knoxville en 1919, avait fait du service dans une blanchisserie, chez un pâtissier-glacier, et pendant un bref intermède quelque part à quelques miles de Red Branch sur la route de Knoxville dans un sinistre établissement qui n'avait pas tardé à faire faillite pour avoir tenté un compromis entre entourloupe et magouille. À l'exception de deux colonnes doriques en marbre blanc dressées à chaque extrémité, le comptoir était une installation plutôt rudimentaire. Il n'y avait pas de tabourets et, assez haut sur le devant, était monté un repose-pied en bois, une barre fixée à des moyeux de roues de charrette. Quatre ou cinq tables étaient disposées au hasard dans la salle, flanquées d'un assortiment de chaises cassées, d'anciennes caisses de bouteilles de lait, plus un capricieux tabouret de camping. À la nuit, quand il fermait, le patron ouvrait la porte de derrière et jetait dehors toute la saleté dans le trou béant, écoutant le verre s'écraser sur le verre entassé beaucoup plus bas. Les ordures entreposées là dégringolaient le long de la pente jusqu'à des profondeurs insoupçonnées, grossissant, proliférant, d'une variété et d'une richesse indescriptibles.

Un soir à la fin mars les buveurs clignèrent des yeux sous le double faisceau de phares qui débouchaient du tournant et regardèrent un coupé Ford noir et brillant se garer de l'autre côté de la route. C'était une voiture toute neuve. Quelques minutes plus tard Marion

Sylder franchissait la porte de l'auberge, resplendissant dans de la gabardine grise, les plis du pantalon en lames de couteau, la chemise agrémentée de trois plis dans le dos à la mode militaire, la taille cintrée d'une bande de cuir de la largeur d'une mèche de fouet. Un mince cigare était collé à sa mâchoire. Sur sa nuque, entre la peau cuite par le soleil et l'arrondi des cheveux, il y avait un trait comme une cicatrice que chacun put remarquer pendant qu'il s'approchait du comptoir.

Il appuya sur le repose-pied une de ses chaussures en chevreau grenu, sortit de sa poche une poignée de pièces d'argent d'un dollar et les empila soigneusement devant lui. Cabe était assis sur un haut tabouret derrière la caisse enregistreuse. Sylder jeta un bref coup d'œil sur les pièces, puis leva les yeux.

Alors, Cabe, dit-il, est-ce qu'on boit, oui ou non ?

Sûr, dit Cabe en descendant lourdement de son tabouret.

Puis il pensa : Cabe. De nouveau il examina le client. Le visage fantomatique du gosse disparu prenait peu à peu les traits de cet homme debout au comptoir. Dis donc, fit-il. Tu serais pas Sylder ? Oui, le Sylder, Marion Sylder, c'est pas toi ?

Et qui est-ce que tu croyais que j'étais ? demanda Sylder.

Ça alors, dit Cabe. Ça dépasse tout... Où est-ce que tu t'étais fourré ? Hé Bud, regarde par ici. Tu te souviens de ce petit ? Ça alors, qu'est-ce que t'en dis ?

Bud s'approcha et le dévisagea, sourit et acquiesça.

Et maintenant, dit Sylder, sers une tournée à tous ces soûlards.

Sûr, dit Cabe. De qui tu parlais ?

Sylder désigna d'un geste la sombre salle enfumée. Ils sont tous en train de boire, non ?

Ça alors. Bien sûr que oui. Il jeta un regard circulaire, doutant encore de la conduite à suivre, puis s'adressant à la petite salle il cria : Écoutez, vous autres. Tournée générale pour tous les soûlards. C'est Sylder qui régale. Venez par ici chercher votre verre.

Quand Rattner arriva à la route il s'arrêta et frotta une allumette pour inspecter son tibia. Sous la flamme la plaie qu'il avait à la jambe avait l'aspect d'une boursouflure de goudron. Trois filets de sang coulaient par-dessus la tache noire laissée par son pantalon, s'ouvraient en delta, se rejoignaient ; un trait mince descendait précipitamment dans sa chaussette. Il lâcha l'allumette et se mit à lécher son pouce qui le brûlait.

En plus de cette blessure à la jambe, son coude écorché le démangeait cruellement. Une rangée de barbelés posée au ras du sol avait été sa perte. Il arracha une poignée d'herbes sèches, en fit une boule et y mit une allumette. Une haute flamme jaillit et il releva sa jambe de pantalon. Tout en essuyant le sang avec le plat de la main, il en vérifiait le débit. Satisfait, il laissa le tissu gluant retomber contre la blessure et sortit un porte-billets de sa poche de poitrine. En le maintenant dans la lumière, il en retira une mince liasse de billets pliés et les compta. Puis il ouvrit brutalement le portefeuille, faisant tomber cartes et photos. Quand il les eut soigneusement examinées, ainsi que l'intérieur du portefeuille déchiré, il les dispersa à coups de pied et mit l'argent dans sa poche. Les herbes avaient brûlé et n'étaient plus qu'une boule de cendres sans substance, encore incandescentes comme de minces fils de métal chauffés au rouge. Il les repoussa du pied dans une ultime explosion d'étincelles. Au loin, à l'extrémité de la route, un pâle rougeoiement était suspendu dans la nuit comme la première touche de l'aube... Il avait quitté Atlanta à dix heures... Il ne pouvait pas être plus de minuit. Il se tâta encore une fois la jambe, lécha son pouce et repartit en direction des lumières.

La Nuit chaude chez Jim, annonçait l'enseigne en néons vert pomme. Il fit furtivement le tour des quelques voitures qui étaient garées là, scrutant leur intérieur noir et gardant un œil braqué sur la porte au-dessus de laquelle un incessant tourbillon d'insectes était aspiré dans un dôme de lumière jaune. Après la dernière voiture vide il arriva à la porte et profita de la lumière pour examiner encore une fois sa jambe meurtrie, puis il entra.

On pouvait voir le petit coupé arriver chez Sylder ou en repartir à des heures insolites, ou en pleine chaleur, rutilant et incongru, en stationnement devant la maison, les muscles effilés et l'air nerveux comme un cheval de course au piquet. Les samedis soir il ramassait au bord de la route des groupes de jeunes gens qui allaient à la ville à pied vêtus de leurs salopettes neuves comme on ramasserait des chiens au matin d'un lendemain de chasse – les garçons grimpant maladroitement dans la voiture, prenant des poses solennelles pendant le trajet et chuchotant entre eux d'une voix rauque jusqu'à ce que la voiture ait pris de la vitesse. Sylder sentait leur haleine sur sa nuque – l'haleine de ceux qui étaient assis à l'arrière, coincés comme des poulets dans une caisse – quand ils se penchaient par-dessus son épaule. Un grand silence pendant qu'ils suivaient la lente courbe ascendante de l'aiguille triomphant des chiffres du cadran pour osciller brièvement autour de 80 sur la dernière et longue ligne droite avant les faubourgs de la ville. Parfois il y en avait un qui osait poser une question. Sylder mentait toujours. Le constructeur lui-même ne sait pas quelle vitesse elle peut faire, disait-il. Ils veulent en emmener une au Sahara pour en avoir le cœur net.

À Gay Street ou à Market Street il se garait contre le trottoir et criait : Terminus ! et il les regardait descendre de la voiture en se bousculant pareils à des clowns de cirque. Cinq, six, jusqu'à huit même, tous venus à la ville pour aller au spectacle, de jeunes culs-terreux dont toute la ferme se réduisait à quelques plants de tomates et à une paire de gorets faméliques. Il pouvait les observer dans le rétroviseur, qui regardaient la voiture s'éloigner, dodelinant et titubant sur le trottoir comme une troupe d'avides oiseaux.

Le dimanche, les brasseries de Knoxville étaient fermées, leurs vitrines éteintes et muettes d'une sabbatique quiétude, et Sylder prenait la route de la montagne pour rejoindre la foule qui s'y rassemblait, hors de portée de toute législation civile ou spirituelle.

Jack le coureur avait la bouche bleue, la langue bleu-noir comme la langue d'un chien chow-chow. Assis à une table près de la porte de la Mouche verte, il sirotait du vin de mûre au goulot d'un flacon de liniment.

Où est-ce que tu les as laissées ? demandait Sylder.

Ah ça, bredouilla Jack. Là-haut sur la montagne.

On y est ici sur la montagne, dit Sylder.

Plus haut, répéta Jack. Sur la route de Henderson Valley.

La route de Henderson Valley ? Où ça ?

Tout en haut, comme j' viens de te le dire...

Tu crois que c'est vrai ce qu'il nous raconte ? demanda June.

Le regard de Sylder allait de June à Jack le coureur. Jack contemplait un énorme et peu appétissant cigare qu'il avait trouvé dans sa poche de chemise et se mit à le tourner contre sa langue avec une détermination d'ivrogne. Ouais, fit Sylder. Sans doute que oui.

Drôlement soupçonneux, disait Jack, tenant maintenant à bout de bras le cigare sous lequel oscillait une perle glaireuse. Drôlement soupçonneux.

Dans l'éclat jaune des phares elles avaient l'éphémère immobilité des bêtes fauves, de biches peut-être, arrêtées dans un mouvement de surprise présageant une fuite imminente. La voiture les dépassa et continua de monter.

Tu vas pas t'arrêter ? demanda June.

Dans l'autre sens, dit Sylder. J'arriverai par-derrière comme si on allait du même côté qu'elles. J'aurais jamais imaginé qu'elles allaient se tromper de direction. En passant par là, par Sevierville, ça fait presque trente miles.

Entre eux, dans le creux de la banquette, nichait un bocal rempli de whisky. Sylder entendit le grincement métallique du couvercle qu'on dévissait et avança la main pour que June lui passe le bocal. Les points blancs des papillons fusaient devant le pare-brise, s'embrasaient, saupoudraient le verre de leur mica. Un ballet d'insectes menait une danse endiablée dans le prolongement des phares. Il but et rendit le bocal. Sous le capot noir le moteur fredonnait ses gutturales explosions.

Sylder pensait au vieux Tipton qui disait que ça n'avait ni queue ni tête comme n'importe quel imbécile pouvait le comprendre d'avoir des pistons montés comme ça tout de travers, cul par-dessus tête comme il disait. C'était fatal qu'ils finissent par s'user complètement d'un côté. Les pistons c'était fait pour se déplacer de bas en haut et de haut en bas. Mais les rues en sont pleines, il disait, si ça peut te consoler de savoir que t'es pas le seul à t'être fait couillonner.

Ils firent demi-tour à la carrière et redescendirent la côte sans bruit, moteur débrayé, avec les pneus qui faisaient un petit claquement mat sur les fissures du bitume. Quand le faisceau des phares les atteignit, elles commencèrent à s'agglutiner et à longer le fossé comme auraient fait des vaches. Sylder ralentit et immobilisa le coupé devant le petit groupe.

B'soir, dit June, presque dans l'oreille de celle qui se trouvait le plus près de la chaussée. Vous voulez pas qu'on vous prenne avec nous ?

L'autre l'avait déjà rejointe. Elles échangèrent un regard et la première dit : Merci, j' crois qu'on pourra se débrouiller.

Le garçon était resté en arrière. En jetant un coup d'œil par-dessus l'épaule de June, Sylder nota que ce n'était pas eux qu'il regardait, et pas les femmes non plus, mais la voiture.

Vous allez loin comme ça ? demanda June.

De nouveau les deux femmes se regardèrent. Cette fois ce fut la grande qui prit la parole. On a juste un bout de chemin à faire, expliqua-t-elle.

Dis-lui qu'on va se les faire au bout du chemin, suggéra Sylder.

Comment ? dit la petite. À ce moment le garçon intervint et toutes deux se retournèrent et le dévisagèrent.

Ça fait loin jusqu'à Knoxville ? Voilà ce qu'il voulait savoir.

Knoxville ? June n'en revenait pas. T'as dit Knoxville ? Mais vous pouvez pas aller à Knoxville *à pied.* Y a vingt miles ou p'têt' plus, pas vrai, Marion ?

Un grognement jaillit de la bouche des vagabonds. Sylder lui faisait déjà signe de descendre.

Montez, dit June en descendant de la voiture. Montez donc. On va justement à Knoxville, ça nous fait plaisir de vous rendre service.

Sylder leur adressa un sourire de bienvenue pendant qu'ils s'installaient dans la voiture et les examina tour à tour, la tête sous l'ampoule du plafonnier.

Il plongea dans la Trémie – la route à pic qui menait au carrefour – sans freiner une seule fois. La petite qui était assise entre lui et Tipton poussa un cri puis se tut et garda la main plaquée contre sa bouche pendant qu'ils prenaient le virage pour traverser la grand-route et fonçaient dans le noir, les phares balayant le faîte des arbres brusquement dressés au bord du ravin. Le coupé plongea, retomba dans le gravier de la route en contrebas, reprit son élan et dérapa sur l'accotement ; les gaz sortaient en bouillonnant de l'échappement libre et les cailloux sautaient et crépitaient dans les sous-bois comme des plombs de chevrotine.

Celle qui était assise à l'arrière faisait entendre de petits borborygmes. Pendant quelques minutes personne ne souffla mot, et au bout d'un moment la petite dit :

Où est-ce qu'on va ?

On va où on va s'env...

En ville, interrompit June. On va en ville. C'est plus court par ici. Il lui semblait qu'elle s'était rapprochée de Sylder, même si c'était vers lui qu'elle venait de se tourner, à lui qu'elle venait de parler. Il vit la main de Sylder, d'un vert phosphorescent sous les lumières du tableau de bord, tirer le starter.

Ils arrivèrent au premier pont avant que le moteur ait commencé à faire suffisamment de ratés pour qu'elle s'en aperçoive. À partir de là, la route recommençait à monter et Sylder laissa la voiture faire deux ou trois sauts de mouton avant de passer en seconde. Elle ne retirait pas sa jambe. Il l'observait du coin de l'œil, elle était assise au bord de la banquette, scrutant devant elle la nuit insolite. Un papillon fit irruption par-dessous le pare-brise, lui frôla la joue. D'un tour de manivelle, il referma la vitre. Quand le moteur faillit de nouveau caler, elle tressaillit et demanda ce qui n'allait pas.

Il commença à lui expliquer qu'il n'y avait plus d'eau dans le générateur, mais il se rappela le garçon qui était assis derrière. Il n'avait pas ouvert la bouche. La grande, qui était assise à l'arrière, s'était penchée en avant, soufflant dans le col de Tipton et contemplant le pare-brise d'un regard sombre et harassé, envisageant peut-être une fuite inutile dans la campagne nocturne qui se refermait autour d'eux.

C'est la vapeur qui bloque, dit-il enfin. Le moteur chauffe dans les côtes et il faut lui laisser le temps de refroidir.

Elle le regarda puis détourna les yeux, sans rien dire cette fois. Un lapin fantôme s'immobilisa dans l'éclat des phares, roula un œil blanc, disparut. June dit quelques mots à la jeune femme à voix basse, la jeune femme regardant toujours droit devant elle, se taisant. Celle qui était assise à l'arrière s'était renversée contre le dossier de la banquette. Pas un son de ce côté-là. Dans le rétroviseur Sylder distinguait les contours d'une demi-tête d'ours noire et touffue. Alors il reconnut l'odeur. Une tiède senteur d'urine, avec des effluves douceâtres de moisi, flottait dans l'air maintenant qu'ils ralentissaient.

Ils franchirent par à-coups successifs le dernier virage au-dessous de la sapinière et la voiture finit par s'arrêter devant l'église de la secte baptiste noire du Rameau d'olivier. Sylder coupa le contact. J' crois qu'elle abandonne, dit-il.

Il avait ouvert la portière et commençait à descendre quand il sentit une main sur sa jambe. Il s'arrêta et tourna la tête.

Pas lui, dit-elle. Pas l'autre.

Non, dit-il. D'accord. Viens.

Il éteignit les phares et il n'y eut plus personne, abolis qu'ils étaient dans la soudaine obscurité.

Marion, chuchotait June de sa voix rauque. Dis donc, Marion ?

Chez lui, de la galerie, Arthur Ownby les avait regardés passer et venait d'entendre claquer la portière de la voiture en haut de la route, là où ils s'étaient arrêtés. Il s'était mis à pleuvoir. Un brouillard jaune montait des bois. Il pouvait entendre des voix étouffées qui paraissaient toutes proches sur l'air chaud de la nuit. Du pied il battait la mesure au rythme d'une vieille ballade contre le poteau d'angle de la galerie. À l'abri sous le rebord du toit il contemplait le mouvement des étoiles. Une vraie nuit pour les météores cette nuit-là. Ils pilonnaient la bosse majestueuse de Red Mountain. Maintenant la pluie tombait d'un ciel sans défaut. Un rire de femme sur la route. Il se souvenait d'elle, assise sur le siège de la charrette le matin où la mule lui avait lâché un vent dans l'oreille pendant qu'il détachait le palonnier et il avait enfoncé deux doigts entre les côtes de l'animal qui n'avait même pas bronché. Il se faisait tard pour un vieil homme. Arthur Ownby avait regardé depuis la galerie de sa maison. À présent il somnolait.

En passant sur la route le gamin leva les yeux vers la maison à flanc de colline, sombre et l'air abandonné. Il ne pouvait pas voir le vieil homme et le vieil homme était endormi.

Il faisait presque jour quand ils repartirent de Knoxville, le ciel à l'est une pâle froidure grise.

Où est-ce que tu l'as emmenée ? demanda Sylder.

June tendit la main pour prendre le paquet de cigarettes dans le pare-soleil.

Tu parles d'une salope, dit-il. Tu sais ce qu'elle m'a dit ?

Et qu'est-ce qu'elle t'a dit ?

Que j'étais le plus chouette gars qui l'avait jamais niquée. *Niquée*, nom de Dieu.

Et où ça ?

Quoi ?

Où est-ce que tu l'as emmenée ? Vous êtes sortis de l'église mais je vous ai jamais entendus y rentrer. Où est-ce que vous êtes allés ?

Ah ! Derrière, dans la cabane.

La cabane ?

Les chiottes si tu préfères.

Sylder le regardait avec une stupeur incrédule, hésitant à admettre et à comprendre, encore incapable d'imaginer ça. Il restait une question :

Debout ?

Non... C'est-à-dire... elle s'est plus ou moins assise et elle s'est penchée en arrière et moi... Elle... Mais ça dépassait ses facultés descriptives, et tout autant l'imagination de Sylder.

Tu veux dire que tu... Il y eut un bref silence pendant que Sylder tentait de récapituler les faits... Que tu l'as baisée dans des chiottes de nègres, assise sur le...

Nom de Dieu ! Au moins je l'ai pas emmenée dans une putain d'église, interrompit June.

Le coupé s'arrêta par saccades au bord de la route et Sylder s'affaissa contre la portière secoué d'un rire proche de la crise d'épilepsie. Il finit par se calmer et dit :

C'est elle qui...

Oui. Va te faire foutre, bien sûr que c'est elle...

Oh là là ! Sylder émit un mugissement et s'écroula par la portière ouverte. Il gisait, ballotté de muettes convulsions dans l'herbe humide du matin.

Le local était mal éclairé et tenait de l'écurie. Une piste de danse encaustiquée qui renvoyait les lumières du juke-box et du bar. Derrière le comptoir, une longue glace où il était surpris de se voir, en silhouette dans l'encadrement de la porte, juché dans une pose acrobatique au sommet d'une pyramide de verres. Il s'avança et traversa la piste en boitillant, et se hissa sur un tabouret au bout du comptoir.

Le barman était assis dans un petit fauteuil de capitaine et lisait un magazine. Il le plia soigneusement et s'approcha d'un pas lourd de l'endroit où l'homme avait pris place.

Une bière, dit Rattner, se passant la langue sur la lèvre inférieure, savourant déjà. Le barman s'approcha du tonneau et remplit une grande chope de bière pression, égalisa le capuchon de mousse avec une baguette et apporta la chope. L'homme tendit la main, inclina la chope devant lui et y plongea son visage ; ses lèvres cherchaient le bord de la chope et elles y restèrent collées, blanches et grasses comme des sangsues, tandis que les muscles de son cou s'animaient de mouvements spasmodiques sous la peau d'un gris jaunâtre, se contractant pour aspirer la bière. Ayant bu tout le liquide, il leva la chope à la verticale pour bien la vider, puis il la fit glisser sur le comptoir en direction du barman qui n'avait pas cessé de l'observer avec une fascination mêlée de dégoût, comme on observerait des porcs en train de s'accoupler.

Ça alors, ce que c'était bon. Allez, garçon, je crois bien que je vais en prendre une autre.

Dix cents, dit le barman.

Il fouilla dans sa poche et sortit une pièce de dix cents.

C'est de l'arnaque, dit-il.

Le barman prit la chope, d'un geste réticent, et alla en tirer une deuxième.

Cette fois-là Rattner était resté parti pendant toute une année. Il avait quitté Maryville pour Red Branch, avait pris domicile avec sa femme et son fils dans une bâtisse en rondins abandonnée et en était reparti trois ou quatre jours plus tard avec vingt-six dollars en poche, seul et direction sud dans un wagon frigorifique vide de la L & N. Un accident survenu à l'auberge de la Mouche verte lui avait porté bonheur.

La porte de derrière par laquelle Cabe rejetait à coups de balai les déchets de la soirée avait donné jadis sur un balcon qui longeait le bâtiment sur toute sa largeur, soutenu par des solives qui n'étaient qu'un prolongement des lattes du plancher et parcimonieusement renforcé par des pièces de deux pouces sur quatre montées de biais par-dessous. Les soirs d'été les buveurs se rassemblaient sur ce balcon, apportant avec eux leurs chaises ou leurs caisses, ou se hissant à leurs risques et périls sur l'étroite rambarde comme des oiseaux sur leur perchoir. Les rigueurs du climat et les termites conspiraient contre ce paradis et causèrent sa perte. Ce fut donc en 1933, par une torride nuit d'été, qu'Ef Hobie vint à l'auberge de la Mouche verte. Ce retour du fils prodigue (après dix-huit mois passés au pénitencier de Petros à Brushy Mountain pour possession illégale de boissons alcooliques) avait attiré une multitude d'amis. Les uns après les autres ils disparaissaient par la porte du fond pour s'installer sur le balcon. Hobie était très populaire et dévidait un continuel monologue d'anecdotes. Il était en train d'expliquer que sa bourgeoise avait prêté l'os à soupe de la famille à la voisine, Mme Fenner, qui s'en était servie pour faire cuire des pois chiches et qu'après ça l'os était bon à jeter, quand se fit distinctement entendre un brusque craquement sec venu de quelque part dans le plancher. C'était une nuit calme, sans vent, pesante de chaleur, et il y avait quelque chose de sinistre dans ce bruit. La conversation s'interrompit un instant, reprit.

Il passa la porte et s'avança sur le balcon, jetant

autour de lui des regards circonspects, saluant la compagnie d'un timide signe de tête, comme s'il risquait d'y avoir là quelqu'un de sa connaissance, même de l'autre côté de la rambarde, mystérieusement suspendu dans les ténèbres, il s'adossa au chambranle de la porte et porta la bouteille à sa bouche, ses yeux glissant des uns aux autres ou, quand ils regardaient, se refermant ou recommençant à scruter l'obscurité, en quête de cette créature avec laquelle il était seul à pouvoir communier, s'adressant à lui-même un léger sourire, au spectateur, à l'étranger qu'il était. La conversation grossissait et diminuait, mais il ne risquait ni commentaire ni question et bientôt personne ne fit attention à lui. Il émergea de l'encadrement de la porte, tourna sur le balcon et alla s'asseoir au bout de la rambarde.

Il y eut un long craquement comme d'un clou qu'on arrache puis ce fut de nouveau la sèche détonation du bois trop fortement sollicité qui commençait à céder. Suivit un silence mortel et figé pendant lequel les visages interrogateurs échangèrent des regards embarrassés. Quelques-uns commençaient à se lever et à tourner en rond, mais sans rien dire pour l'instant. Et déjà ils lorgnaient l'étroite porte, la seule issue possible, évaluant mentalement non pas le nombre, mais le poids et le tonnage des personnes présentes, calculant la vitesse et le taux d'encombrement avec une minutie d'experts de la circulation routière.

À la troisième détonation une section du plancher commença à donner visiblement de la bande.

Les gars, commença Ef en se levant, j' crois que de ce côté-ci... Mais ce fut tout, ou du moins tout ce qu'on entendit. Suivit une seule et compacte ruée de marionnettes toutes pareillement suspendues au même fil, entraînées vers la porte dans une violente accélération tandis que dominant le vacarme de leur retraite les planches claquaient comme des balles de fusil, se rom-

pant dans une crépitante succession de déflagrations, et aussitôt le plancher commença à basculer, animé de longues secousses de plus en plus puissantes.

Ils arrivèrent à la porte tous ensemble en une seule masse synchronisée et y restèrent bloqués, coincés comme un crochet dans une cheville, juste au moment où le côté droit du balcon se détachait du bâtiment et amorçait sa chute, une longue courbe plongeante qui ne manquait pas de grâce.

À présent parmi la grappe d'hommes cramponnés à la porte, des silhouettes commençaient à lâcher prise dans des attitudes de muette supplication, aspirées et roulant les unes après les autres sur la pente du balcon qui se balançait dans le vide, prenant de l'élan parmi les boîtes et les bouteilles qui s'entrechoquaient et finissant par tomber dans le trou au-dessous d'eux avec des cris farouches. Quelques-uns purent se retenir à la rambarde et y restèrent accrochés, brinquebalant et jetant des regards terrifiés sur leurs compagnons catapultés dans la nuit.

De l'intérieur du bâtiment Cabe et quelques autres tentaient désespérément de dégager la masse qui se débattait dans l'encadrement de la porte, se résignant finalement à empoigner n'importe quoi, n'importe quel membre qui se présentait, et tirant jusqu'à ce que quelque chose cède. De sorte que les rescapés se retrouvèrent à bord privés d'une chaussure ou des deux, ou de leurs pantalons ou, comme il advint à Hobie lui-même, tout nus, avec une moitié de chemise pour tout vêtement. Jusqu'à ce que le châssis explose et s'écroule en entraînant une bonne partie du mur et que les gens réussissent enfin à se frayer un chemin à l'intérieur dans un tourbillon de corps et de bois déchiqueté.

Maintenant le balcon avait basculé et piquait du nez, et pendant quelques secondes il vacilla, en équilibre sur un unique soliveau de deux pouces sur six qui finit par céder à son tour et tout sombra dans une énorme cacophonie de craquements. Les personnages qui s'agrippaient commencèrent à lâcher, tombant un par un ou deux par deux comme des scarabées dégringolant d'une branche qu'on secoue, et l'épave tout entière sombra, mimant une lente scène de dévastation, et s'abîma avec un bruit fracassant.

À l'intérieur couvait une atmosphère d'erratique violence. Des hommes effarés, écorchés, dévêtus et contusionnés, le souffle rauque, suintant la sueur de la panique qui commençait à refluer, de la colère et de l'indignation grandissantes. Ceux qui étaient tombés rentraient les uns après les autres par la porte de devant, rouges de sang et d'argile, avec des mines de vaincus revenant d'un ultime combat livré au sabre et sans merci. À mesure que leurs rangs s'augmentaient de ceux qui remontaient, il fut vite évident qu'il y avait deux factions, et elles engagèrent une lutte meurtrière qui se prolongea jusque tard dans la nuit.

Kenneth Rattner, la main en sang, s'était accroupi dans un buisson de mûres au-dessous de l'auberge et écoutait avec une tranquille stupeur les victimes se frapper et s'injurier. On avait apporté une lampe ; il voyait la lueur clignoter et se déplacer à travers le mur de ronces. Il sortit un mouchoir de sa poche et le noua autour de sa main, en serrant le nœud avec ses dents. Puis il remonta prudemment jusqu'à la route pour rentrer chez lui. Des hommes étaient accourus par petits groupes et montaient vers les lieux de la catastrophe avec des lanternes à la main et se parlaient à voix basse.

J'ai trouvé du travail, dit-il à sa femme.

Dieu soit loué, dit-elle. Où ça ?

À Greenville, en Caroline du Sud, dit-il, en lui montrant l'argent cette fois. Le prix du billet de chemin de fer. Mais il lui donna cinq des trente et un dollars et ils allèrent à l'épicerie-quincaillerie. Il acheta au petit un *soda à l'orange, le souleva pour l'asseoir sur le bac aux boissons et le gosse resta ainsi un moment, serrant son verre à deux mains, les yeux écarquillés. À présent Mme Eller racontait ce qui s'était passé. Quand Coy Tipton est arrivé ce matin on aurait cru qu'il était tombé dans une moissonneuse-batteuse. Il paraît qu'y en a trois ou quatre qui y ont perdu leurs pantalons – personnellement je voudrais bien savoir comment ils s'y sont pris – et quand on est venu les chercher au fond du trou quelqu'un s'était dépêché pour arriver le premier et leur avait volé leurs portefeuilles.*

Elle était assise penchée en avant dans son fauteuil à bascule, s'éventait doucement avec une brochure de la congrégation. Les voleurs et les ivrognes font bon ménage, j'imagine, dit-elle. Tous tant qu'ils sont ils ont eu que ce qu'ils méritent.

Mildred Rattner inspectait le rayon des articles de boulangerie en pinçant tour à tour chaque miche de pain. Quand les gens se vautrent dans le péché et s'imaginent qu'ils vont s'en tirer comme ça, dit-elle, c'est à ce moment-là qu'Il frappe dans Sa sainte colère. Il choisit Son moment, voilà.

Kenneth Rattner se passa la main sur sa jambe de plus en plus raide, plia la cheville. Il était plus de minuit et les gens commençaient à arriver. Le barman avait abandonné son magazine et allait et venait nerveusement derrière le comptoir, remplissant les verres des nouveaux venus.

Rattner but ce qui restait de sa bière et posa la chope sur le comptoir. Hé, mon vieux, fit-il. Sers-en une autre par ici. T'as entendu, mon vieux.

Le samedi après-midi Marion Sylder arrivait à l'épicerie-quincaillerie frais et pimpant, en pantalon kaki ou en salopette amidonnée, et s'approchait de la vitrine et montrait du doigt les chaussettes à M. Eller. M. Eller posait la boîte sur le plateau du comptoir et Sylder prenait une paire dans sa main et demandait : Combien celles-ci ?

Vingt-cinq cents, disait M. Eller. Le prix a pas changé, c'est toujours vingt-cinq cents. Toutes à vingt-cinq cents. J'ai que ce modèle-là.

Sylder sortait une pièce de vingt-cinq cents et la faisait tourner sur le verre comme une toupie, prenait ses chaussettes et s'asseyait sur une caisse devant le poêle. Il les enfilait l'une après l'autre, enlevant une chaussure puis une chaussette, exécutant des moulinets avec son pied nu pendant qu'il se penchait vers la porte du poêle, l'ouvrait et lançait la vieille chaussette qu'il tenait délicatement entre ses doigts. Puis il mettait sa chaussette neuve, laçait sa chaussure et passait à l'autre pied, son pied au gros orteil tronqué auquel manquait l'ongle. Il travaillait à l'usine d'engrais chimiques à présent. À midi il allait au café où il prenait le menu des habitués, les plats du jour à trente-cinq cents avec du pain spongieux dont la glu s'accrochait au palais, trois tranches avec une empreinte digitale au milieu servies sur un morceau de papier huilé. Des fayots et une viande adipeuse suintant son gras dans la sauce graisseuse sécrétée par les pommes de terre, et en prime une bulle de graisse qui perlait sur le café, pratiquement tout était lubrifié comme si tous les gens qui venaient manger là souffraient d'une atrophie des muscles déglutisseurs qui les empêchait d'avaler. À la fin de l'après-midi, il revenait, garait le coupé et traversait la cour au sol d'argile raviné et chaotique où un vieux pneu était encore accroché au tronc d'un chêne noueux et dépouillé, et il entrait dans la maison dont on avait négligé de peindre les murs.

Au bout d'une heure il repartait, lavé et coiffé, les

explosions de l'échappement libre étouffant les bruits paisibles des grillons, il négociait avec prudence les ornières du chemin défoncé et débouchait sur la route, déjà loin.

Des lieux dits Le Creux-des-Bienheureux ou Les Plats-de-McAnally. La carrière de Mead ou Pennyroyal. Des huttes fumantes et jaunes de lueurs d'huile de goudron, avec la fade puanteur de moisi des alambics à tord-boyaux. Buvant, courtisant avec une gouaille graveleuse les drôlesses de la campagne alentour qui rôdaient à la périphérie de la ville comme des enfants perdus ; ses favorites c'étaient les malfoutues : Writha, un uniforme de lis blanc, des cuisses de la dimension d'un fût de pétrole. Les trop maigres. Une qui n'avait pas de nom, avec une croupe osseuse qui lui faisait des bleus à la jambe. Par curiosité, il s'était humecté le bout du doigt et avait tracé une raie blanche sur la crasse de son cou.

Certains soirs il allait à l'auberge de la Mouche verte, buvant avec tous les soûlards tant qu'il y en avait un pour trinquer, lui, le gamin aux poches pleines qui n'était pas revenu parmi eux avec un rameau d'olivier mais avec des pièces sonores et des billets de banque et qui inaugurait une ère de prospérité, une utopie de boissons à l'œil.

Il avait du mal à joindre les deux bouts avec dix-huit dollars par semaine à présent, lui qui avait dépensé ça en une soirée. Il avait eu vingt et un ans en août.

Le vendredi suivant il perdit son travail à la fabrique d'engrais. Aaron Conatser l'avait mis au défi de se battre avec lui, et il s'était battu, pas à cause d'une antipathie quelconque à l'égard de Conatser, même pas parce qu'il était particulièrement en colère, mais simplement pour en finir, pour que l'affaire soit réglée. Conatser était le seul type de sa taille à l'usine, et ça faisait un moment qu'il le cherchait.

Il avait un genou à terre les bras autour du cou de Conatser quand il remarqua que le souffle rauque de Conatser s'était arrêté. Il n'y avait pas un bruit dans le hall d'expédition et quand il leva la tête il vit que les hommes debout tout autour regardaient ailleurs et il sut avant même de tourner la tête que M. Petree s'était joint au cercle des spectateurs. Pas le contremaître de la plate-forme, pas même le chef, car l'un ou l'autre aurait dit : Arrêtez ça. Il lâcha Conatser et se mit debout. Conatser se leva à son tour, allongeant le cou comme un coq muet, et plongea les mains dans ses poches revolver avec une élégante indifférence.

Il se passa la langue sur le filet de sang qui lui coulait du nez, en sentit la saveur salée et métallique et se tourna pour voir ce que le vieux aurait à dire. Mais Petree fit demi-tour sur ses talons de cuir carrés et repartit d'un pas vif le long de l'allée, le plancher du hall d'expédition répercutant le bruit creux de ses semelles entre les piles de sacs.

Les trois ou quatre hommes qui étaient venus assister à la bagarre se dispersèrent en silence, s'éloignant ou s'esquivant par les sombres allées malodorantes, moins farauds que les rats qui se terraient sous les chariots. Ils restèrent une petite minute à se dévisager, lui et Conatser, leurs yeux lançant des éclairs, le souffle court. Puis Conatser détourna la tête et cracha, le regarda de biais par-dessus son épaule et partit sans hâte vers la plate-forme de chargement.

Le contremaître vint le trouver juste avant la fin de l'équipe et le mit au courant. J'ai essayé de dire un mot en ta faveur, mais il a rien voulu entendre.

Sylder en doutait mais marmonna quand même des remerciements et commença à se diriger vers le bureau.

Où est-ce que tu vas ? demanda le contremaître.

Chercher ma paie.

Je l'ai, dit l'autre. Sylder se retourna. Le contremaître lui tendait une enveloppe.

Sylder alla chez Monk et but de la bière jusqu'à six ou sept heures et finit par rentrer chez lui. À huit heures, il avait entassé des vêtements dans une vieille mallette en carton et il était sombrement assis au volant du petit coupé, avec le pinceau des phares qui trouait l'obscurité et une étroite bande d'asphalte dite route 129 qui glissait sous lui comme un ruban déroulé d'une bobine. Il fit halte devant un bar, aux environs de Chote, but deux bières chaudes dans des tasses à café et acheta des cigarettes. Dans les montagnes la route se resserrait, rien que du gravier, et il prenait les virages sur des roues sans adhérence. Un chat surgit sur la route, haut sur pattes et les yeux comme deux lanternes, se ramassa sur lui-même, disparut par-dessus le remblai sur des fils invisibles. Le haut pays ondulait sur des miles et des miles, sans lumière et inhabité, la route zigzaguant entre les sombres forêts – des arbres à chouettes, des grottes à chauves-souris, des congrès de sorcières.

Il n'arrêtait pas de fumer, refermant le pare-brise d'un tour de manivelle, allumant une nouvelle cigarette au mégot consumé et observant l'ombre de sa figure dans l'éclat de leur conjonction, le bas-relief orange de son visage sur la vitre, regardant le point lumineux s'assombrir quand il exhalait la fumée et remonter lentement l'obscur miroir comme un soleil inexplicablement levé dans la nuit quand il inclinait la vitre pour laisser entrer les bouffées d'air humide, le mégot qu'il venait de jeter traçant une brève courbe orange au-dessus du capot. Il fit le plein à Blairsville et continua sans s'arrêter. Au loin, de l'autre côté du plateau, il voyait la lune serpenter sur la surface du fleuve contre le flanc noir de la montagne, ciseler des pendentifs sur les rapides, des hor-des de serpents lumineux qui remontaient vers l'amont par-dessus les roches sonores. De l'air froid et humide passait sous le pare-brise.

Il arriva à Atlanta un peu avant minuit mais n'entra pas dans la ville. Il se gara devant un restaurant qui se trouvait au bord de la route, un peu en dehors, et resta quelques minutes dans la voiture, plissant les paupières. Il y avait trois ou quatre voitures stationnées devant le bar, elles miroitaient vaguement dans la lueur glauque du néon.

Il traversa un maelström de papillons sous la lumière jaune de la porte et entra. Par-dessus les têtes des danseurs il pouvait s'observer, les yeux creux et le visage sinistre, dans la glace derrière le comptoir, et il comprit qu'il était atrocement fatigué. Il passa devant les niches surélevées aménagées le long des murs et arriva au comptoir où il commanda et but d'une traite quatre doses de whisky. Il commençait à se sentir mieux. Il était encore au bar avec son cinquième whisky devant lui quand des bruits de verre brisé lui parvinrent de la piste de danse et en regardant par-dessus son épaule il vit deux hommes qui tournaient prudemment l'un autour de l'autre avec des bouteilles entre leurs doigts serrés.

Un énorme type surgit à l'autre bout du comptoir. Écartant les curieux qui affluaient, il empoigna les adversaires par la ceinture, un dans chaque main, les souleva comme des pantins et les conduisit ainsi jusqu'à la porte. Les deux types pédalaient et se laissaient faire sans protester, avec leurs bouteilles qui se balançaient bêtement au bout de leurs bras.

Ha, Ha, Ha ! Regardez les guignols comme ils trottent, cria un type assis au bar. Le videur traversa la piste en sens inverse, l'air las et sans sourire, et retourna se perdre parmi les ombres. Sylder finit son verre, observa pendant quelques minutes la masse floue des visages, sans sentir l'excitation de l'alcool, rien que les vagues successives de la fatigue. Il ne pensait même plus qu'il était fou. Au bout de quelques minutes il sortit, se demandant vaguement en arrivant à l'air libre ce qu'il était venu faire ici et où il comptait aller. En Louisiane ou ailleurs, il n'y avait plus de travail pour lui depuis le 5 février 1933.

Il sortit dans l'obscurité silencieuse, traversa le gravier en boitant un peu sur le sol inégal. Il arriva à la voiture et ouvrit la portière.

Dans la glauque phosphorescence qui émanait davantage du visage de l'homme que de l'ampoule du plafonnier, Sylder se figea, sa main battant l'air déplacé par la portière tirée brutalement vers l'extérieur. Le visage le contemplait, un visage éteint et sans expression, et Sylder chercha, non pas une cause ou une explication, mais une simple corrélation avec l'expérience rationnelle pour pouvoir admettre qu'un type était assis dans sa voiture, mystérieusement apparu en même temps que la lueur de l'ampoule comme s'il avait suffi d'ouvrir la portière pour qu'il surgisse.

La bouche s'allongea, rayant le bas du visage d'un lent rictus comme pour une photo de famille, une voix dit : Vous allez pas du côté de Knoxville ?

Une octave forcée, plus haute que la normale, un ton suppliant. La main de Sylder trouva la portière et il exhala une longue bouffée d'air. Il éleva la voix : Nom d'un chien, qu'est-ce que vous foutez dans ma voiture ? Il y avait dans le personnage assis sur la banquette quelque chose de répugnant qui l'empêchait de lever la main sur lui, comme on hésite à toucher des fientes d'oiseau qu'on a sur l'épaule.

La bouche, encore ouverte, dit : J'ai vu vos plaques. Blount County. Je suis de par là-bas, de Maryville. J'ai pensé que vous alliez peut-être de ce côté-là. J'ai bougrement besoin que quelqu'un me prenne à bord... J'suis malade. Le ton larmoyant, les yeux baissés sur la ceinture de Sylder comme si le type s'adressait à son estomac. Ce n'était pas une prémonition qui avertissait Sylder qu'il allait falloir se débarrasser de l'intrus, mais une profonde et inébranlable certitude de la présence du mal, la conviction qu'il lui faudrait au minimum défendre son bien contre l'homme qui avait déjà pris place à son volant.

Malade, c'est sûr que vous l'êtes, dit Sylder. Sortez vos fesses d'ici plus vite que ça.

Merci mon vieux, dit l'homme en se propulsant sur la banquette jusqu'à la portière de droite, apparemment sans faire le moindre usage d'appendices locomoteurs, comme un engin monté sur roulettes dans une descente. Et il resta assis là sans bouger.

Sylder se sentait las. Il appuya la tête contre le pavillon à l'intérieur de la voiture, certain que l'homme ne s'était pas mépris sur le sens de ses paroles.

J' savais bien que vous alliez pas jeter un voisin dehors, disait la voix. Vous êtes de Maryville. J'habite tout près de là. Je reviens de Floride...

Sylder se laissa tomber à l'intérieur de la voiture, le crin de son cou commençait à se hérisser. Il regarda le type. Il grommela entre ses dents : Va falloir que j' te fasse sortir de force, mais il ne pouvait se résoudre à le toucher. Il enfonça la clef de contact et mit le moteur en marche. Il éprouvait une terrible envie de se laver.

Sûr que c'est une belle voiture que vous avez là, dit l'homme admiratif.

Tout en manœuvrant le petit coupé sur le chemin défoncé qui menait au bitume, il pensait : et en plus, il peut pas la fermer, le salaud. Il va avoir des tas de choses à dire.

Confirmant aussitôt ce pressentiment, l'homme attaqua : Sûr que ça me tire une sale épine du pied, mon vieux. C'est sûr, vous savez, que c'est pas facile la nuit de trouver quelqu'un pour vous prendre à bord.

Le matin de bonne heure, grommela Sylder, en passant brutalement la seconde.

... Surtout qu'y a pas beaucoup de circulation et parmi les gens qui roulent y en a guère qui s'arrêtent pour vous prendre même...

Ah, se dit Sylder, j'ai eu tort de passer la vitesse. Du coin de l'œil il voyait le genou plié posé de biais sur la banquette et l'homme assis légèrement de profil qui l'épiait. Le type continuait :

Ma mère aussi a été très malade, elle... La main de Sylder passa furtivement du volant au changement de vitesse, se posa comme un oiseau. L'aiguille sur le compteur grimpait à mesure que grossissait le ronflement du moteur.

Les notes des docteurs y en a plus haut que...

Son pied gauche avait lâché la pédale d'embrayage. Maintenant. Sous la paume de sa main entrouverte le changement de vitesse s'abaissa violemment, retomba avec un frisson exactement à l'endroit où l'instant d'avant se trouvait le genou de l'homme.

Alors, sûr que je vous suis reconnaissant... L'homme poursuivait, avec un bourdonnement monotone, les jambes croisées maintenant, l'air détendu comme s'il était confortablement installé chez lui, le buste animé d'un léger balancement.

Sylder passa son coude par-dessus le bord de la portière et écouta le souffle précipité du vent, le rythme chaotique de l'échappement libre, le chuintement soyeux du bitume noir sous les roues, s'efforçant de ne plus entendre la voix.

Il n'y avait pas de circulation. Il conduisait dans un état voisin de la transe, plongé dans une sorte d'hypnose par l'infatigable, l'inexorable voix, dans il ne savait quelle défaillance des sens qui était comme une préparation à... À quoi ? Il s'assit un peu plus haut sur la banquette. L'homme ne l'avait pas quitté des yeux, et pourtant il ne le regardait jamais directement.

Espèce d'ordure, pensait Sylder. Il commençait à croire qu'il avait fait toute la route jusqu'à Atlanta à seule fin de prendre ce type à son bord et de le reconduire à Maryville. Il avait une crampe dans le dos. J'ai certainement perdu la boule, se dit-il en enfonçant la main dans sa poche pour prendre ses cigarettes. De toute façon, ce fils de pute va finir par me rendre dingue. Il réussit à en sortir une du paquet, la porta nonchalamment à ses lèvres entre le pouce et l'index. Le paquet était dans son autre main, posée à ce moment-là sur le haut du volant. J' parie que j'y arriverai pas, se dit-il. Sa main droite, après avoir transféré la cigarette à sa bouche, s'approchait lentement du paquet pour le reprendre. Elle était à mi-chemin au milieu du volant quand la voix, soudain claire, pleine d'espoir, dit :

Dites donc, je me demande si j' pourrais pas vous en prendre une... (se penchant en avant, tendant déjà la main). Ça fait un moment que j'ai fini les miennes et j'ai pas...

Sylder ricana et lui tendit le paquet à bout de bras. Faites donc, dit-il, servez-vous. Il attendit quelques secondes, écoutant le froissement du papier, l'homme qui sortait la cigarette du paquet. Il le sentait hésiter, les yeux braqués sur lui. Puis le paquet lui fut retourné.

Merci mon vieux, dit l'homme.

Sylder attendait. L'homme ne dit rien d'autre. Il attendait aussi. Sylder sortit les allumettes avec une prudence délibérée. Il haussa son genou contre le bord inférieur du volant pour maintenir la direction, puis ayant sorti une allumette de la boîte, avec une lenteur préméditée, la gratta contre le frottoir. Ses mains protégeant la flamme, il alluma la cigarette puis laissa tomber par-dessus son coude l'allumette carbonisée qui disparut dans le vent par le volet entrouvert, et il reprit le volant, exhalant voluptueusement la fumée et remettant les allumettes dans sa poche. Il attendit.

Dites mon vieux... J' me demandais si j' pourrais pas... C'est ça, merci, merci bien.

Le frottement puis le craquement de l'allumette. Sylder interrogeait sur la vitre du pare-brise l'image de l'homme projetée en noir et orange par-dessus la languette de flamme, comme le visage aux paupières baissées d'une icône de cuivre, d'un masque, pas même ambigu ou impénétrable, mais simplement absurde et sans expression. Pendant l'infime seconde où il laissa son regard aller du visage de l'homme à la route et revenir, les yeux de l'homme s'étaient levés pour l'observer dans la vitre, de sorte qu'à l'instant où le regard de Sylder revint se poser sur le pare-brise, ils se dévisageaient par-dessus le cône de lumière comme des chefs de clan ennemis assis face à face de chaque côté d'un feu de bivouac, juste un instant, avant que les lèvres de l'homme ne se contractent, comme une bouche de carpe, tenant encore la cigarette, et éteignent la flamme.

Ils fumaient, dans la chaleur de l'air nocturne qui les enveloppait, lourde et sirupeuse. Dans la vitre noire où défilait la route les lueurs de leurs cigarettes montaient et s'abaissaient comme de lointains sémaphores par-dessus l'aube vert tendre des ampoules du tableau de bord.

Il fit halte à Gainsville pour prendre de l'essence dont il n'avait pas besoin et alla aux toilettes en emportant les clefs avec lui. L'homme était resté dans la voiture. Une fois à l'intérieur, Sylder alluma une cigarette, tira de longues bouffées et jeta le mégot dans la cuvette. Il s'aspergea la figure d'eau froide et sortit, paya l'employé somnolent et retourna à la voiture.

L'homme était assis comme il l'avait laissé. Une odeur aisément reconnaissable de tabac fraîchement fumé restait suspendue dans l'air humide.

L'aube. Des champs d'où montait de la vapeur là où s'accrochaient les bancs de brume, des arbres blancs comme des ossements. Des buissons gris qui paraissaient aussi durs que du métal dans l'humidité du matin. Des gouttes d'eau ruisselaient sur le pare-brise et il actionna les essuie-glaces. Il regardait les balais s'abaisser lentement comme une main pour bénir, et il essuyait la vitre du revers de la main quand le pneu arrière droit éclata avec une sourde détonation et la voiture s'arrêta sur le bas-côté de la route en s'affaissant.

Plus tard Sylder comprit que l'homme avait laissé passer sa chance avec la manivelle du cric, qu'il avait attendu qu'il ait dégagé le cric de dessous le châssis et qu'il le lui ait lui-même tendu pour qu'il le remette dans la malle arrière. Et il comprit aussi que l'homme avait surestimé d'une fraction de seconde le temps qu'il lui faudrait, à lui Sylder, pour se baisser et remettre d'une pression de la main l'enjoliveur en place sur le moyeu. De sorte que sans avoir rien vu, sans qu'il y ait eu le moindre signe avant-coureur, il avait déjà exécuté un demi-tour sur les talons et avait commencé à se relever quand le cric s'était abattu sur son épaule et l'avait plaqué contre le flanc de la voiture. Quelque chose avait cogné à côté de son crâne contre le panneau arrière – ça aussi il s'en souvenait mais il ne comprit que plus tard que c'était le cric. La seconde fois non plus il ne chercha pas à esquiver, mais se contenta de se laisser glisser contre la portière du coupé au moment où l'homme levait le cric pour frapper de biais – il l'observait maintenant –, cabossant et perçant la tôle. L'instant d'après il était assis par terre, la tête appuyée contre la portière, les yeux levés, pas encore avec colère, seulement avec stupeur, son bras traînant dans la poussière comme une aile brisée, sur le personnage qui se dressait au-dessus de lui. Mais quand l'homme commença à tirer sur le cric pour le dégager du trou qu'il avait fait dans la portière, il tendit le bras, lentement, pensait-il, et posa la main sur le cric et toujours avec la même lenteur referma ses doigts sur le métal. L'homme baissa les yeux sur lui et dans l'écoulement régulier de la lumière qui s'amassait et persistait entre l'éclat du vernis de la voiture et la pâle poussière de la route il voyait la peur sculpter ce visage, le façonner comme une malformation physique. Ils restèrent ainsi quelques secondes, lui assis, l'homme debout, tenant chacun une extrémité du cric, immobiles comme s'ils se le passaient de l'un à l'autre sur une image arrêtée. Puis Sylder se releva, toujours avec le même mouvement somnambulique comme si le temps lui-même s'était mis à ralentir, et il regarda l'homme qui se retournait, avec l'expression de quelqu'un qui se débat, pas sous l'eau mais dans un fluide plus visqueux, cruellement lent, et le cric lui-même tomba de biais sous l'effet contrarié de la pesanteur, lâchant la main de Sylder et s'éloignant sur la route par petits bonds successifs, tandis que le bras lourd et raide de Sylder se soulevait et que ses doigts se pliaient comme les griffes d'un chat sortant de leurs étuis et s'enfonçaient dans la chair spongieuse du cou de l'homme qui tentait maintenant de lui échapper en fuyant sans direction apparente comme dans un cauchemar.

Était-il tombé en avant ou était-ce l'homme qui les avait fait culbuter tous deux, il n'en savait rien. Ils gisaient sur la route, l'homme avec le visage dans la poussière et Sylder par-dessus, immobiles un instant comme des amants pendant une pause. Quelque chose dans l'épaule de Sylder descendait obliquement jusqu'à ses poumons chaque fois qu'il aspirait, c'était comme des coups de couteau qui lui coupaient le souffle. Il avait toujours une main serrée autour du cou de l'homme et il se pencha un peu et lui chuchota à l'oreille :

Pourquoi tu dis plus rien, salopard ? T'es à court de boniments ?

Il secouait la tête de l'homme, mais l'autre se protégeait de ses deux mains et semblait se livrer à une longue méditation sur le gravier de la route. Sylder laissa sa main relâcher son étreinte et descendre le long des bourrelets du cou jusqu'à la gorge. L'homme mit quelques minutes à réagir, puis il se jeta brusquement sur le côté, cracha au visage de Sylder et tenta de se dégager. Sylder roula avec lui et le maintint couché à plat, le dos sur la route, lui assis par-dessus à califourchon, un bras pendant comme un bout de ficelle à son épaule démise. Il se poussa un peu en avant et plaça une jambe derrière la tête de l'homme, lui soulevant légèrement la nuque, comme ferait un infirmier trop grand s'occupant d'un blessé. Il repoussa la tête dans le creux de sa jambe, tendit son bras et appuya de tout son poids et de toute sa force sur le cou de l'homme. Le visage apparemment sans ossature fit deux ou trois grimaces, mais à part cela sans que se manifeste le moindre signe d'un changement d'expression, toujours avec le même regard caoutchouteux de peur, muet et imbécile, dont Sylder ne s'estimait pas responsable, y voyant au contraire l'expression normale de l'homme gisant sous lui. Et la mâchoire continuait de se relâcher, mais pas en se décrochant de problématiques articulations, plutôt comme une masse d'abattis, une obscène matière résiduaire qui se décongelait et se dissolvait en longs plis contre la paume de sa main. Alors il s'aperçut que l'homme essayait de le mordre. Curieusement cela lui parut si ridicule qu'un ricanement commença à lui chatouiller les narines. Les mains de l'homme restèrent finalement immobiles sur son bras. Les doigts bouffis qui traînaient sur sa propre main et son propre poignet lui rappelaient les petits d'opossums qu'il avait vus un jour, aveugles et roses.

Sylder le maintint longtemps ainsi. C'est comme presser un furoncle, songeait-il. Au bout d'un moment l'homme voulut dire quelque chose, mais aucun mot ne vint, à peine quelques borborygmes. Sylder l'observait dans une sorte de fascination hypnotique, notant le clignement d'un œil, la langue pendante. Puis il relâcha son étreinte et les yeux de l'homme s'écarquillèrent. Il hoquetait :

Bon sang de bon Dieu, dit-il. Pour Not'-Seigneur Jésus, lâche-moi.

Sylder pressa son visage contre le visage de l'homme et dit à mi-voix : Tu f'rais mieux d'appeler quelqu'un qui est moins loin. Puis il vit son épaule, vit l'homme qui la regardait. Il enfonça son pouce dans la trachée et la sentit qui s'aplatissait comme des joncs desséchés. L'homme leva la main et commença, les yeux clos, à frapper Sylder sur la figure et la poitrine. Sylder aussi ferma les yeux et enfouit son visage dans son épaule pour le protéger. Les coups se firent plus violents, s'espacèrent, cessèrent tout à fait. Quand Sylder rouvrit les yeux l'homme le contemplait avec un regard de chouette, la petite langue dépassant à peine des lèvres entrouvertes. Il desserra sa main et les doigts de l'homme se contractèrent, ne furent plus qu'une seule griffe serrée très fort, des pattes d'araignée morte. Il essaya de la rouvrir, mais en vain. Il regarda l'homme encore une fois et maintenant le temps revenait, accélérait ; toutes les pendules seraient bientôt à l'heure.

L'homme était mort depuis peut-être un quart

d'heure. Sylder retourna à la voiture en titubant et s'assit sur le marchepied, contempla sans un plissement des paupières l'œil cuivré d'un soleil lourd et irréel sur les collines rouges et perdit connaissance.

Le matin. Étendu, la joue dans la poussière de la route, il eut une vision d'enfant : le cric démesuré comme un arbre abattu et plus loin l'homme le visage tourné vers le ciel, paisible géant se préparant au sommeil. Les rochers le long de la route projetaient leurs ombres allongées et les premiers oiseaux étaient là tout autour.

Sylder avait déjà commencé à traîner le corps massif dans les fourrés de sorgho sauvage et d'herbe à puce quand il entendit le bruit d'un moteur un peu plus loin derrière lui dans les virages. Il s'arrêta, puis il fit demi-tour et repartit vers le coupé en essayant de courir et en traînant d'une main la carcasse derrière lui, trébuchant, comprenant une fois à mi-chemin qu'il n'y arriverait jamais, qu'il avait fait une erreur. De sorte qu'il n'ouvrit même pas la portière et qu'il lâcha le corps dès qu'il fut à la voiture, s'accroupit par-dessus et, les doigts serrés sur le bord du marchepied, ses semelles passées dans les aisselles de l'homme, il le fit glisser sur les trois quarts de sa hauteur, la pointe des pieds vers le haut, sous le châssis de la voiture. Juste à ce moment-là un camion sortit du virage et le surprit en train de se relever.

Le soleil était déjà haut. À travers la campagne nue où les pins sur le coteau lâchaient des rubans de brume qui montaient comme du gaz des marais sur l'air saturé, des corbeaux enroués poussaient leurs cris matinaux. Sylder était sorti de dessous la voiture, s'était relevé et grattait nonchalamment du pied les traces qu'il venait de faire en traînant le corps quand le camion fit halte juste à sa hauteur. Il savait qu'ils allaient s'arrêter et il commençait à se dire qu'il avait fait ce qu'il y avait de mieux à faire, qu'ils auraient vu l'homme à l'intérieur de la voiture, qu'ils auraient insisté pour l'aider en voyant son... son bras. Il leva brusquement la tête et les deux visages qui le regardaient fixement du haut de la cabine du camion arrêté devinrent soudain très flous et quand il baissa les yeux il vit la grosse tache de sang sur son bras, il la vit sèche et déjà noire sur le devant de sa chemise, et il la contemplait avec une impression de malaise quand une voix lui parvint du camion.

On peut faire quelque chose pour vous ?

Il mit une longue seconde à relever les yeux, surpris par la violence de la douleur dans son épaule blessée qui se réveillait maintenant comme aiguillonnée par la voix provenant du camion, mais pas insensible non plus à son ironie. Puis il leva son visage vers les yeux inquisiteurs et compatissants qui l'observaient avec une insipide sérénité que rien ne semblait pouvoir troubler, pas même le spectacle sanglant qu'il leur offrait.

Ils étaient sur le côté droit de la route et il les regardait par-dessus le capot de la malle arrière ouverte, de sorte qu'à l'instant même où il dit : On... il pensa : Ils ne peuvent pas le voir. Pourtant il ne pouvait pas contraindre son esprit à regarder si loin dans l'avenir, et même après il lui fut impossible de suivre dans leur cheminement les conséquences possibles de chaque éventualité. Il choisit donc un compromis : de toute façon il n'y avait pas moyen de les empêcher de descendre du camion. Il dit : On a eu un accident, et il pensa : Oui, ils vont descendre de toute façon. Ces salauds vont certainement descendre et alors ils verront de leurs yeux...

Les portières du camion s'ouvrirent simultanément comme deux ailes rouillées et se refermèrent dans un vacarme de vitres et de ferraille que n'amortissait aucun rembourrage. Ils étaient deux, le père et son fils, le plus âgé, corpulent, le visage rougeaud et ridé, le jeune, une réplique plus grande et plus mince du premier. Ils approchèrent lentement en contournant l'arrière de la voiture, avec une expression d'infinie, d'inaltérable patience. Sylder se tourna lentement, balayant la scène d'un regard, tâchant d'imaginer à quoi ça pouvait ressembler : les pieds qui dépassaient solennellement de dessous le châssis de la voiture, la voiture elle-même avec le trou béant dans le panneau arrière et la portière enfoncée là où le cric avait cogné sur la tôle, et le cric qui traînait sur la route...

Vous êtes blessé ? C'est grave ? demanda l'homme.

Non, grogna Sylder. L'homme regardait un peu plus loin.

Qu'est-ce qui est arrivé ?

La chiotte m'est tombée dessus, ce putain de cric a lâché pendant que j'étais dessous. Il donna un coup de pied dans la manivelle.

L'homme regardait le cric sur la route. Ouais. Sûr que c'est des saloperies ces trucs-là. C'est dangereux. Aussi mauvais qu'un revolver armé. Je l'ai toujours dit. Et vot' copain là-bas ? Qu'est-ce qu'il a ? Désignant du menton les pieds pointés vers le haut.

Bon, se dit Sylder. Qu'est-ce qu'il a, hein ? Et à l'homme : Pas grand-chose. L'amortisseur a pété quand la voiture est retombée. Dès qu'il aura fini de remonter les fils, on pourra repartir. L'homme fit un pas en avant, Sylder lui barra le passage.

Écoutez, dit-il. Je vais vous dire ce que vous pourriez faire.

Et qu'est-ce qu'on pourrait faire ?

Vous tirer vite fait, pensa Sylder. Il dit : Eh bien, vous pourriez me conduire à Topton pour que je voie un docteur. J'ai mon putain de bras qui pisse le sang.

Oui, dit l'homme. J' crois qu'on pourrait faire ça. Ça m'a pas l'air joli. Allez, venez.

Ils repartirent vers le camion ; Sylder leur emboîta le pas, commença à les suivre. Il fit le tour de la cabine, attendit que le plus âgé soit monté, puis il mit un genou à terre et dit quelque chose au cadavre, en haussant la voix :

Écoute, ces messieurs veulent bien m'emmener à Topton pour voir un toubib. Rejoins-moi quand t'auras fini... T'en as déjà terminé ? Il se releva et se tourna vers l'homme qui était maintenant assis dans le camion, le moteur tournant déjà. Écoutez, il a presque fini. Vaut mieux que je continue avec lui. Vous pouvez y aller maintenant. On va se débrouiller... Et il pensait : Vous allez me foutre le camp ? Me foutre le camp.

Bon, dit l'homme en se penchant par-dessus le jeune (ce dernier les yeux écarquillés, toujours silencieux, en train de monter dans le camion), vous êtes sûr que vous avez plus besoin de rien ?

Sûr, dit Sylder, agitant déjà la main pour prendre congé. Je vous remercie beaucoup.

Y a vraiment pas de quoi, dit l'homme. Son visage recula, le jeune fit un signe de tête. Les pignons de la boîte de vitesses grincèrent et le moteur s'éteignit, soudain silencieux dans la quiétude bleue du jour maintenant levé.

Sylder était cloué sur place, écoutait les quintes douloureuses du démarreur et pensait : Merde, bon sang. J'aurais dû m'en douter. Cette putain de casserole voudra pas démarrer.

Mais elle finit par démarrer. Le moteur toussa plusieurs fois, cliqueta, enchaîna avec un sourd grognement. De nouveau les vitesses grincèrent et le camion se mit en marche, soulevant des nuées de poussière sous ses roues arrière, et disparut presque aussitôt de l'autre côté du virage.

Ils auront pas remarqué le trou, se disait Sylder. J'suis sûr qu'ils l'ont pas vu. Puis il pensa : Et comment est-ce qu'ils auraient pu savoir depuis quand il était là, s'ils l'avaient vu ?

Il fit demi-tour et se dirigea vers le côté droit de la voiture qui gîtait fortement. Il sentit ses jambes se dérober sous lui, buta contre le pare-chocs arrière et s'écroula dans le coffre où son épaule cassée cogna contre la roue de secours. Il resta plusieurs minutes ainsi, à moitié assommé, menacé d'un nouvel évanouissement.

Il faut absolument que je foute le camp d'ici, se dit-il en secouant la tête et en faisant un effort pour se remettre debout. Il se releva en gardant une main contre la peau fraîche du coupé, arriva tant bien que mal de l'autre côté de la voiture et s'accroupit au-dessus des brodequins qui dépassaient. Il commença par les injurier, puis au bout d'un moment il empoigna un talon éculé et s'appuyant du pied contre le marchepied il commença à tirer pour sortir l'homme de dessous le châssis. Quand la tête apparut, il essaya de ne pas regarder puis il capitula et regarda longuement. Les yeux qui sortaient de leurs orbites, une expression d'atroce surprise, toujours avec cette langue qui pointait. Sylder le traîna jusqu'à l'arrière de la voiture et passa sa main dans le col de la chemise, prit l'homme à bras le corps et le jeta dans la malle arrière. Les jambes dépassaient par-dessus le pare-chocs et il dut les replier. Puis il ramassa le cric et le lança à l'intérieur, rabattit le couvercle, alla chercher les clefs sur le tableau de bord et verrouilla la malle.

La nuit. Les combes de la montagne réverbérant les voix flûtées des chiens de chasse, une mélopée funéraire dans l'air fraîchissant. Des écureuils volants sautant d'arbre en arbre dans le silence touffu où le vieil homme était assis sur un tronc pourri, piétinant nerveusement l'herbe à puce, essayant d'entendre Scout et Buster qui chassaient dans l'obscurité de la plaine un peu plus bas, le bref clapotis quand ils traversaient sans bruit la rivière, comme des spectres, un craquement de ramure ou un froissement de feuilles, qui parvenait mystérieusement à son oreille. Ils étaient peut-être à un quart de mile plus bas – et de nouveau au loin le long cri guttural de la traque.

Quand Sylder tourna la clef, puis la poignée, et souleva d'un seul coup le couvercle, il ne s'attendait pas à la puanteur qui suivit, explosa, l'enveloppa de rafales pestilentielles. Il n'eut même pas le temps de reculer. La mousse du vomi jaillit du fond de son estomac et il s'élança en titubant à travers arbustes et buissons, éructant et vomissant et tombant finalement sur les genoux, dans un paroxysme de convulsions sèches qui le déchiraient. Puis ce fut fini. Il resta assis un long moment avec l'aigreur verdâtre de la bile dans la bouche et la tête qui lui tournait, tentant de se persuader qu'il pourrait y retourner et faire ce qu'il avait à faire. Il se leva et alluma une cigarette.

Un parfum de chèvrefeuille venait de la montagne, flottait sur l'air qui fraîchissait en remontant de la vallée. Des ouaouarons et des grillons chantaient. Un engoulevent. Soudain les cris de chiens acculant la bête dans un arbre. Son épaule recommençait à lui faire mal et le plâtre lui cisaillait l'aisselle. Il ne pouvait toujours pas respirer à fond. Il revint sur ses pas, la Ford dessinée entre les silhouettes des troncs et des branches ressemblait à une bête nocturne en train de se nourrir, une forme massive et bovine. Arrivé au pare-chocs arrière il renifla pour tâter l'air, puis il étendit énergiquement le bras dans l'ombre fétide et empoigna une jambe. Il s'écarta en détournant la tête, et il entendit le frottement puis le froissement qui suivirent, puis la chute puis le bruit sourd contre le sol. Quittant la voiture, longeant l'écran des buissons, il le traîna sur une trentaine de mètres ou davantage avant de s'arrêter pour reprendre son souffle. Le corps lui paraissait plus léger. Il le traîna sans s'arrêter sur toute la distance qui restait jusqu'à la fosse et, une fois là, sentit qu'il n'arrivait plus à respirer. Il était allongé dans l'herbe, immobile, attendant que son épaule se calme, les doigts toujours serrés autour de la jambe, craignant s'il lâchait prise de ne plus pouvoir le toucher. Il retrouva sa respiration, se redressa un peu, sans sentir la douleur, conscient seulement de sa main accrochée à la chair suppurante. Puis il se mit debout, tira le corps jusqu'au bord de la fosse en trois longues enjambées en parlant d'une voix proche de l'hystérie : Le fils de pute que t'étais. Pourri de fils de pute.

Lâchant la jambe, il enfonça un pied dans les côtes de l'homme et le poussa violemment par-dessus le bord de la fosse, et le corps bascula, agitant un instant les bras dans un simulacre de protestation avant de s'écraser au fond dans l'eau croupissante.

En redescendant de la montagne il sortit par deux fois des ornières, taillant la seconde fois une longue éclaircie dans un peuplement de sumacs dont l'un se coinça dans le pare-chocs et y resta planté comme un fanion. Une branche lui cingla le visage par l'ouverture de la vitre et lui écorcha la joue. Il ne comprit que la malle arrière était ouverte qu'une fois sur la grand-route où il s'était contraint à ralentir. Une voiture l'avait doublé et il s'aperçut qu'il n'avait pas vu les phares dans le rétroviseur.

Du tronc où il était assis, le vieil homme vit les formes des phares qui reculaient passer parmi les arbres. Quand il les eut perdues de vue, il sortit une pipe de sa veste, la bourra et l'alluma. Les chiens avaient acculé leur proie depuis déjà pas mal de temps et leurs cris se faisaient moins pressants. Il fuma sa pipe jusqu'à la dernière bouffée, la tapota contre le tronc d'arbre pour vider les cendres et se releva péniblement en tournant entre ses doigts une corne de chèvre évidée qu'il portait au cou accrochée à une lanière. À l'est une lune rouge et basse s'était levée et montait à travers les nuages, un sourire louche, un morceau de coquillage suspendu à l'oreille noire d'une gitane. Il leva sa trompe. Son appel retentit, répercuté d'un versant à l'autre, l'écho multipliant l'écho, faisant taire les oiseaux, interrompant les grenouilles dans la rivière et faiblissant au loin dans la vallée où tinta une fois encore, à peine le temps d'un soupir, une note grêle et cristalline, avant que la nuit ne résonne des clameurs des chiens, du rondeau de leurs jappements, chiens fantômes se lamentant de leur propre disparition. À l'autre bout du ravin, Scout et Buster jetèrent des cris aigus et regardèrent le long du ruisseau. Le vieil homme abaissa sa trompe et rit aux éclats et commença à descendre le goulet desséché, franchissant comme autant de gradins les flaques bordées de débris de bois, marchant à pas prudents, se tournant sur le côté selon le pied qu'il abaissait. Il s'était découpé une canne dans du bois de hickory, l'avait taillée en octaèdre et en avait orné le haut de sculptures cabalistiques – des lunes avec un nez, des étoiles, des poissons d'aspect étrange issus du pléistocène. Prise dans la lumière croissante elle luisait d'une blancheur toute neuve, comme la tranche d'une demi-pomme.

L'auberge de la Mouche verte brûla le 21 décembre 1936 et un public nombreux était sur place malgré le froid et l'heure tardive. Cabe réussit à sortir avec le tiroir-caisse et autorisa à la dernière minute les clients qui s'enfuyaient à prendre avec eux tout ce qu'ils pouvaient emporter du stock, si bien qu'avec la chaleur de l'incendie et les bouteilles et les bocaux qui passaient de main en main, l'événement prit des allures de fête. Au bout de quelques minutes le mur du fond disparut complètement, s'engouffrant en spirale dans le trou avec un bruit fracassant. Puis la panne faîtière tomba à son tour et le zinc se plia sur lui-même, les bords bouclant et se tordant comme du papier d'argent à mesure qu'ils se détachaient des murs. Bientôt le bâtiment tout entier fut englouti dans des flammes qui fusaient dans la nuit avec des grondements de locomotive et entraînaient à une vitesse vertigineuse sur le tourbillon d'air hurlant les planches à moitié brûlées précipitées dans le vide avec une rotation de toupie, marquant la nuit de traits rouge vif avant de s'abattre au fond du canyon ou sur la route, divisant les spectateurs en deux clans regroupés au nord et au sud à l'abri du danger, les visages laqués orange dans l'anneau de la chaleur comme des falots de carnaval découpés dans des coques de citrouille. Jusqu'à ce que les pilots finissent par céder et que la façade du côté de la route se renverse avec un sifflement, s'incline dans une lente courbette au pied du grand pin, piétine les poteaux éclatés et y entame un long saut de l'ange par-dessus le canyon, juste avant que le plancher s'affaisse et que tout l'édifice, toit, murs, se replie harmonieusement autour d'un axe insoupçonné et sombre tout droit dans l'abîme.

Et là elle continua de brûler, dégageant une telle chaleur que le tas de verre au-dessous se mit à fondre pour se solidifier ensuite en une seule nappe travaillée en creux et en bosses, incrustée de déchets friables et carbonisés, comme des vases murrhins sertis de capsules de bouteilles. Et elle est toujours là, dernier vestige de ce monument, sur la pente raide de la vallée comme un phénomène archéologique inexpliqué.

Deuxième partie

Tapi dans les branches basses d'un pêcher, le vieil homme regardait le soleil matinal taper sur la citerne métallique dont la silhouette plate se profilait en haut de la montagne. Il avait trouvé des pêches, bien que le verger fût retombé en friche une vingtaine d'années plus tôt quand les fruits poussaient si dru, sans personne pour les ramasser, que la nuit le bruit des branches surchargées qui craquaient s'entendait dans la vallée comme l'écho d'orages lointains. C'était ainsi que le vieil homme s'en souvenait, car il était l'amant des orages.

La citerne était montée sur de hauts piliers et entourée d'un grillage avec des écriteaux en lettres rouges qui l'inquiétaient depuis longtemps, ça ne datait pas d'aujourd'hui. De temps à autre il coupait un quartier de pêche. Elles étaient petites et dures, mais il avait de bonnes dents. Il posa un pied devant lui sur la branche où il était assis et commença à frotter lentement le couteau contre la pointe usée de sa botte. Puis il humecta une touffe de poils de son bras et vérifia le fil de la lame. Satisfait, il prit une autre pêche et commença à la peler.

Quand il l'eut finie, il essuya la lame de son couteau contre le revers de son pantalon, la plia et remit le couteau dans sa poche, se passa sur la bouche sa manche roulée en boule. Puis il descendit de sa branche et remonta par les ruines du verger, se frayant un chemin à travers les antiques branches grises et s'arrêtant de temps à autre pour regarder au loin vers la vallée, les champs noirs rayés et les toits scintillant au soleil. En arrivant à la route il prit à droite en descendant, avec ses brodequins qui faisaient de petits bruits mous dans la poussière rouge, son énorme pantalon aux genoux trop larges ondoyant et flottant implacablement autour de ses jambes comme s'il était doté d'une volonté et d'une finalité propres.

C'était la route du verger, rouge et paisible sous le soleil matinal. Elle descendait en serpentant de l'arête de la montagne, ici avec les pommiers qu'il y avait tout le long et qui l'ombrageaient, des arbres noueux et rongés, qui pourtant donnaient encore l'illusion d'être entretenus, sans mauvaise herbe au pied des troncs. Plus loin il y avait un chemin de traverse qui partait entre les arbres, pommelé d'ombres, l'herbe mince comme des cheveux dans les ornières. Il menait à la fosse aux désherbants, une cuve en ciment fixée dans le sol qui était utilisée autrefois pour mélanger les insecticides. Depuis six ans maintenant cette fosse était devenue une crypte que le vieil homme avait pris sous sa garde et sur laquelle il veillait. À présent, en passant devant, il se rappelait le jour où *il remontait du ravin avec un seau d'un gallon quand un petit garçon et une fillette – ils lui arrivaient à peine à la taille tous les deux – avaient surgi de l'autre côté du tournant. Ils s'arrêtèrent en le voyant et il lui fallut un moment, pendant qu'il approchait avec son seau, pour s'apercevoir qu'ils avaient peur, qu'ils ouvraient d'énormes yeux et qu'ils étaient à bout de souffle tellement ils avaient couru. Ils semblaient sur le point de déguerpir, alors il sourit, leur dit : Comment ça va, quelle belle journée. Et eux, plantés là au milieu du chemin, méfiants et prêts à fuir comme de petits animaux sauvages, les jambes de la fillette striées de claires égratignures de ronces et leurs bouches à tous deux toutes bleues de taches de mûres. Quand il passa devant eux, elle se mit à pleurnicher, et le petit, qui la tenait par la main, lui tira le bras pour la faire taire, lui très droit dans sa salopette et son tricot rayé. Ils se rangèrent au bord de la route et tournèrent la tête pour le regarder passer.*

Il fit quelques pas puis se tourna de profil et dit : Alors les enfants, on a trouvé le bon coin pour les mûres ?

Le petit leva les yeux sur lui, tout à fait comme s'il ne l'avait pas observé pendant tout ce temps et dit quelque chose qui fit comme un bruit fêlé dans sa gorge et que le vieil homme ne fut pas certain d'avoir compris. La fillette se laissa aller et se mit à pleurer pour de bon. Il dit :

Eh bien, qu'est-ce qu'elle a qui va pas la petite sœur ? Y a quelque chose qui te fait mal, petite ? Vous avez pas perdu vot' seau de mûres, mes enfants ? Il leur parlait comme ça. Au bout d'un moment le garçon se mit à pleurnicher à son tour et à lui parler de quelque chose qu'il y avait là-bas dans le trou. Il lui fallut quelques minutes pour saisir de quel trou il s'agissait, puis il finit par comprendre et il dit :

Bon, allons-y, tu vas me montrer. J' sais pas ce que c'est, mais c'est sûrement pas si méchant que ça. Donc, ils commencèrent à monter la route, bien qu'il fût tout à fait évident que les gosses n'avaient aucune envie de venir, et quand ils arrivèrent au chemin de la fosse à insecticides, le garçon s'arrêta. Il tenait toujours la petite par la main et il ne pleurait plus, mais il avait les yeux fixés sur le vieil homme. Il dit qu'il ne voulait pas y aller, mais que lui, le grand-père, il pou-

vait aller voir. Alors il leur dit d'attendre là où ils étaient, que c'était sûrement trois fois rien.

Les seaux de mûres étaient là, ce fut la première chose qu'il vit, l'un des seaux renversé avec les mûres tombées dans l'herbe. Un peu plus loin il y avait la fosse en ciment et même avant d'y arriver il sentit de vagues effluves, une odeur aigre, un peu comme du lait tourné. Il se hissa sur le bord lézardé de la fosse et regarda en bas dans l'eau, la glaireuse surface verte immobile avec des touches de lumière. Dans un coin émergeaient des morceaux de bois et des broussailles. L'odeur était plus forte mais à part ça il n'y avait rien. Il longea la fosse. Au bas de la pente, parmi les pommes, des geais appelaient et s'égaillaient dans les arbres. La matinée était bien avancée et il faisait déjà chaud. Il commença à faire le tour, marchant avec prudence sur l'étroite bande de ciment friable. En revenant il regarda de nouveau en bas, dans l'eau. Ce fut comme si la chose lui sautait dessus, le visage vert ricanant et remontant à travers l'eau croupie qui miroitait, avec les orbites sans yeux et le rictus vert auquel manquait la chair, la sombre chevelure étalée comme du varech.

Il resta un moment les jambes tremblantes au bord de la fosse puis battit en retraite vacillant et gémissant et joignit les bras autour d'un arbre pour tenter de repousser les boules qui se nouaient dans son estomac. Il n'alla pas regarder une seconde fois. Il prit les seaux de mûres et retourna à la route mais les enfants n'y étaient plus et il ne savait pas comment ils s'appelaient. Au bout d'un moment il cria : Eh les enfants, j'ai vos seaux de mûres !...

Une brise retournait les feuilles des pommiers. L'ombre d'un busard glissa sur la route et disparut dans la haie de ronces. Ils étaient partis. Il suivit un moment la route, d'abord en montant puis en descendant, mais il n'y avait pas trace des enfants.

Quand il revint trois jours plus tard la chose était encore là et personne n'était venu. Avec son couteau de poche il coupa un petit cèdre dont il se servit pour la cacher.

Et elle était encore là, ce qu'il en restait, décomposée par les saisons et les années. Il allait son chemin le long de la route, vieil homme trottinant dans la poussière calcinée.

Le soleil était haut dans le ciel à présent, toute la verdure du matin criblée de lumière, une profusion de plancton sur une mer d'or liquide. Même le printemps finissant n'avait pu sécher que la poussière sur la route, et le feuillage qui l'ombrageait de chaque côté n'avait pas encore passé sa robe estivale de talc rouge. Dans le silence matinal tous les bruits étaient clairs et équidistants – un chien qui aboie au loin dans la vallée, le sifflement aigu d'un épervier montant d'essor, un lézard remuant des feuilles mortes au bord de la route. Un sumac qui tremble et ploie avec un léger frémissement sous un brusque coup de vent, un chardonneret dans les bois, sa voix de source...

Le vieil homme avait pris un chemin de traverse le long d'un éperon de la montagne, se taillant une baguette tout en marchant pour s'ouvrir un passage là où d'énormes toiles étaient tendues entre les arbres en travers du chemin, lourdes de rosée et luisantes comme des torons de verre étiré, les faisant tomber avec des chuchotements étouffés tandis que les araignées s'enfuyaient le long des fils rompus et pendants. Il arriva à une haute butte dénudée qui surplombait la vallée et s'y arrêta et regarda comme peut le faire un homme enfin parvenu au sommet d'une montagne quand il découvre pour la première fois un paysage inconnu. Des pins et des cèdres dégringolaient en bandes vert sombre à gauche jusqu'en bas de la montagne et s'arrêtaient brusquement là où passait la route. Plus loin un champ et une hutte à cochons, avec les bardeaux tombant du toit crevé, sans doute les ruines d'une humble cabane d'immigrant. À travers les frondaisons des feuillus il apercevait un vague reflet sur le toit couleur de zinc de l'église et la tache d'un bardage de planches qui avait pris avec les ans l'aspect de papier journal d'un nid de guêpes. Et encore plus loin dans la distance les longues piqûres pourpres des Great Smokies.

Si j'étais plus jeune, songeait-il, j'irais m'installer dans ces montagnes là-bas. Je me trouverais un torrent d'eau claire et je me construirais une cabane en rondins avec une cheminée. Et mes abeilles feraient du miel noir de montagne. Et je ne me soucierais de personne.

Il commença à descendre la pente raide. – Comme ça j' serais pas un mauvais voisin, se dit-il encore.

Le sentier suivait la face sud de la montagne et aboutissait à la grand-route ; à gauche, une route de terre plongeait dans un précipice. Le vieil homme prit par là, descendant au flanc de la pente boisée où de l'eau coulait et où il faisait frais. Encore un demi-mile et la route tournait et se mettait à monter, sortant des bois pour traverser un champ de maïs d'où surgit un couple de colombes qui s'envola et s'enfuit vers la rivière dans un sifflement d'ailes. De l'autre côté du champ, un peu à l'écart au-dessus de la route, il y avait une petite maison en planches, avec les bardeaux de la toiture qui rebiquaient comme des cheveux en broussaille, le bois lessivé de la teinte grise du métal. C'était là qu'allait le vieil homme, tenant maintenant son bâton en travers de ses épaules comme un porteur d'eau son balancier, battant l'air de ses mains désœuvrées.

La pente de la colline devant la maison était jonchée de toutes sortes de débris : des cercles de tonneaux, une tête de hache fendue, des fragments de fil de poulailler, une cruche ébréchée... De menus objets d'un autre âge enfoncés dans la boue. Il y avait une bassine noire qui avait servi pour le cochon ; elle était mouchetée de rouille et il ne s'en servait plus. La première marche de la galerie manquait et il monta en s'aidant de son bâton. La façade qui était toujours dans l'ombre sous l'auvent de la galerie était tapissée d'une couche verte de moisissures et le vieil homme s'assit sur le plancher, le corps las, s'y adossa, allongea les jambes à plat devant lui et ouvrit son col. Il faisait humide et frais. La façade donnait au nord, il y avait une pente boisée derrière, et dans la cour la neige restait plus longtemps que partout ailleurs ou presque.

Au printemps la montagne se couvrait d'un vert violent qui ondulait sous le ciel bas. Ça n'arrivait jamais lentement. C'était simplement là un matin d'un seul coup et l'air était saturé d'odeurs. Le vieil homme reniflait les lourdes senteurs de la terre, se souvenant d'autres printemps, d'autres années. Il se demandait vaguement comment on pouvait se souvenir des odeurs... Pas comme d'une chose qui se voit. Il pouvait encore se rappeler l'odeur du castor, et ça faisait bien quarante ans qu'il ne l'avait pas respirée. Il pouvait même se rappeler la première fois qu'il avait senti cette curieuse odeur douceâtre ; il remontait le Short Creek un matin, il y avait de cela bien plus de quarante ans, les cotonniers blancs et frileux, la brume montant de la rivière. C'était au début du printemps vers la fin de la saison de chasse, et il avait capturé un vieux rat kangourou à la fourrure orange, de la taille d'un chat de gouttière. L'air était lourd de l'épais parfum du musc et lui avait rappelé quelque chose d'autre, mais il n'avait jamais pu dire quoi.

Il somnola, dormit longtemps. Vers la fin de l'après-midi les nuages commencèrent à s'accumuler dans la brèche qu'il y avait dans la montagne, un vent vif se mit à souffler sur le côté de la galerie, balançant doucement les calebasses suspendues aux chéneaux.

Il se réveilla avant que la pluie ne commence à tomber. La brise fraîchissait, fraîchissait de plus en plus, éventant son visage et les gouttes de sueur sur son front. Il se redressa et se frotta la nuque. Un couple d'oiseaux qui exécutait des loopings entre les hautes branches des érables resta immobile ; et déjà, arrivant comme si elles étaient elles-mêmes prises au dépourvu dans la chaleur vert doré de l'après-midi, les premières gouttes de pluie tombaient en taches noires en s'écrasant sur la boue tassée au-dessous de la maison. Une ombre plate déferla à travers la cour, à travers la route et escalada la paroi de la montagne en créant l'illusion d'une hâte soudaine ; la pluie tombait de plus en plus dru, grossissant au loin avec le vent et lessivant les arbres, les badigeonnant de citron vert de l'autre côté de la rivière. Le vieil homme vit la pluie avancer à travers les champs, secouer l'herbe, il vit les pierres de la route noircir, et ensuite la boue dans la cour. Une rafale d'écume lui mouilla la joue et il entendit danser les bardeaux de la toiture.

Quand l'unique tuyau de gouttière accroché au toit de la galerie commença à déborder, l'eau tomba en une seule masse transparente et il n'y eut plus qu'un paysage brouillé et frémissant. La pluie giclait à l'intérieur et il finit par y avoir le trait sombre d'une ligne de démarcation sur la galerie. Il sortit son tabac et se roula une cigarette entre ses doigts tremblants, les bords rectilignes et parfaitement ajustés. Le vent était tombé et le vieil homme s'assit, la tête contre les planches vertes de moisi et regarda la fumée immobile dans l'air et lourde d'humidité et très bleue. Au bout d'un moment, la pluie commença à se calmer ; il faisait plus sombre, le ciel au-dessus de la montagne était noir à part un mince récif défaillant de gris, et bientôt cela aussi disparut et ce fut la nuit, avec le staccato des éclairs au loin. Le vieil homme commençait à avoir des frissons et il s'apprêtait à rentrer à l'intérieur quand quelque chose explosa dans la montagne et il leva les yeux à temps pour voir en haut du pic la coupole de la citerne métallique illuminée, frémissante dans une sauvage auréole de lumière. Il y eut un bruit comme des ongles sur de l'ardoise, et le vieil homme frissonna et cligna des yeux, la flamme blanche de l'image brûlant encore un instant sur le cristallin, et quand il regarda de nouveau elle avait disparu et il resta immobile dans l'obscurité avec le bruit de la pluie tombant à travers les arbres et un mince filet d'eau qui coulait du toit il ne savait d'où pour former une flaque quelque part plus bas. Il agita la main devant ses yeux et ne put même pas la voir.

Il se leva et battit des paupières. Très loin, de l'autre côté de la montagne, un mince trait de foudre jaillit, pour s'éteindre aussitôt. Le poteau d'angle et la galerie commençaient à émerger lentement de l'obscurité et la tête du chien apparut au-dessus du bord, le chien reniflant, ses oreilles brimbalant et son collier tintinnabulant pendant qu'il s'ébrouait pour débarrasser de la pluie son cuir malodorant. Il monta, ses ongles cliquetant contre les planches, et flaira le pantalon du vieil homme.

Où que t'étais, vieux chien ? dit le vieil homme. Le chien commença à se frotter contre sa jambe et le vieil homme le repoussa du pied en disant : Va-t'en, Scout. Scout partit un peu plus loin et se coucha contre le mur de la maison. L'homme lui frotta la nuque, s'étira et entra à l'intérieur.

La maison était moisie, humide, comme une cave. Il

alla à tâtons jusqu'à la table qui se trouvait dans un coin de la pièce et alluma une lampe à huile de goudron, le misérable mobilier surgit soudain des ombres dans la lumière jaune. Il alla à la cuisine et là aussi alluma la lampe, sortit du chauffe-plat au-dessus du fourneau une assiette de haricots et un plat de pain de maïs rassis. Il s'assit devant la table et mangea froid et quand il eut terminé il sortit avec une poignée de biscuits et les lança au chien. Il avait presque cessé de pleuvoir. Le chien avala les biscuits et le suivit du regard. La porte treillissée grinça, le carré de lumière sur le plancher de la galerie rétrécit et s'éteignit au moment où le pêne claquait dans la serrure. Le vieil homme ne reparut pas. Le chien abaissa la tête sur ses pattes et resta ainsi à contempler la nuit avec des yeux bridés et de plus en plus tristes.

Les chats troublaient les rêves du vieil homme et ça faisait longtemps qu'il dormait mal. Il avait peur qu'ils viennent la nuit pour lui prendre son maigre souffle. Une fois il s'était réveillé et il en avait surpris un qui le regardait à travers la vitre, qui l'observait dans son sommeil. Pendant quelque temps il avait gardé le fusil de chasse chargé et posé par terre à côté du lit mais maintenant il se couchait et se contentait d'attendre, guettant le moindre bruit qu'ils pourraient faire. Très souvent ils ne commençaient pas leur manège avant les dernières heures de la nuit et il veillait encore, il avait de légers bourdonnements d'oreille à force de rester si longtemps à l'affût. Puis d'un obscur ravin de la montagne venait un mince miaulement syncopé. Autrefois il accourait à la fenêtre et regardait vers les collines, les silhouettes des pins dans la brèche basse au-dessus de Forked Creek pareilles à une monstrueuse cathédrale aux flèches gothiques... À présent il se contentait de rester couché dans ses couvertures grises et d'écouter. Il ne dormait pas beaucoup la nuit et il était à vif et fourbu à force de passer ses nuits à somnoler dans un fauteuil, contre des grumes et des troncs d'arbre, ou étalé sur la galerie.

Quand il était petit, à Tuckaleechee, il y avait une métis qui habitait là-bas dans une hutte et qui avait été esclave autrefois. Elle était venue là parce que, comme elle disait, il n'y avait pas d'autres nègres dans le coin et parce que c'était un endroit où elle pouvait sentir les mouvements et les significations. Elle portait un sac d'ellébore à son cou et une fois il l'avait vue sur la route et n'en avait pas eu peur, parce qu'il était très jeune alors, et elle lui avait mis trois gouttes de mille-feuille sur la langue au fond de la bouche et lui avait psalmodié quelque chose pour faire de lui un voyant. Elle lui avait dit qu'il y avait la nuit des chats géants qui rôdaient dans les montagnes avec de grands yeux incandescents et sans laisser de trace même dans la neige, et pourtant leurs cris pouvaient s'entendre très clairement certains soirs d'été.

Y a jamais de signes des chats géants, lui dit-elle, mais si t'es voyant, ton œil peut voir là où les autres verront jamais.

Il avait raconté cela à sa mère et elle avait posé la croix de Jésus contre son front et avait dit une longue et fervente prière.

Le vieil homme était allongé sur le dos, écoutant le vacarme de son cœur sous ses côtes, le sifflement lent et régulier de sa respiration. À l'automne, avant le dernier hiver, il s'était réveillé une nuit et l'avait vu pour la seconde fois, noir dans le carré plus pâle de la fenêtre, avec sur son museau une marque blanche pareille à une aile de mouette retournée. Et la fenêtre était devenue toute noire et la chambre était envahie par cette marque blanche nettement visible et croissante. Il abaissa le bras et saisit le fusil par le canon, le fit pivoter et arma le chien avec le pouce et le fit retomber. La maison explosa... Il se rappelait la langue orange de la flamme qui avait jailli de la bouche du fusil, l'odeur âcre de la poudre brûlée et aussi que ses oreilles bourdonnaient et qu'il avait eu mal au bras là où la crosse avait cogné sous l'effet du recul. Il s'était levé et était allé clopin-clopant jusqu'à la table, traînant le fusil par le canon encore chaud, avait trouvé et gratté une allumette et allumé la lanterne. Puis il était allé à la fenêtre, la flamme projetant de minces ombres tremblantes en haut des murs, atteignant le plafond bas et blanchissant les toiles d'araignée. Il tenait très haut la lanterne. Au-dessus de la fenêtre les planches étaient déchiquetées, bien propres dans les fentes et couleur de miel. Depuis il ne gardait plus le fusil par terre à côté du lit, mais dans le coin derrière la table.

Le vieil homme resta longtemps éveillé. Une fois il crut entendre un cri, vaguement, de l'autre côté de la rivière et du champ, mais il n'en était pas sûr. Une voiture passa sur la route et il se demanda ce que ça pouvait être, mais ensuite il somnola et les grillons s'étaient tus depuis longtemps.

Un creux profond entre les tendons de son cou, de la teinte de la fumée bleue. Les os saillants sous la peau de papier comme des rangées de piqûres descendant dans le décolleté de sa robe. Les yeux baissés sur son ouvrage, un cillement chaque fois qu'elle avale, on dirait des yeux de crapaud. Les paupières ridées comme des coques de noix. Ses cheveux grisonnants plaqués, coiffés serré, un casque de fil de zinc. Se balançant doucement, se balançant. Un pan de la jupe tombant en draperie le long du fauteuil balayait doucement le plancher. Elle était assise devant la cheminée sans feu et piquait des boutonnières dans une chemise taillée dans des rebuts d'étoffe. Dans son cadre aux volutes dorées, le capitaine Kenneth Rattner, le visage empâté et l'air coquin avec son képi du corps expéditionnaire rabattu sur le sourcil droit, les deux barrettes du galon baignées de lumière, soldat, père, fantôme, les observait.

Avec les lampes alignées, une de chaque côté de la pièce, elle avait dans son maintien quelque chose d'hiératique, peut-être d'une nonne à son rosaire. Plus tard il observa la scène de l'appentis de la cuisine parce qu'il y avait là un toit de tôle et qu'un vent s'était levé et rabattait la pluie sur le métal avec de longs craquements comme de la soie qui se déchire. Il feuilletait son magazine mais il l'avait tellement lu qu'il regardait à peine les pages à présent ; la plupart du temps il regardait la flamme de la lampe vaciller et le contour luisant du fourneau, bruni par la chaleur, mêler sous la patine le bronze et le cuivre d'un plumage de paon, son bleu-violet, passer d'un motif à un autre, des volutes aux pointes de flamme. Il passa la main devant le manchon de la lampe et les boîtes bleues au-dessus du fourneau s'inclinèrent.

Dans la cuisine, l'homme immobile sur le manteau de la cheminée ne pouvait plus le voir, lui non plus. Au bout d'un instant il posa le magazine et fit un demi-tour sur sa chaise et resta assis les coudes appuyés sur le dossier, guettant les éclairs par la vitre. Les minces fissures de la foudre au loin au-dessus de Winkle Hollow comme des éclairs de chaleur. Il n'y avait pas de tonnerre, rien que la pluie et le vent.

L'enfant croyait qu'il pouvait se souvenir de son père. Ou peut-être seulement de sa mère parlant de lui... Il se souvenait d'un homme, de son père ou peut-être d'un autre, il n'en était plus certain. Son père n'était pas revenu quand ils avaient déménagé et quitté Maryville. Ça il s'en souvenait, du déménagement.

C'était une maison en rondins, des grumes équarries à la main et les fentes colmatées avec de l'argile, les lourds madriers du grenier fixés avec des chevilles de bois. Autrefois il y avait un métier à tisser dans le grenier mais depuis il avait été brûlé morceau par morceau pour allumer le feu. C'était une énorme machine qui même alors avait gardé sous la poussière une teinte jaune de bois neuf. Les poutres étaient encore comme ça. L'été les guêpes faisaient leurs nids au-dessus des planches, profitant des trous d'où les chevilles étaient tombées, rétrécies par d'anciennes sécheresses, pour ressortir dans le grenier brûlant, passer en bourdonnant au-dessus de son lit et voler jusqu'à la fenêtre où manquait un coin de vitre, et sortir au soleil. Il y avait eu aussi des nids de torchepots empilés sur les planches plus larges mais un jour sa mère s'en était débarrassée et à part les guêpes il n'y avait plus que des vrillettes et des charançons qu'il ne voyait jamais mais dont il devinait la présence aux cônes de sciure molle amassée sur le plancher, ou sur la faîtière au-dessous des chéneaux, ou pris dans les fils des toiles d'araignée dont pendaient de lourdes tentures jaunes, opaques de poussière et épaisses comme de la mousseline.

La maison était haute et austère sans beaucoup de fenêtres. Certains pensaient que c'était la plus ancienne du comté. Elle était couverte de bardeaux et cette toiture semblait la seule partie du bâtiment à ne pas être à l'abri des intempéries et des ans, car ils étaient noircis et fendus, et tels qu'ils étaient maintenant, en ruine, gondolés et tordus, ils semblaient avoir été victimes d'un ancien incendie auquel on ne savait trop comment le reste de la maison avait échappé, solide comme elle était avec ses rondins veinés et vieillis. Ils s'affaissaient et gauchissaient et ne semblaient soutenus que par les cheminées de torchis et de pierres de torrent à chaque bout, mais à part cela la maison était saine et stable et aucune rafale ne pouvait en tirer le moindre gémissement.

Ils ne payaient pas d'impôts dessus, car elle n'existait pas sur les registres du comté, ni sur le terrain, vu qu'ils n'en étaient pas propriétaires. Ils ne payaient de loyer ni sur la maison ni sur la parcelle, puisque aucun détenteur d'un titre quelconque s'y rapportant n'était mentionné dans les actes, pas plus que l'existence de la maison. Ils donnaient quelque chose à Oliver Henderson qui leur apportait de l'eau trois fois par semaine quand il faisait sa tournée de lait.

Le puits caché dans le chiendent et le sorgho sauvage qui proliféraient dans la cour avait depuis longtemps perdu sa margelle de pierre et il y avait sur le fond desséché plusieurs couches de cailloux entre lesquelles reposaient dans des sépultures de fortune des ossements de lapins, d'opossums, de chats et autres malchanceux quadrupèdes de toute sorte.

Il ne le savait pas, mais pouvait seulement le deviner parce qu'il avait trouvé un jeune lapin dans le puits un printemps et il avait eu peur de descendre le chercher. Il lui apportait tous les jours un peu de salade qu'il laissait tomber au fond du puits et un jour il avait jeté dans le trou une poignée de laitue du jardin et il se souvenait que des feuilles étaient tombées sur le lapin et que le lapin n'avait pas bougé. Il était parti et longtemps après il avait pu voir le lapin sur les pierres au fond du puits avec des feuilles de laitue par-dessus.

Elle avait terminé maintenant et posé une lampe sur le manteau de la cheminée et la regardait en levant devant elle la chemise qu'elle tenait à la main. Elle resta ainsi un moment, puis elle se retourna et le vit qui l'observait par-dessus son épaule, tous deux vaguement éclairés et l'espace entre eux de chaque côté de l'étroite porte plongé dans la pénombre. Il ne pouvait pas voir ses yeux et fit semblant de regarder ailleurs et au bout d'un moment il retourna à la fenêtre et à la pluie.

Fils, dit-elle.

Oui, m'man.

Va te coucher.

Oui, m'man, dit-il encore. Il ne bougeait pas.

Ton lit n'est pas mouillé, hein ?

Non m'man.

Il le serait, mouillé, l'était toujours quand il pleuvait, même quand il n'y avait pas de vent. Tout était moisi et ça sentait bon ces jours-là et il faisait assez frais pour mettre la couverture. Cette année-là, cet été-là, il s'était installé sur la galerie devant la cuisine, il avait descendu son lit un dimanche soir pendant qu'elle était à l'église et le temps qu'elle rentre il s'y était couché, respirant à fond quand elle s'était arrêtée sur le pas de la porte avant d'entrer. Puis il l'avait entendue laver la vaisselle dans la cuisine en fredonnant, et elle n'avait jamais rien dit sauf qu'elle lui avait fait transporter les deux caisses de bouteilles et de boîtes de conserve qu'il avait enlevées du coin de la galerie. La galerie était construite en appentis et protégée par un treillis à partir de la rambarde ; au bout d'un moment, une fois couché, il parvenait à distinguer les glands dans les chênes de la cour. Certaines nuits un grand chien décharné venait et l'observait par la porte treillissée et lui il lui parlait, le chien haut d'épaule et sans relief, parfaitement immobile. Et ensuite le chien s'en allait et il entendait le piétinement de ses pattes à travers la cour et le tintement de son collier.

Il tira le lit vers le milieu de la galerie, rabattit l'édredon et tâta l'oreiller. Puis il le retourna et prit la couverture qu'il tenait sous le bras et la posa sur le lit et se coucha. C'était la dernière nuit de cet été-là. Il s'endormit bercé par les bruits d'eau et de métal de la pluie coulant en rigoles sur la tôle et dégringolant par la descente de la gouttière, avec un bref claquement de fouet à chaque rafale de vent et la fine buée qui lui aspergeait le visage à travers le grillage gonflé du treillis. Les chênes inquiets remuaient, des exhortations à voix basse, chut, chut...

Au matin la pluie avait cessé et il y avait une sorte de fraîcheur dans l'air et de la fumée. Il s'en réjouit, car il attendait, et les changements de temps et les saisons étaient devenus son sablier. Il y avait encore de chaudes journées mais il n'y attachait pas d'importance. Le matin les geais étaient dans les chênes noirs et les quiscales étaient de retour, par bandes entières qui faisaient ployer les branches des arbres, leurs plumes, un scintillement de sombres couleurs métalliques, et leurs cris, une musique grinçante de balançoire rouillée. Ou bien ils restaient à terre et la cour ondulait de leur masse noire. Alors il se précipitait et tapait une seule fois dans ses mains et les regardait exploser et partir en gerbes vers le soleil, horde hurlante s'envolant avec les feuilles et les brindilles emportées dans l'appel d'air de leurs ailes.

Les premières semaines de septembre passèrent et le temps se maintenait et il ne gelait pas. Les veines de ses bras se gonflaient et il les pressait puis levait son poing et sentait le sang dans les tendres vaisseaux.

Il luttait contre le temps à présent et il pouvait le sentir qui cédait. Elle avait passé deux jours à mettre le reste du jardin en bocal et elle était sans cesse à le houspiller pour qu'il remette son lit dans le grenier avant de prendre froid. Il se mit à pleuvoir et l'étang était rouge sang, et un après-midi il attrapa une perche entre les saules dans un endroit où il y avait à peine un pied d'eau et la vida et serra dans la paume de sa main le cœur minuscule qui battait encore.

Son lit était toujours sur la galerie. Ces nuits-là il ne pouvait pas supporter d'être à la maison. Il sortait après le souper et rentrait à l'heure du coucher – pour ressortir dès qu'elle était endormie, marchant le long des routes sombres, passant devant les cabanes et les maisons, les gens baignés de lumière jaune avec des gestes muets et énigmatiques derrière les fenêtres éclairées...

Une nuit qu'il avait coupé à travers champs il vit deux silhouettes qui s'affrontaient dans l'herbe, nues, blanches et frénétiques dans l'éclat du croissant de lune comme des poissons hors de l'eau. Il continua. Ils ne l'avaient pas vu. Quand il arriva sur la route il se mit à courir, ses chaussures martelant à grands coups l'asphalte jusqu'à ce qu'elles l'écorchent et le brûlent, à courir jusqu'à ce que sa poitrine soit en feu. Au-dessous du carrefour dans la cour des Stiefel il y avait un grand tulipier. Il grimpa sur l'herbe soigneusement entretenue du remblais et se tapit dans les ombres du tronc comme un malfaiteur traqué. Sa respiration lui enfonçait des braises dans les poumons.

Il resta assis là longtemps, regardant les lumières s'éteindre l'une après l'autre dans la vallée. Le bruit de voix proches et insistantes sur l'air acoustique de la nuit, des portes qui se referment, un rire... Un bivouac qui s'apprête au sommeil, des feux de camp qui s'éteignent... Dans les grottes à la lueur des torches un congrès de démons et de sorcières en proie à une sinistre fringale entrechoque d'anciens ossements desséchés.

Tu vas le traquer jusqu'à ce que tu le trouves. Quand tu seras grand. Tu vas trouver l'homme qui a tué ton père. (Il s'en souviendra : l'expression de fureur sur le visage déjà vieillissant baissé sur lui jusqu'à se confondre avec le sien, l'odeur âcre de l'haleine...)

Comment est-ce que je peux... Il s'était mis à pleurer.

Ton père aurait su comment, lui. C'était un bon chrétien même s'il appréciait pas tellement les prières et les sermons... Le Seigneur te montrera, mon garçon. Il abandonnera jamais ceux qui ont foi en Lui. Prie et la voie te sera révélée. Lui... *Jure-le*, mon garçon.

Il commençait à avoir le bras paralysé par la douleur... Il la sentait trembler à travers les doigts serrés... Je le jure, dit-il.

T'oublieras jamais.
Non.
Jamais tant que tu vivras.
Tant que je vivrai.
Oui, dit-elle.
Tant que je...
Moi non plus j'oublierai jamais, dit-elle, serrant encore une fois la main sur son bras, le menaçant de son énorme visage. Et, s'écria-t-elle, lui non plus il oubliera pas.
Que je vivrai...
Il n'avait jamais oublié. De quelque part dans l'obscurité venait le son d'un banjo, des notes en prélude... Un message... Quelles nouvelles ? D'anciennes amours recommencées, la maladie, un sanglot d'enfant. Le silence maintenant dans les maisons. La paix. Même pour ceux à qui une nuit sans matin ne pourrait apporter assez de repos. Et le silence, la musique, inerte et fantomatique, enfuie dans la suintante chaleur ambre d'innombrables rêves mis à mort sur le foyer de la cheminée... Le matin est encore à l'autre bout de la terre, et l'enfant est fatigué. Faisant ployer l'herbe sous une même tristesse la rosée le suivit jusqu'à sa maison et colmata sa porte.

Pourtant le temps durait, et la pluie. Les jours étaient gris et brumeux et la nuit les arbres gouttaient et crachotaient. Des bouteilles avaient été disposées dans l'étang et il les regardait dériver à la surface de l'eau un matin qu'il pêchait à la ligne depuis le redan calcaire du bord amont. Plus tard un homme arriva dans une barque qu'il faisait avancer à l'aide d'une perche dans le brouillard et il le vit bloquer les bouteilles qui tournaient et dansaient et soulever les lignes pour en retirer les poissons. L'homme l'aperçut et lui fit signe et il lui rendit son salut. La barque tourna en arrivant à la rive amont et repartit de l'autre côté, dans un silence qui n'était troublé que par les chocs de la perche contre les planches de l'arrière.

Il mettait les bouchées doubles à présent et les jours raccourcissaient et le froid était arrivé. Son matelas était toujours sur la galerie et il observait jour après jour la déchéance des arbres de la cour, se réveillait dans un monde écarlate avec le soleil énorme et plat coincé dans la brèche de la montagne et les érables incandescents. Blotti dans sa couverture qui sentait le moisi il reniflait pour vérifier l'air. Une brise molle chargée d'eau et coupée de fumée entrait par le treillis en murmurant sans apporter encore de nouvelles.

Il attendait. Dans les lentes journées sanguinolentes d'octobre il regardait, avec l'expression léthargique et la paupière lourde du crapaud, les nerfs tendus et accordés comme ceux d'un félin à l'affût.

Un soir il l'aperçut en sortant de l'épicerie et elle lui sourit et elle dit : Salut. Il fit un signe de tête et continua, les entendit ricaner derrière son dos. Il ne l'avait pas vue depuis la fin de l'été.

Il traversait le champ des Saunders pour aller à la rivière et portait sur son épaule à la façon d'un sac de chemineau une nasse improvisée taillée dans de la toile de sac. Jusqu'à ce qu'elle ait parlé il ne l'avait pas vue, penchée comme elle l'était contre un piquet, les mains par-dessus et son menton sur les mains. À la voir elle semblait être à ce poste depuis des jours et des jours, attendant avec une incalculable patience le moment où il passerait par là.

Bon, se dit-il, elle est pas assez âgée pour être propriétaire du terrain et me faire déguerpir même si elle est assez grande pour ça. De sorte qu'il lui dit à son tour : Salut.

C'est bien John Wesley que tu t'appelles, hein ?

Il allait dire : Oui m'dame, mais il dit : Ouais, c'est comme ça que j' m'appelle.

Elle se détacha du piquet et s'avança vers lui, sans hâte, d'un pas nonchalant. Elle portait une robe en coton imprimé qui se boutonnait jusqu'en haut comme une robe d'intérieur et là où l'étoffe se tendait sur son ventre ou couvrait avec peine sa flottante poitrine de la chair blanche et de la soie rose apparaissaient entre les boutons. Elle arracha un brin d'herbe et commença à le mâchonner, en le regardant de côté, debout en face de lui maintenant et s'appuyant sur une jambe avec la hanche bien en avant. Qu'est-ce que tu fais ? demanda-t-elle.

J' traîne, dit-il.

Tu traînes ?

Ouais. C'est tout.

Elle poussa une pierre avec la pointe de sa chaussure.

Et avec qui est-ce que tu traînes ?

Ben, avec personne. Tout seul.

Les pointes de ses seins se gravaient dans l'étoffe comme des pièces de monnaie. Elle l'observait qui regardait. C'est pas bien de traîner tout seul, ça donne envie de s'amuser à des vilains jeux, dit-elle, avec un demi-sourire à la commissure des lèvres et les yeux qui louchaient de malice.

Qui dit ça ? demanda-t-il.

Moi. Et le pasteur dit pareil.

Il faut que j'y aille, dit-il.

Pour t'amuser à tes petits jeux ?

Il repartit et elle lui emboîta le pas.

Où est-ce que tu vas ? demanda-t-elle.

À l'étang, dit-il.

Qu'est-ce que tu vas faire là-bas ?

Pêcher.

Pêcher. Pêcher avec quoi ? T'as pas ta gaule.

J'en ai une là-bas, lui dit-il. Cachée.

T'emportes pas toujours ta gaule avec toi ?

Non.

Elle se mit à ricaner.

Ils continuèrent à pas lents, bien plus lentement qu'il n'avait coutume. Au bout d'un moment, comme elle se taisait, il lui demanda où elle allait.

Moi ? dit-elle. Nulle part. J' traîne. J' vais m'amuser.

Et avec qui ?

Elle se mit à rire.

Hum. Tu voudrais bien le savoir, hein ?

Non. Ça m'intéresse pas.

Il continuait, les yeux levés sur les arbres, le ciel.

C'est là-dedans que tu mets tes poissons ?

Où là-dedans ? Elle montrait la nasse en toile de sac.

Dans ce truc-là, dit-elle.

Mais non. Ça, c'est une nasse. Avant d'aller à l'étang, faut que j'attrape des vairons pour avoir des appâts.

Elle ne partait pas. Il barbotait, plongeant la perche de la nasse sous le gravier des berges, et il la voyait qui marchait le long de la rivière ou s'arrêtait pour regarder. À un endroit où les chèvrefeuilles s'amincissaient elle s'avança jusqu'à la rive et se déchaussa et plongea la pointe du pied dans la rivière et fit gicler de l'eau au moment où il passait. Quand il se retourna elle était dans la rivière avec de l'eau jusqu'aux genoux et sa jupe retroussée passée sous l'élastique de sa culotte et ses cuisses étaient incroyablement blanches dans l'eau brune où elle avançait contre le courant, d'un pas hésitant, penchée en avant, avec ses seins qui dansaient. Elle le rejoignit et l'éclaboussa. Elle dit :

Tu sais pas mon nom, pas vrai ?

Ça va, dit-il. Comment c'est, vot' nom ?

Comme si ça t'intéressait !

Ça m'intéresse pas, c'est vous qui...

Pourquoi tu me le demandes, alors ?

Vous... J'ai jamais... Il s'interrompit. C'est vous qui venez de me demander si...

Wanita, dit-elle. Si tu veux le savoir. Wanita Tipton. J'habite là-bas de l'autre côté. Elle indiquait d'un geste vague, au-delà de la rivière, derrière les restes desséchés d'un champ de maïs dans l'été finissant, un boqueteau de noyers autour d'une maison aux murs sales surmontés d'un toit de zinc vert. Il opina, se remit au travail avec la nasse. Il n'avait pas assez de flotteurs et les vairons passaient par-dessus la toile. Il en avait quand même une demi-douzaine dans la boîte attachée à sa ceinture.

Ça t'amuse de pêcher comme ça ? demanda-t-elle par-dessus son épaule.

Il se retourna et la regarda. Elle était debout sur un rocher les jambes serrées. Le dos de sa robe était retombé et était sombre et mouillé.

Vous avez chopé une sangsue, dit-il.

J'ai chopé quoi ?

Une sangsue, dit-il. Vous en avez une sur la jambe.

Elle baissa les yeux ; il ne lui fallut pas longtemps pour la voir, une grosse bête brune juste au-dessous de son genou avec un mince filet de sang qui prenait une teinte rose sur son mollet mouillé. Elle avait mis la main devant sa bouche et restait là sans bouger, les yeux rivés sur la sangsue. C'était une bête d'assez bonne taille pour la rivière, mais il y en avait de beaucoup plus grosses dans l'étang. Elle continuait de la regarder sans rien faire, et au bout d'un moment il dit :

Vous allez pas l'enlever de là ?

À ces mots, elle sortit de sa torpeur. Elle leva les yeux sur lui et son visage s'empourpra.

C'est de ta faute, dit-elle. De ta faute, nom de Dieu. Petit imbécile.

Merde, c'est pas moi qui l'ai mise là.

Enlève-la ! Nom de Dieu... Tu vas me l'enlever à la fin ?

Il traversa pour la rejoindre. Comme ça avec de l'eau jusqu'en haut des jambes et elle debout devant lui sur une pierre, il pouvait voir jusqu'aux hanches là où la jupe était retroussée dans la culotte. Il empoigna la sangsue, en essayant tout à la fois de lever et de ne pas lever les yeux, et avec une sensation de vertige, en tremblant, et il détacha la sangsue et la lança derrière elle sur la berge. Il lui dit : Faut pas aller dans l'eau nu-pieds.

Il avait soudain compris qu'elle ne lui faisait même plus peur, et il ne se rappelait qu'une chose, qu'il était parti en courant. *L'énorme étendue de chair et la culotte et elle qui s'agrippait à son col les pieds enfoncés dans l'eau quelque part de chaque côté de sorte qu'il finit par se dégager d'un mouvement brusque en déchirant sa chemise et qu'il repassa sur l'autre rive en éclaboussant et une fois sur le talus il prit par le champ des Saunders, courant à toutes jambes avec l'eau et les vairons qui giclaient du seau et la petite nasse grotesque qu'il tenait encore à la main et l'eau qui clapotait dans ses chaussures.*

Elle dit quelque chose à l'autre et elles se mirent à ricaner toutes deux. Et il continua avec le pain sous le bras, rentrant chez lui, le visage en feu dans le froid du soleil bas d'octobre. Une fois arrivé il s'aperçut en traversant la galerie que son lit était parti. Elle était dans la cuisine. Il posa le pain sur la table et monta au grenier, ses pas résonnant sur les marches creuses, et il entra dans la pénombre entrelacée de toiles d'araignée où son lit avait été déposé sous les chéneaux branlants et refait avec du linge frais.

Maintenant, au petit matin, l'étang était noyé de brume, épaisse et déroulant de froides volutes d'où montait le nasillement de canards fantômes. Au lever du soleil toute la vallée se glaçait de blanc et de cristal et l'air était enfumé et piquant à cause des feux brûlant dans les fourneaux et plus tard des feux allumés en plein air autour desquels les femmes à leurs chaudrons se rassemblaient armées de grandes palettes en bois, avec des mines maléfiques sous leurs châles et leurs bonnets, troupe de gnomes préparant leurs potions. Les premiers jours de gel, les froides journées brumeuses avec les cochons qui grognaient et de temps à autre pareil aux abois de chiens de chasse l'appel lointain d'oies sauvages qui volaient vers le sud en minces V s'écartant sur l'horizon puis disparaissant. Il taillait du bois, partait de bonne heure travailler entre les piles de plus en plus hautes de minces bûches de pin fraîchement coupées, givrées et brillantes dans le froid matinal comme des rayons de miel gelé. Il travaillait dur et les jours passaient. Lui à ta place avec tout le temps qu'il t'a fallu il aurait déjà coupé des bûches qu'y en aurait dans la cour jusqu'au toit.

S'il était en vie, lui dit-elle un soir, tu manquerais de rien. Et lui, tout mutilé de guerre qu'il était avec cette plaque en platine dans la tête et tout le reste, il a refusé sa pension d'invalide, oui, refusé. Trop fier. Il voulait accepter d'aumône de personne, même pas du gouvernement. Il était capable de gagner le pain de sa famille tout seul, puisse notre bon Seigneur Jésus veiller sur lui.

Oui, dit-elle encore en le regardant avec l'air d'en douter, même si t'es que la moitié de l'homme qu'il était, tu seras quand même quelqu'un.

Le feu pétillait dans le petit fourneau dont un côté commençait à rougir, révélant sur la fonte vieillie les lézardes qui s'y étalaient comme de minces araignées.

À la voir se balancer doucement dans son fauteuil on eût dit une créature vouée à une ingrate et longue entreprise où seul l'espoir pouvait servir. Pas même la patience. Comme si peut-être dans un avenir indistinct le fauteuil allait se mettre à monter pour l'emporter vers la gloire, assise avec ce farouche comme-il-faut dont elle avait le secret, et les pieds sans doute joints sous le barreau, sa jupe ramassée autour d'elle. Elle fredonnait quelque chose avec son grêle bourdonnement nasal, lointaine évocation d'abeilles en été. Les braises craquaient, se tassaient avec des bruits de grains dans un tamis. Elle se balançait. Ainsi vint l'hiver cette année-là.

À travers le glissement fatigué de l'essuie-glace sur le pare-brise et le ruissellement de l'eau refoulée Sylder regardait la pluie danser dans les pinceaux des phares, miroiter sur le bitume noir. Derrière lui la sirène se remit à hurler, avec une stridence et une insistance renouvelées. J'ai encore jamais essayé ça sous la pluie, pensa-t-il. La pédale de l'accélérateur était écrasée sous son pied et il regarda l'aiguille monter lentement jusqu'au repère des soixante miles avant de relever le pied pour le prochain virage. Il faut que je le fasse avant d'attaquer la montagne, se dit-il, autrement j' suis dans un joli merdier. Va falloir que j'essaye aux Trois-Routes.

L'éclat des phares créait de terribles illusions de proximité et des formes éphémères apparaissaient sur la route, bondissaient d'un fossé ou d'un arbre sous des aspects grotesques et fantasmagoriques. De mornes spectres de brume sortaient du macadam et retombaient en charpie sur le capot, sur le pare-brise. Encore un virage. Derrière lui la lunette arrière s'obscurcit puis le lent et inexorable faisceau des phares reparut et s'ouvrit un chemin à flanc de colline sur la gauche, dessinant des silhouettes de pins gris, des rubans de calcaire s'étirant en longs sentiers jaunes comme des troupeaux de moutons somnolents. Quand il arriva en haut de la côte les phares disparurent et de nouveau la sirène retentit.

J' peux le prendre large, se dit-il avec optimisme. La route ressemblait à une nappe d'huile. Il ne restait plus une minute, cette fois ça y était, les nerfs et les muscles livrés à eux-mêmes et lui qui devait se contenter de regarder. Il arriva au carrefour à quarante miles au compteur, vit battre les yeux carrés du magasin, braqua le volant à fond à gauche, ses doigts bloquant pendant quelques secondes à peine le frein à main.

Après il ne vit plus rien. Il redressa le volant, ayant déjà relâché le frein. Sauf qu'il n'avait pas pu le tirer assez fort et que l'avant de la voiture dérapait au lieu de tourner. Puis le frein lâcha et des troupes d'arbres affolés se ruèrent dans l'éclat des phares comme s'ils s'élançaient tête baissée du bord même de la terre, et l'épicerie reparut, en glaçure sur la frise verte, sa forme blanche et nette passant très vite, incroyablement allongée. Et encore une fois pourtant les arbres et le bâtiment dans une long travelling brouillé et un choc assourdissant qui venait de l'arrière et quelque chose comme le craquement d'un morceau de bois sec puis le crépitement d'une averse de verre. Ses phares étaient de nouveau pointés sur la route et il avait déjà poussé le changement de vitesse vers le haut pour passer en seconde, les pneus crissant, le coupé bondissant en avant, quand la voiture de police enjamba le sommet de la côte devant lui. Les pneus mordaient et il continua, raclant dans sa fuite un pare-chocs de l'autre voiture avec une précision délibérée. Derrière lui l'épicerie avait l'air de loucher, avec la moitié d'un poteau enfoncée de biais au travers d'une vitre et un coin de la galerie par terre ou presque, humble et abject sous la pluie battante.

Sylder craqua une allumette contre le tableau de bord et alluma une cigarette. Adios, John, dit-il. Il chantonnait tout doucement, rien que pour lui : Cette chance qu'il a d'être parti d'puis si longtemps du Kentucky, d'être parti..., accompagnant d'un léger balancement le mouvement de la voiture dans les virages.

C'était en août qu'il avait trouvé l'épervier sur la route de la montagne, tassé dans la poussière, une de ses courtes ailes de faucon molle et dépliée, les yeux fixés sur lui sans malice ni crainte – quelque chose de dur dans leur expression, de résolu, d'implacable. L'oiseau suivit ses mouvements pendant qu'il approchait puis tourna la tête quand il tendit le bras vers lui, quand il le ramassa et le sentit tiède et palpitant dans la paume de sa main, l'oiseau restant là sans l'observer, sans bouger, mais regardant au loin du côté de la vallée, calmement, de ses yeux de rapace où miroitaient des lueurs froides, ses plumes frémissant dans le vent. Il le rapporta chez lui et le mit dans une caisse au grenier et le nourrit de viande et de sauterelles pendant trois jours et ensuite l'oiseau mourut.

Le samedi il alla à la ville avec M. Eller, tenant d'une main le sac et assis le buste droit au bord de la banquette dans la cabine du camion pour mieux voir les champs qui défilaient et ensuite les maisons et ensuite encore plus de maisons et enfin des magasins et des postes d'essence, le pont sur le fleuve et au-delà les contours de la ville découpés contre le ciel brûlant du matin.

Comment est-ce que tu vas rentrer ? demanda M. Eller.

Je me débrouillerai, répondit-il. J'ai des choses à faire.

Il était debout sur le marchepied, un pied sur la chaussée au coin de Gay Street et de Main Street.

Tiens, dit M. Eller en se penchant par-dessus la banquette et en allongeant la main.

Qu'est-ce que c'est ?

Prends ça.

J'ai de l'argent, dit-il. Ça ira.

Prends ça, nom de Dieu, dit M. Eller. Il agitait la pièce de vingt-cinq cents devant lui. On klaxonna derrière eux.

Bon, dit-il. Il prit les vingt-cinq cents. Merci, à bientôt.

Il claqua la portière et le camion déboîta, M. Eller levant encore une fois la main pour prendre congé. Il fit signe à la tête dessinée de dos dans la lunette arrière, traversa la rue et suivit l'allée qui menait au tribunal, monta les marches de marbre et entra.

À un petit bureau juste dans l'encadrement de la porte une dame était assise, en train de s'éventer avec une liasse de formulaires. Il resta quelques minutes à regarder tout autour de lui dans le hall et à lire les écriteaux au-dessus des portes et elle finit par lui demander ce qu'il voulait. Il leva le sac.

La prime pour les éperviers, dit-il.

Ah oui, fit-elle. Je crois que c'est de l'autre côté, là-bas.

Où ça ?

Là-bas. Elle indiquait un couloir.

Merci beaucoup, dit-il.

Il y avait un long comptoir et d'autres dames derrière assises à des bureaux. Il attendait depuis un moment quand l'une d'elles se leva et s'approcha et dit : Vous désirez ?

Il leva le misérable petit sac et le posa sur le comp-

toir. Du cou crêpé de sueur émanait une épaisse puanteur dont les relents de putréfaction parvenaient à dominer jusqu'à l'odeur de moisi incrustée dans le vieux bâtiment. La dame regarda le paquet d'un œil soupçonneux, puis avec effroi, à mesure que les gaz parvenaient à ses narines. Délicatement, avec deux doigts, elle toucha le col froissé du sac, puis retira ses doigts. Il renversa le sac la tête en bas et fit glisser le contenu malodorant sur le bois verni du comptoir dans une violente cascade de plumes. Elle fit un pas en arrière et regarda. Puis elle dit, d'un ton qui n'était ni soupçonneux ni inquisiteur, mais simplement pour bien marquer le caractère officiel de sa fonction :

C'est un jeune épervier ?

Oui m'dame, dit-il. C'est un poussin.

Je vois.

Elle fit brusquement demi-tour et disparut dans un cliquetis de talons derrière une rangée de meubles de classement de couleur verte. Elle revint au bout de quelques minutes avec un mince bloc d'imprimés, s'arrêtant au comptoir un peu plus loin puis écrivant quelque chose avec un porte-plume qui se trouvait là parmi tout un assortiment d'encriers. Il attendait. Quand elle eut fini elle détacha le formulaire du bloc et revint et le lui tendit. Signez là où il y a des X, dit-elle. Ensuite apportez-le à la caisse. Au fond du hall. Elle pointait le doigt dans la direction. Il avait signé sur les deux lignes, lui avait rendu le porte-plume et s'éloignait quand il l'entendit qui le rappelait : Je me demande si vous ne pourriez pas, dit-elle en se pinçant les narines et en pointant sur le petit oiseau un doigt dégoûté, si ça ne vous ferait rien de le remettre dans le sac à ma place. Ce qu'il fit. Tenant délicatement le bout de papier d'une main et l'agitant pour sécher l'encre, il alla encaisser sa prime.

Il sortit par le portail ouvert avec le vent qui s'en-

gouffrait dans le vestibule et remuait les feuilles épinglées sur le panneau d'affichage, le vent tiède d'une matinée d'été, imprégné d'une senteur de marronniers, entraînant des rafales de suie sur les marches de pierre. Il tenait le billet d'un dollar dans sa main, soigneusement plié deux fois. Quand il fut dehors il le prit et le plia encore une fois, en carré maintenant, et le glissa entre les rivets de cuivre au fond du gousset dans le pantalon de sa salopette. Il pressa la main dessus pour l'aplatir et descendit l'allée, passant devant les arbres souillés, les monuments, la tranquille statue qui regardait dans le vide interminablement, et arriva dans la rue.

Une fanfare était en train de jouer. Sur la touffeur de la ville flottaient des airs de vieux hymnes martiaux aux notes stridentes même de loin. Des files de voitures s'allongeaient dans une scintillante somnolence sous un brouillard de gaz d'échappement et au carrefour se tenait un policier au repos comme à une prise d'armes.

Il traversa la rue et la musique devint tout à coup plus forte comme si une porte s'était ouverte quelque part. Une fois au coin il put les voir qui arrivaient, huit et dix de front, solennelle phalange de bordeaux râpé, le drap fatigué et lustré même à cette distance, et leurs instruments luisant d'une lueur terne au soleil. En avant d'un petit groupe venait le chef, avec un grand chapeau et un bâton, et les quatre porte-drapeaux qui levaient bien haut leurs mâts, mais les drapeaux s'enroulaient tristement. Dans la masse derrière eux une paire de tubas virevoltaient et avançaient comme des ballons, sautaient grotesquement par-dessus les têtes des marcheurs et crachaient à contretemps leurs coassements de grenouilles dans un faux contrepoint sans rapport avec le haletant charivari des autres instruments. Derrière le cortège avançait lentement une *caravane d'autocars aux fenêtres desquels s'agitaient et flottaient des volées de fanions.*

Il regardait, pressé et coincé dans la foule, les gens en sueur dans leurs minces vêtements d'été, un labyrinthe de formes et de couleurs sans rien de commun à part les taches sombres sous les aisselles, tendant le cou, se haussant sur la pointe des pieds, levant les gosses à bout de bras. Les gens défilaient sous le dôme de chaleur, en nage et l'air exaspéré. Il vit l'un des joueurs de tuba passer près de lui le visage rouge et frénétique comme s'il était obligé de souffler dans son instrument pour l'empêcher de se dégonfler et de retomber sur la tête de ses compagnons. Ils passèrent dans un énorme frisson de bruit et les autocars arrivèrent, roulant péniblement en première, poussifs, crachant des tourbillons de brumeuse fumée bleue, leurs fenêtres grouillantes de banderoles, de fanions, de pancartes, de petits visages. De longues bannières de papier étaient tendues le long des cars, revendiquant le Christ en grandes lettres rouges, et la tempérance, invitant à voter contre le diable n'importe quand et n'importe où il se présenterait à une élection. Ils passèrent un par un dans une lente succession puis ce furent de nouveau les étendards multicolores dans les petites mains d'enfant levées vers les spectateurs qui s'épongeaient mollement le visage et la nuque avec leurs mouchoirs. Une pancarte bleu et jaune qui portait pour légende : Ne Faites pas de mon Papa un Alcoolique, tomba dans la rue comme un oiseau sous des plombs de chasse, laissant une main vide qui s'accrochait à la vitre. L'autocar suivant fit éclater et écrasa la hampe du fanion et laissa les empreintes de ses pneus sur la pancarte.

Puis la musique se tut brutalement et il n'y eut plus que le piétinement gêné de la foule, le lent bourdonnement des autocars. Les fanions et les pancartes s'im-

mobilisèrent peu à peu, en proie à une sorte de malaise collectif comme si quelqu'un était mort, et ils continuèrent ainsi jusqu'à ce que passe le dernier autocar, les petits visages penchés aux fenêtres avec des expressions solennelles de réfugiés, et ainsi jusqu'à ce qu'il arrive au pont et sorte de la ville. La foule reflua dans les rues et diminua et la circulation reprit, les voitures s'ébranlant et les trams ferraillant.

Il était encore sur le trottoir et maintenant il voyait la ville, fumante et floue dans la chaleur, et au-dessus des façades neuves de verre et de brique les invraisemblables bâtiments nus, les imposantes colonnes de brique ornées d'un fantastique bric-à-brac : des arches, des linteaux, avec cannelures et arabesques, des colonnes aux volutes fleuries et des pignons à redans, de grandes baies au-dessus d'encorbellements sculptés en forme de pieds, de têtes d'animaux sans nom, de figures pompéiennes... ici et là, décorées de gargouilles et de crochets gothiques, des dates aux chiffres chantournés commémorant l'érection du bâtiment. Des rangées de pigeons somnolaient sur les hautes corniches et la chaleur montait par vagues visibles du bitume des trottoirs et de la chaussée. Il tapota encore une fois le billet d'un dollar plié dans sa poche et s'engagea dans Gay Street. Arrivé au Strand il s'arrêta pour regarder la bande annonce du film du samedi et palpa ses vingt-cinq cents. Ensuite il tourna à gauche dans la direction de Market Square. Au coin il y avait un type qui poussait des hurlements incohérents et brandissait une bible en lambeaux. Et à côté de lui une vieille femme harnachée dans des bretelles d'accordéon, muette et patiente comme un cheval de trait. Il traversa la rue derrière le demi-cercle des spectateurs. L'homme s'arrêta de crier et l'accordéon commença et ils se mirent à chanter, les deux voix rauques et perçantes montant dans un triste chevrotement, accompagnées par les grincements d'orgue à vapeur de l'accordéon.

Il continua de l'autre côté de la place, profitant de l'ombre de la halle, passant devant des visages rupestres à la peau brune qui guettaient au milieu de leurs charrettes et de leurs camions, perchés sur des caisses, devant des vieilles aux visages de fruits séchés enfoncés dans des bonnets qui tenaient plutôt de la cagoule, hirsutes, ravinées et les dents de travers comme des noix de coco sculptées, devant de pauvres hères venus de coins perdus pour faire commerce des fruits de la terre, bradant leurs marchandises d'une rangée d'antiques véhicules à l'arrière appuyé de biais contre le trottoir et chargés de fruits et de légumes, d'œufs et de baies sauvages, de miel dans des bocaux et de caisses de noix, de sacs de racines et d'herbes, du sassafras jusqu'à l'herbe à ressouder les os, tout un capharnaüm de plantes et de fleurs en pot. Devant des étalages d'échoppes de chaussures dont la misérable marchandise s'élevait en pyramides poussiéreuses, et des boutiques de vêtements avec sur le pas de leur porte des étagères en fer chargées de fripes, devant des caisses de chaussettes et de bas, devant un marché à la viande où jambons et carrés de côtes se balançaient comme des mécréants à leur gibet ; avec dans les vitrines des plats carrés de porcelaine sur lesquels s'empilaient des viandes constellées de points blancs et infestées de trichine, des blocs de foie de la couleur de l'argile émergeant de douves de sang aqueux, un plateau de cervelles, des morceaux de viande d'origine inconnue éparpillés un peu partout.

Parmi des types en salopette et des aveugles et des amputés sur des planches à roulettes ou des béquilles, des sacs de farine et de fourrage entassés sur le trottoir et des vendeurs de crayons tendant devant eux leurs bras infatigables, devant des étals et des niches et des soupiraux où l'on vendait du tabac à fumer ou à chiquer, haché, en feuille ou en carotte ou en sac, du doux ou du corsé, dans de petites boîtes en fer blanc, des pipes et des briquets et toute une gamme ésotérique de menus articles y compris des albums d'images obscènes. Devant des estaminets d'où sortaient des puanteurs de café brûlé, des effluves de viande poêlée, un indéfinissable pot-pourri d'odeurs.

Sous la marquise d'ampoules électriques du Crystal Palace se tenait un groupe de paysans les yeux braqués derrière la caisse où une femme à l'air las était assise sous une pancarte annonçant : Adultes 25 cents, enfants 11 – pour voir le film en profitant d'un pan de rideau qui manquait. Des bruits de sabots et de coups de feu parvenaient jusque dans la rue. Il ne pouvait pas voir parce que les gens lui cachaient l'écran et il continua, remontant la place, jusqu'à ce qu'il arrive devant une vitrine garnie de formes en bois et en métal parmi lesquelles il ne reconnut que quelques outils à main des plus courants. En se cachant un œil d'une main pour se protéger de l'éclat de la lumière sur la vitre il réussit à les apercevoir dans la pénombre à l'intérieur du magasin, accrochés à un clou au mur. Il tâta le billet d'un dollar et entra. Ses pas faisaient un bruit mat sur le sombre parquet huilé en le transportant dans une atmosphère chargée d'odeurs de cuir et de fer, d'huile de machine, de semences, sous d'étranges objets suspendus au plafond par des crochets, devant des tonneaux remplis de clous, et jusqu'au comptoir. Ils pendaient par leurs chaînes et avaient un aspect féroce et antique parmi les chaînes de trait et les harnais, les scies de long et les têtes de hache. Un employé passa derrière le comptoir et s'occupa d'un type qui tournait machinalement une poignée de porte en cuivre dans sa main. Ils disparurent ensemble dans la pénombre, en se baissant pour éviter une guirlande de courroies en cuir qui pendaient, partirent au fond du magasin. Quelques minutes plus tard un homme grisonnant s'avança dans l'allée et s'adossa au comptoir en le regardant.

Qu'est-ce que je peux faire pour toi, mon garçon ? dit-il.

Combien est-ce qu'ils coûtent ? Il fit un geste vague derrière le monsieur grisonnant comme s'il n'y avait eu qu'un seul article exposé dans le magasin. Les pièges... Vos pièges là-bas.

L'homme se retourna.

Les pièges ? Les pièges en acier ?

Oui, m'sieur.

Bon, dit-il. Ça dépend... Quelle taille ?

Ceux-là.

Il montrait du doigt les numéro un. L'homme examinait les objets de métal gris mat comme s'il s'apercevait pour la première fois de leur existence, faisant apparemment un effort pour se rappeler non pas leur prix mais comment il se faisait qu'ils se trouvaient là. Puis il dit D'accord. Et il en décrocha un et le posa d'équerre sur le comptoir devant le gamin, en redressant la chaîne, comme on ferait sans doute pour présenter une montre ou un article de bijouterie.

Le gamin toucha la surface lisse et huilée, la palette, la détente, les mâchoires, le ressort. Combien ? demanda-t-il de nouveau.

Trente cents.

Trente cents, répéta le gamin.

À moins que t'en prennes une douzaine. Ça vaut trois dollars la douzaine.

Le gamin tourna ça dans sa tête. Ça les mettrait à vingt-cinq cents la pièce, c'est ça ?

Eh bien, dit l'homme, douze et trois... quatre pour un dollar... C'est ça, vingt-cinq cents la pièce, c'est ça.

Bon, dit-il, j' voudrais bien en prendre une douzaine mais j' peux pas les prendre tous en même temps. Alors j' me demande si j' pourrais pas en prendre quatre aujourd'hui et venir chercher les autres plus tard... ?

L'homme le regarda une minute puis il sourit. Bon, j' crois que ce serait possible, dit-il. Évidemment il faudrait que je te fasse signer un papier comme quoi tu t'engages à acheter la douzaine pour que je puisse te laisser prendre les quatre en te les comptant au prix de la douzaine.

Le gamin acquiesça.

L'homme leva le bras et décrocha trois autres pièges et les posa sur le comptoir, leurs chaînes cliquetant furieusement, puis il chercha quelque chose sous la caisse enregistreuse et sortit un carnet d'anciens bons de commande. Il passa un moment à écrire dedans puis détacha deux exemplaires et les tendit au gamin. Signe ça, dit-il. Il lui tendait le porte-plume.

Le gamin le prit et commença à écrire.

Tu ferais mieux de lire avant, l'avertit le monsieur grisonnant.

Il lut, déchiffrant avec peine la grande écriture mince :

> *Le soussigné s'engage par la présente à acheter aux établissements Pour La Ferme et Pour La Maison, quincaillerie et marchandises diverses, 8 (huit) pièges Victor N° 1 d'ici au 1er janvier 1941 au plus tard, au prix de vingt-cinq cents la pièce.*
>
> *Signé...........*

Il signa son nom en bas et rendit le porte-plume.

L'homme prit la feuille signée et lui tendit l'autre, la

copie carbone. Celui-ci, c'est ton exemplaire, lui dit-il. Le gamin prit la feuille et la plia, puis il sortit le billet d'un dollar du gousset de son pantalon et le lissa avec le plat de la main sur le comptoir. L'homme prit le billet et encaissa. Attends que je te les emballe, dit-il.

Il arracha une feuille d'un rouleau de papier marron et y enveloppa les pièges et noua une ficelle autour. Le gamin prit le paquet, en le soupesant dans sa main. Je reviendrai chercher les autres bientôt, dit-il à l'homme.

Puis il sortit et se retrouva sous l'aveuglant soleil parmi des foules hautes d'épaule, un sourire de vieil homme l'accompagnant et lui souhaitant bonne chance.

Ils étaient encore enveloppés dans le papier marron calés derrière la poutre faîtière. Le 15 novembre il se leva à l'aube et traversa le plancher glacial du grenier, avança la main derrière la poutre et prit le paquet et retourna s'asseoir dans le lit, palpant leurs formes à travers le papier poussiéreux. Puis il dénoua la ficelle et laissa tomber les pièges sur la couverture. Les uns après les autres, il les arma et fit jouer la détente en avançant le pouce sous la mâchoire inférieure et ils rebondirent dans sa main et se refermèrent brutalement. Un peu plus tard, il les suspendit à un clou au-dessus du lit et descendit prendre son petit déjeuner.

Il passa toute la journée à la rivière à barboter dans l'eau couleur d'acier, fouillant parmi les chèvrefeuilles desséchés, cherchant les traces et les crottes, les éboulis et les terriers. Il s'était mouillé une manche jusqu'au-dessus du coude en plongeant le bras pour explorer un trou au fond et il avait les orteils engourdis dans ses grandes bottes qui prenaient l'eau. Il rentra gelé et grelottant mais il avait tendu ses quatre pièges.

Quand il quitta la maison le lendemain matin, en sortant sur la pointe des pieds par l'appentis, en refermant doucement la porte, la lumière commençait seulement à poindre à l'est au ras de l'horizon, perçant au-dessus des crêtes basses, et il y avait encore un froid bourrelet de lune au-dessus des montagnes. Les chênes étaient noirs et bien nets et les feuilles dans la cour recouvertes de givre craquaient sous ses pieds avec de petits crissements de verre. Il coupa en ligne droite à travers les bois jusqu'au champ des Saunders, blanchâtre et pâle dans le froid brumeux de cette première lueur, l'herbe morte gainée de gel pareille à de délicats osselets, les bancs de rocher noyés de brume et les corbeaux déambulant sur leurs pattes raides de l'autre côté, là où les saules délimitaient le cours de la rivière. Il traversa la clôture, le fil de fer glacé cuisant comme un coup de couteau à la jointure de son pouce. Les corbeaux s'enfuirent sur leurs ailes crochues dans un boqueteau de cèdres gris. Il prit de biais à travers le champ, franchit encore une clôture, plus près de la rivière maintenant, au pied de la montagne, passé le maïs gisant en rangs muets et décimés où les colombes s'étaient nourries jusque tard dans la saison. Déjà il pouvait entendre le murmure et le clapotis de l'eau et il arriva sur la haute rive là où descendait l'éboulis – une saignée d'argile tassée à la surface durcie par le gel et marquée par les griffes de rats musqués – et au-dessous dans l'eau son piège toujours à l'affût. Il remonta vers l'amont, traversa une plate-forme de calcaire où il y avait une colonie d'escargots d'eau douce et où le cresson se balançait au fil du courant. Dans un tunnel de chèvrefeuilles, les roseaux et l'herbe étaient piétinés et une gerbe de tiges enchevêtrées d'herbe blanche flottait au-dessus de son deuxième piège. Les deux autres étaient presque côte à côte juste sous le pont de la route et là non plus il n'y avait pas de rat musqué au pelage luisant. La rivière coulait en clapotant sous des grottes de pierre verte, sautant par-dessus des rochers, écumant, tourbillonnant sous des racines de cotonniers où guettaient les yeux à tige des écrevisses. Et les coulées rouges du soleil sur la montagne, un haut vol de faucon et le plongeon d'une crécerelle en train de chasser. Les araignées du matin à leur travail de brodeuses. Mais pas un rat musqué ne se débattait dans ses pièges.

Cinq jours plus tard il retira un piège et l'emporta près du pont. Il y avait des traces fraîches sur un banc de vase et il le tendit sur les bas-fonds où elles apparaissaient et disparaissaient. Deux jours plus tard le piège avait été traîné vers le milieu de la rivière et il y avait une griffe coincée sous les mâchoires. Il le réarma et le lendemain matin il était à la rivière une heure avant le lever du jour avec une lampe de poche.

Une lumière pâle comme du lait guidait les pas du vieil homme à travers champs vers la rivière et de là vers la montagne. Il entra dans le mur noir des ombres de pins puis monta les pentes basses jusqu'aux feuillus, jusqu'aux hickorys barbus où s'accrochait la vigne vierge, jusqu'aux chênes et aux cotonniers tortus assoiffés d'eau, à un quart de mile de la rivière à présent, passé la souche blanche déchiquetée de l'arbre creux récemment abattu, passé le cèdre nain des Indes et montant sans bruit d'un pas de félin la pente de la montagne dans l'obscurité sous les feuilles entrelacées qui filaient sur l'arrière-plan du ciel dans une petite brise. Il y avait encore de la lumière quand il traversa les lierres épais de l'été et les chablis et la craie. Passé l'aven là où sur une haute falaise parmi les trilobites et les arêtes de poisson, parmi les carapaces de crustacés ossifiés abandonnés par une mer ancienne, une énorme défense de pierre pointait à la surface du sol.

Le vieil homme continua par une sente raide qui

montait sur la droite et par les derniers et épais buissons il arriva à la route de la montagne, le souffle court. Une fois là il fit halte, s'appuyant un moment sur sa canne, et à droite les premiers rayons obliques de la lune couronnèrent la montagne dont la crête se couvrit de lames d'argent et la poussière de la route se mit à briller comme du mica. À un demi-mile à sa gauche se trouvait le rond-point où se terminait la route et plus loin la clôture et l'installation. La route de la fosse à insecticides n'était qu'à quelques mètres à droite de l'endroit où il était maintenant, et son souffle quand il respirait faisait un bruit rauque dans le silence. Il regardait, comme regarde un homme d'une très grande hauteur, le ciel qui semblait s'étaler à ses pieds sur de vastes étendues, scintillant comme une feuille de papier d'argent dans la demi-lumière et noyant sa lueur hésitante dans la pénombre à la limite des arbres.

Les nuits d'été, il y avait de cela des années, il sortait avec les gars du voisinage et faisait deux miles à pied jusqu'à l'épicerie pour acheter des sucreries et des cigares. Ils rentraient par les routes chaudes et désertes en bavardant et en fumant leurs cigares. Une nuit qu'ils avaient pris un raccourci, ils passèrent devant une maison et virent par une fenêtre une femme en train de se déshabiller pour se mettre au lit. Les autres étaient revenus pour regarder encore une fois mais il n'avait pas voulu y aller et ils s'étaient moqués de lui. Maintenant le vieil homme s'en souvenait avec un vague regret, et il se souvenait de nuits semblables où l'air était tiède comme une haleine et où la lune n'avait rien d'une chose morte. Il se mit à descendre la route jusqu'au chemin du verger et jusqu'à la fosse pour regarder encore une fois.

La lune était plus haute maintenant qu'il passait devant les buissons de salsepareille qu'il y avait juste avant d'arriver au verger, les ramures noircies des arbres tombant à plat comme des feuilles de papier en travers du chemin et la flaque rouge de la lune se déplaçant à mesure qu'il avançait, ronde et bouffie, glissant de branche en branche, flasque et furtive, guettant pendant qu'il guettait. Ses pieds le devançaient, désincarnés, plus du tout familiers, flottant à travers les bandes d'ombre, et l'herbe couleur de citron vert crissait et ployait, montrant la face cachée des tiges sombres irisées comme du verre qui se fend, captant la pâle lumière puis retournant à l'obscurité. Il n'y avait pas d'autre bruit que le contrepoint des grillons.

Arrivé au tournant de la route d'où l'on découvrait la clairière, le vague contour de la fosse, le vieil homme s'arrêta. La clairière semblait investie d'une aura d'Antiquité, chargée d'un silence à la fois spectral et sacré. Il sentit qu'une sorte de froid commençait à le gagner et il eut presque envie de s'en retourner. Les doigts serrés un peu plus fort sur son bâton il resta ainsi un moment, puis il entra dans la clairière et s'avança au bord de la fosse, poussant en avant sa propre présence comme un petit enfant jusqu'à la pâle lèvre grise de ciment étirée dans l'herbe ainsi qu'un monument écroulé, y grimpa et regarda en bas au fond du carré noir de la fosse géométriquement incisée dans le sol.

Le vieil homme était venu ici au cours des années passées mais jamais la nuit. Il venait tous les hivers et coupait un cèdre qui servait de couronne et de camouflage, les rameaux aux aiguilles lustrées comme de la cire gardant leur verdure jusqu'au début du printemps et même plus tard avant de crever sous la chaleur et même alors ils conservaient leur forme, comme des reproductions en cuivre mat. Il fallait toutes les saisons d'une année pour les fondre dans l'humus odorant macéré dans ce que la fosse pouvait contenir d'eau de pluie qui devenait à son tour une lessive tannique sombre comme la pechblende dont le vieil homme s'imaginait qu'étaient depuis longtemps souillés les os vermoulus abandonnés là. C'étaient des choses qu'il voyait, car il observait les saisons et leur ouvrage. Au prochain Noël il couperait le septième cèdre et il pensait qu'après cela sa longue veillée funèbre serait peut-être terminée.

De sorte qu'il restait là, regardant en bas vers la fosse, et tout à coup il ne la trouvait plus aussi terrifiante qu'il l'avait cru, la pénombre autour de lui avait même quelque chose de rassurant. Constatant qu'il pouvait voir, en partie du moins, jusqu'à l'intérieur de la fosse, il n'hésita pas à s'asseoir sur le bord de ciment, ses pieds se balançant dans le vide. Il sortit une pipe des replis de sa salopette, la bourra avec le tabac qu'il portait sur lui dans un petit sac et l'alluma en aspirant profondément, regarda la fumée pâle sur l'arrière-plan de la nuit à la lueur de l'allumette. Puis il tendit l'allumette au-dessus de la fosse et se pencha pour regarder au fond, mais il ne put même pas voir les pointes rouillées des aiguilles de cèdre et l'allumette finit par se recroqueviller contre son pouce et il la jeta.

Il n'y avait rien. Le mort s'était levé et était parti ; aucun revenant n'était venu ici pour pleurer sur la dépouille sans sépulture. Il y avait un petit carré de lumière qui glissait de biais sur le mur devant lui et il distinguait sur le ciment les taches de mousse et de moisissure pareilles aux continents sur les cartes d'atlas anciens. Mais c'était tout. Puis dans le silence il entendit un éphémère bruit d'eau qui venait de la fosse, doucement, un léger clapotis à peine perceptible.

Il se releva et recula, puis tourna les talons et retraversa la clairière de son étrange démarche, traînant les pieds sans courir et sans marcher non plus, en exécutant de curieux moulinets avec sa canne.

Une fois revenu sur la route il ralentit le pas ; il avait le souffle rauque et la poitrine serrée.

Il remonta la route et arriva à un endroit défriché d'où l'on pouvait voir à travers les arbres minces éclairés de face la pente qui descendait comme une chute d'eau pour se briser quelque part en bas, et de petits points jaunes, les lumières des cabanes et des maisons, la chaleur et la vie, qui brûlaient obstinément parmi les lueurs spasmodiques des vers luisants. Un chien se mit à aboyer. Il s'accroupit sur la route, inclina sa canne sur son épaule, filtra une poignée de poussière tiède entre ses doigts. Une brise légère montait de la vallée.

À sa droite, d'au-delà la tache noire des arbres découpés en silhouettes au sommet de la butte, lui parvint une longue plainte de pneus crissant dans les virages ; et au bout d'un moment le bruit d'un moteur déchirant la nuit. La voiture passa le col, les gorges retentirent de ses vrombissements saccadés. De minces rayons apparurent plus bas au-dessous de lui, projetant un arc de lumière, les ombres défilant très vite sur les arbres éclairés puis en bordure de la route, et la voiture fit irruption dans son champ visuel, petite et noire, poussant ses phares devant elle. Elle déboucha en trombe au bas de la pente et dans un gémissement aigu et *diminuendo* de caoutchouc fut rendue à l'obscurité là où la route tournait au pied de la montagne.

Les jambes du vieil homme commençaient à s'ankyloser et il se leva et fit des mouvements pour se dégourdir. Il se mit sur une jambe et se baissa et se releva en s'aidant de la seule force du genou. Puis il s'accroupit complètement et il essaya de se relever, un vieil homme qui faisait sa gymnastique à minuit en haut d'une montagne – trop vieux pour pouvoir se relever comme ça, et c'était sa bonne jambe pourtant. Il y avait des années qu'il ne pouvait plus faire ça avec son autre jambe et de toute façon ça craquait comme de vieux harnais desséchés. Il avait encore des plombs de chasse dedans, au-dessus du genou et plus haut, presque (il pouvait encore voir le docteur lui montrer du doigt le dernier trou bleu tout en haut) à l'endroit où un homme n'a certainement pas envie d'en recevoir. Des années plus tard la jambe avait commencé à s'affaiblir. La tête aussi, songea le vieil homme, et il se releva, regarda encore une fois vers la vallée avant de repartir sur la route.

Du côté de Red Branch un chien s'était remis à aboyer. Un autre répondit, et un autre encore, leurs appels et leurs jappements répercutés d'un bout à l'autre de la vallée jusqu'au dernier bruit grêle et lointain comme un écho. Il n'y avait pas de chiens qui aboyaient dans la Trémie ni plus loin du côté de Forked Creek où habitait le vieil homme. Il pensait à Scout couché au pied de la maison, vieux et boiteux, son cuir lacéré à moitié glabre, les plaques chauves couvertes de croûtes et d'une peau écailleuse comme une peau de lézard. Scout avec son ventre recousu à la main et ses oreilles en rubans, fendues sur toute leur longueur par endroits, avec les sourcils qui lui tombaient si bas sur les yeux qu'il n'arrivait à voir qu'en relevant très haut la tête – de sorte qu'il marchait avec un air inquisiteur comme s'il était toujours sur les traces d'une odeur magique répandue devant lui. Grand, même pour un braque roux, un chien robuste en son temps, mais il avait dix-sept ans à présent. Le vieil homme l'avait acquis en échange d'un fusil de chasse quand ce n'était encore qu'un jeune chiot.

Il marchait et réfléchissait et remuait machinalement la poussière avec sa canne et finit par arriver au rond-point au bout de la route et au tertre un peu plus loin où les arbres avaient été arrachés du sol et où rien, pas même le chiendent, ne poussait. Un lieu désert, étincelant sous la coulée de la lune, avec l'éclat de vif-argent et la luminescence de la mer, les trous d'où les arbres avaient été arrachés sombres comme des cratères lunaires sur le bulbe dénudé de la montagne. Et sur le promontoire de ce décor sélénite la citerne comme une grande icône d'argent, obèse et glabre et sinistre. Quand il arriva à la clôture il s'arrêta et y appuya sa canne et passa les doigts à travers les mailles du grillage. Derrière la clôture rien ne bougeait. La haute coupole se dressait, satisfaite d'elle-même, énorme, paraissant plus âgée que la poussière, que les rochers, comme si elle les avait elle-même engendrés et qu'elle n'était là que pour inspecter son ouvrage, brillant de reflets nets et froids et capable d'un immense dédain.

Il resta accroché là, emmêlé au grillage, pendant un bon moment, peut-être près d'une heure. Il ne bougeait pas, sauf que de temps à autre il léchait avec sa langue le métal froid des losanges de fil de fer.

Quand le vieil homme regagna sa maison, la lune s'était couchée. Il ne se rappelait pas qu'il était descendu de la montagne. Mais la maison était là, tassée devant lui, prenant forme à mesure qu'il approchait, et il sentait qu'il avait fait un long chemin, somnambule de retour après avoir parcouru de vastes et dangereux territoires sans dommage et à son insu.

Au moment où il s'engageait dans le sentier une ombre passa devant ses genoux et disparut sans bruit dans l'obscurité.

Dans un coin de la pièce de devant il y avait un vieux coffre en bois et le vieil homme retira les journaux et les vêtements qui se trouvaient sur le couvercle et posa la lampe par terre à côté. Puis il dégagea ce qui restait du moraillon et leva le couvercle. Il fouilla à l'intérieur, s'interrompant de temps à autre pour examiner un objet : une montre en cuivre qui pesait bien un quart de livre, une paire d'éperons de coq de combat, un revolver de calibre .32 à percussion annulaire, avec une poignée en tête de chouette, dont le doigt élévateur était cassé de sorte que le barillet tournait sur lui-même comme un tonneau sur l'eau. Des rames et des piles de catalogues et barèmes de jadis qu'il feuilleta, une cartouche de fusil de chasse de calibre .8. Il finit par trouver une petite boîte carrée décorée de canards en vol et la posa par terre à côté de la lampe. Il laissa le couvercle du coffre retomber et la flamme de la lampe vacilla. Sur le mur un spectre noir passa au-dessus d'un catafalque.

Il emporta la lampe et la boîte dans la cuisine et les posa sur la table. Il prit dans le tiroir un couteau à viande à courte lame recourbée et vérifia le tranchant sur le gras de son pouce, tira plus à fond le tiroir et y plongea la main et en ressortit un vieux morceau grisâtre de pierre de savon. Il s'en servit pour affûter le couteau, l'essayant de temps à autre sur les poils de son bras jusqu'à ce qu'il s'estime satisfait, puis il remit la pierre dans le tiroir et ouvrit la boîte. Il y avait dedans douze étuis rouge vif luisants et il les sortit de la boîte et les posa un à un sur la table, leurs bases de cuivre mat chatoyant de reflets orange à la lueur de la lampe. Il en choisit un et fit avec le couteau une mince entaille tout autour du papier, là où il rejoignait le laiton. Il examina soigneusement le résultat, puis il approfondit l'entaille en faisant tourner la cartouche contre la lame du couteau. Il la vérifia encore une fois, fit un signe de tête approbateur à son ombre satisfaite et remit la cartouche dans la boîte. Il exécuta la même opération sur les onze autres, les remettant tour à tour dans la boîte. Quand il eut terminé il remit le couteau dans le tiroir et retourna dans la pièce de devant où il sortit une à une de la boîte, les douze cartouches circoncises, et les déposa dans la poche de son manteau.

Il y avait trop longtemps que le père d'Ef Hobie était mort pour que les gens qui admiraient Ef se souviennent de lui. C'était une famille de bouilleurs de cru avant que la fabrication du whisky ne soit interdite par la loi, l'histoire de leur famille avait quelque chose de mythique et de légendaire, comme si elle datait d'avant l'invention de l'écriture. Ils n'avaient ni proliféré ni prospéré et Garland était aujourd'hui le dernier fils survivant. Ef était mort dans un accident d'automobile en 1937, moins d'un an après être sorti du pénitencier de Brushy Mountain. Pas vraiment dans l'accident d'ailleurs – il avait survécu trois semaines et il avait même réussi à se remettre debout, dans des endroits où il n'était pas du tout censé se trouver, et dans l'épicerie-quincaillerie où il mettait les gens mal à l'aise avec sa carcasse émaciée, lui qui avait pesé pas loin de trois cents livres. Il avait été tout simplement éjecté de la voiture et ensuite les roues lui avaient passé dessus et il avait fallu lui enlever une bonne partie de ses tripes pour tenter de lui rendre la santé. Il montrait, tout en aspirant de longues gorgées de soda à l'orange, la jolie cicatrice rouge qui coupait en diagonale sa panse flétrie.

Ils m'ont fait une autopsie et j'ai survécu, leur disait-il. Puis il éclata de rire et descendit du bac aux boissons, finit son soda à l'orange et tendit le bras pour poser la bouteille sur le rayon. La bouteille tomba, roula par terre, il bascula sur le côté, brutalement, s'affaissa dans le rayon des articles de boulangerie et s'écroula au milieu d'une cascade de madeleines et de chaussons.

Il n'y avait donc que deux Hobie, Garland et sa mère, et la malchance leur collait à la peau. Un mois plus tard Jack le coureur fut arrêté et envoyé à son tour pour trois ans à Brushy Mountain et les adjoints du shérif firent irruption dans le fumoir des Hobie et emportèrent tout le whisky qui s'y trouvait, arrêtèrent Mme Hobie, alors âgée de soixante-dix-huit ans, et ne la relâchèrent que lorsqu'on eut découvert qu'elle avait un cancer du duodénum.

Donc Garland devait maintenant amener le whisky en haut de la montagne dans une cache au milieu des buissons de chèvrefeuille juste au-dessous du rond-point et le laisser là pour que Marion Sylder le ramasse et l'emporte à Knoxville. Il y avait une barrière en travers de la route du verger depuis que l'installation avait été aménagée sur la montagne et seuls les transporteurs officiels avaient le droit d'y accéder – des camions peints en vert olive, avec des écussons dorés sur les portières, montaient et redescendaient par la barrière, les hommes dans leurs verdâtres uniformes ouvrant et refermant soigneusement le cadenas de la chaîne. Avec la même diligence Sylder, en arrivant et en repartant dans la vieille Plymouth, dévissait et revissait la plaque à laquelle était fixé l'anneau de la chaîne. Mais les deux équipes qui empruntaient la route avaient des horaires différents et ne se croisaient jamais.

Il était quatre heures du matin quand Sylder entendit le vieil homme tirer la première cartouche dans la citerne. Il faillit lâcher la caisse de whisky qu'il portait et quand le deuxième coup de feu claqua, presque aussitôt, il la posa doucement et ne fit plus un geste, s'attendant à des cris, des injonctions – une explication. Tout était silencieux. Les oiseaux qui improvisaient leurs premiers babillages querelleurs s'étaient tus. Très bas vers l'est et de l'autre côté de la ville une aube grise sans âme pelait l'horizon à coups de dents. Il s'attendait à une nouvelle détonation, retenant son souffle, répercutant dans son oreille interne le bruit atrocement puissant de l'explosion avant même qu'elle ne se soit produite – deux autres déflagrations, coup sur coup, avec quelque chose de délibéré. Sylder se glissa le long de la jungle des chèvrefeuilles, traversa un espace découvert, un prolongement du verger, dans la direction d'où venaient les coups de feu.

En arrivant au bord de la clairière où se dressait l'installation, il vit l'homme et la bouche du fusil passée dans une maille du grillage. L'homme fit feu et le canon du fusil fut brutalement soulevé, provoquant un va-et-vient d'ondes le long des mailles du treillis. L'homme fut rejeté en arrière sous le choc du recul et la fumée jaillit, s'attarda, monta dans l'air humide. Il y avait six trous noirs bien nets dans la peau luisante de la citerne, échelonnés en diagonale sur la paroi. L'homme ouvrit le fusil de chasse et sortit les cartouches. Sylder le vit les soulever dans sa main et les inspecter rapidement avant de les jeter d'un côté, et il les vit danser dans la jeune lumière et comprit ce que c'était : rien que la base de cuivre des cartouches, passant et virevoltant comme des pièces de monnaie.

L'homme était en train de remettre deux cartouches dans la culasse du fusil et Sylder les voyait maintenant, le rouge sombre des étuis de carton huilé qu'il n'avait pas vus sur les douilles extraites du fusil. L'homme n'hésita pas ; il leva le fusil et le referma d'un même geste bref. Deux nouvelles détonations déchirèrent le silence et deux trous apparurent dans l'angle inférieur. Il découpait un grand X rudimentaire sur le ventre de la citerne. Comme tout à l'heure, il examina les morceaux de métal avant de recharger.

Sylder regardait la scène de sa cachette dans les buissons avec des yeux écarquillés. Il entendait le choc violent des cartouches pleines sur la citerne et la citerne semblait vaciller sous le coup comme une chose vivante. Ce spectacle avait quelque chose d'horrible et de répugnant et il avait l'impression que ce vieillard à l'allure de gnome avait apporté avec lui une inépuisable réserve de munitions et qu'il ne cesserait sa canonnade que lorsqu'il se sentirait trop fatigué pour lever son fusil. Il sortit à reculons de sa cachette et retourna à la voiture. La lumière du jour arrivait vite et il commençait à se demander si les coups de feu du vieil homme n'allaient pas attirer une patrouille. De toute façon il perdait du temps et tout ce qu'il savait c'était que les transporteurs dûment autorisés, officiels, pourraient fort bien emprunter la route à cette heure sans qu'un vieux fou fasse un carton dans leur installation avec un fusil de chasse et des balles trafiquées. Il y avait encore six caisses de whisky dans les buissons de chèvrefeuille et il en prit deux à la fois en courant comme il pouvait. Le tir avait cessé. Il chargea la malle arrière et la referma, monta et mit le moteur en marche. En regardant dans la lunette arrière, une fois sorti des herbes et arrivé à la route, il vit le vieil homme un peu plus haut dans le tournant sur la colline. Il tenait le fusil d'une main et s'appuyait sur une canne. Sylder baissa la tête et pressa à fond sur la pédale des gaz.

Quand il se sentit plus en sécurité après le premier tournant il se calma et conduisit doucement jusqu'à la barrière pour laisser le moins d'indices possible. Il remit en place la plaque de fixation de l'anneau et la chaîne, remonta dans la voiture et prit la grand-route dans la direction de Knoxville. Juste de l'autre côté de la rivière il croisa un camion vert olive, le chauffeur et l'autre type dans la cabine avaient l'air sérieux et officiel mais plutôt somnolent et pas spécialement pressé. De belle humeur, pas officiel du tout et tout à fait réveillé, Marion Sylder roulait vers la ville.

Sa lampe dansait sur la boue mouillée de la berge entre les racines et les souches, un rameau de chèvrefeuille brun pendait et traînait dans l'eau comme des cheveux. Ses bottes faisaient de petits bruits de ventouse contre le courant qui était faible en cet endroit, il marchait avec prudence sur le fond envasé de la rivière. Il entendait une voiture descendre du haut de la montagne, l'échappement pétarader et les pneus crisser dans les lacets. Il arriva au pont et s'avança dans l'eau jusqu'à la langue limoneuse tassée contre le mur de ciment. En braquant sa lampe de poche là où il l'avait tendu il vit le piège avec les mâchoires rabattues en arrière et la palette, tout cela dans des teintes brunes sous l'eau, comme ridé dans le léger clapotis. Il mit la lampe électrique dans sa poche et s'accroupit sur le sable parmi les traces de pattes et de queues, remuant ses orteils engourdis, se serrant dans sa vareuse et soufflant doucement dans le creux de ses mains, écoutant dans l'obscurité l'eau qui coulait à ses pieds avec des petits bruits aquatiques, l'écho sec et vide sous les voûtes du pont quand il toussait.

Il entendit de nouveau le crissement des pneus, plus près maintenant, puis le rugissement du moteur à chaque passage au point mort et la déflagration du passage en troisième au moment où la voiture sortait du dernier virage au pied de la montagne. Il suivit avec ses muscles la poussée du changement de vitesse vers le bas, l'accompagnant du bras et de l'épaule. La voiture était maintenant sur la ligne droite qui menait à la rivière et il pouvait en sentir chaque vibration, il attendait qu'elle arrive au-dessus de lui sur le pont. Elle n'arrivait pas. Il entendit le moteur accélérer de plus en plus vite et ensuite il y eut une soudaine explosion, une sorte de jappement de chien, suivie d'une interruption de tout bruit, d'une éclipse momentanée de toute animation, même de l'eau et de sa propre respiration.

À sa gauche les arbres bondirent, affolés par l'éclat des phares, puis disparurent. Suivit une éruption de branches qui craquaient, se cassaient, de métal arraché hurlant comme de l'ardoise, une puissante et dernière déflagration comme un fût d'acier qui explose. Et de nouveau le silence à travers lequel filtrait une fine pluie de verre diminuant peu à peu. Aux pulsations de l'eau à ses pieds il comprit que la voiture était tombée dans la rivière et il dégagea sa lampe de poche et déplaça le faisceau le long du pont, vers la berge où de jeunes arbustes brisés et des troncs éraflés se découpaient en blanc tout autour comme des balises et enfin sur le flanc noir et brillant de l'automobile renversée dans la rivière avec le capot enfoncé de biais dans l'eau et la roue droite qui continuait de tourner bêtement. La vitre de la fenêtre latérale était parcourue d'innombrables lézardes qui scintillaient dans le rayon de la lampe électrique comme les fils d'une toile d'araignée sous la rosée, et il ne pouvait pas voir à l'intérieur. La surface de l'eau la coupait en diagonale, du tablier au pilier central, lui donnant un air courroucé comme sur un dessin qu'on regarde à l'envers.

Mais il était déjà redescendu dans la rivière, sous le pont, se courbant et pataugeant sous les poutres, avec l'eau qui entrait dans ses bottes en gargouillant doucement quand il enfonçait plus haut que la tige, ou quand il se baissait un peu trop, accroupi sous le dais des sumacs brisés du talus et l'eau glacée comme de l'alcool sur ses fesses. Il réfléchissait : il faut que je tire la poignée de la portière *vers le haut.* Puis il arriva à la voiture, pas à pas et en posant le pied sur les buissons qu'elle avait entraînés avec elle dans la rivière, tendit la main vers la poignée, la poussa très fort vers le haut et la tira en arrière en pesant de tout son poids.

La portière fut catapultée vers l'extérieur, comme si quelque chose à l'intérieur avait été galvanisé pour un effort violent, s'ouvrit toute grande d'un seul coup et le projeta en arrière dans un enchevêtrement d'arbustes fauchés et dans la rivière. Dans l'obscurité l'eau se referma sur lui, épaisse comme de l'huile, lui coupant la respiration, lui remplissant les narines. Il se remit debout, ruisselant et engourdi, recrachant l'eau de la rivière. Quand il eut essuyé l'eau qu'il avait dans les yeux il regarda autour de lui et vit la lampe électrique, encore allumée, qui filait vers l'aval dans le lit de la rivière, incandescente créature aquatique bien résolue à s'échapper. Il se lança à sa poursuite, éclaboussant, se précipitant dans l'eau glaciale avec les bottes lourdes qui flottaient autour de ses tibias, allongea le bras devant lui, sa main comme une ombre de chauve-souris en arrêt sur le dôme de lumière, et la lampe disparut, inexplicablement aspirée à travers le limon et la vase, et il resta dans le noir en équilibre sur un pied, le bras et l'épaule dans l'eau. À force de tâtonner il finit par retrouver la lampe. Il la secoua. L'eau glougloutait entre les piles dans le cylindre métallique. Il fourra la lampe dans sa poche et s'élança vers l'amont pour retourner à la voiture.

Pour la première fois maintenant il avait la sensation d'effluves douceâtres, de vagues odeurs de putréfaction, et quand il fut de retour à la voiture, l'air en était saturé, et il sut que c'était du whisky, bien qu'il n'en eût jamais senti l'arôme. Puis il put enfin distinguer l'homme qui commençait à prendre forme dans l'obscurité, plaqué contre le pavillon de la voiture renversée, avec une moitié du corps qui dépassait par la portière ouverte, un bras traînant dans l'eau. L'âcre senteur du whisky, l'odeur de moisi des coussins de la vieille voiture, et ce qui lui paraissait être du sang sur le visage de l'homme – tout cela imprima une telle image de mort dans son cerveau qu'il partit à toutes jambes vers la berge, pris de panique, s'accrochant frénétiquement aux buissons, et courut jusqu'au champ où l'aube découpait de fragiles récifs corail sur un monde irréel.

Mais l'homme n'était pas mort. Le gamin était déjà en haut du talus, à bout de souffle et ballotté sur la houle sèche de son estomac encore à jeun, quand il entendit une voix qui semblait venir de nulle part, sourde et à peine perceptible entre les gazouillements de la rivière.

Hé ! là-bas ! disait la voix.

Il se retourna, toujours agrippé à un arbuste fauché, aperçut un mouvement dans l'ombre au-dessous de lui du côté de l'épave, un visage blême sur l'intérieur sombre de la voiture, l'homme qui se soulevait sur les mains en le regardant. Hé ! toi là-bas ! dit-il.

Il restait planté là à le regarder. Un faisceau de lumière passa sur les ombres de la montagne et une voiture traversa le pont qui répercuta le bruit de son passage dans la rivière. Il finit par dire : Qu'est-ce que vous voulez ?

L'homme émit un grognement. Il y eut un moment de silence puis il dit : Nom de Dieu, toi là-bas, tu pourrais pas me donner un coup de main.

D'accord, dit-il. Il n'avait plus peur, seulement froid. Il redescendit par la boue du talus jusqu'à la rivière puis s'accroupit dans l'eau en face de l'homme, ne sachant quoi dire. Il le voyait bien maintenant, il avait une sombre traînée de sang sur tout un côté de la figure. L'homme le regarda, une ombre de sourire s'esquissant péniblement sur son visage. J'ai mis le paquet, hein ? dit-il.

Vous êtes blessé ? Ses propres paroles faisaient un bruit de balles en caoutchouc entre ses dents qui claquaient. Il allait dire encore quelque chose mais il eut de nouveau un frisson qui lui coupa la parole, sa mâchoire engourdie prise de spasmes comme chez un crétin.

J' sais pas vraiment, disait l'homme. Oui, ici... Il avança une main et le gamin la serra fermement sur son épaule pendant que l'homme levait un genou et mettait une jambe dans l'eau. Puis il sortit l'autre jambe, grimaçant de douleur, et il se mit debout dans la rivière, une main toujours posée sur l'épaule du gamin dans une attitude d'exhortation paternelle. Quand il fit un pas vers la rive la main se retira l'espace d'une seconde, le temps d'un hésitant demi-pas, puis elle revint se poser et resta accrochée là comme un oiseau de proie. Aïe, fit l'homme. J'ai dû salement me péter la jambe.

Il leur fallut un moment pour arriver en haut du talus, le gamin essayant de le pousser et l'homme s'accrochant aux troncs d'arbre, aux touffes d'herbe morte, soutenant sa jambe raide derrière lui. Puis ils s'assirent dans les herbes au bord du champ, soufflant de blancs panaches dans l'air froid du matin. Dans ce qui restait d'obscurité, les champs ressemblaient à de l'eau, plats et gris. Le gamin était trempé et il avait froid ; tout était mouillé et très froid. L'homme se passa la main sur la jambe pour voir s'il avait quelque chose de cassé ou pas. Son pantalon lui collait à la peau. Le gamin était assis en face de lui, recroquevillé, les bras serrés sur ses épaules et grelottant, les orteils engourdis, l'eau clapotant dans ses bottes quand il les remuait et le sable et le gravier crissant dans ses chaussettes. Il dit : Vous avez la tête qui saigne.

L'homme se passa la main sur la tempe.

L'autre côté.

Il allongea le bras et retira une main poisseuse de sang et l'essuya sur la jambe de son pantalon et se tourna vers le gamin : Tu veux faire quelque chose pour moi ?

Sûr, dit le gamin.

Descends et rapporte les clefs, et tirons-nous d'ici vite fait.

Le gamin disparut derrière le bord du talus ; l'homme pouvait l'entendre dans l'eau. Il revint presque aussitôt et lui tendit les clefs.

Merci, dit l'homme. Montre. Il prit la main du gamin et la tourna la paume vers le haut. Qu'est-ce que tu t'es fait là ?

Le gamin regardait la paume de sa main. Une ligne noire en dents de scie la parcourait de haut en bas. Tu viens de te faire ça ? demanda l'homme.

Le gamin regardait bêtement sa main. Non, dit-il. J' crois pas. J'ai dû me faire ça en tombant dans la rivière. Avant...

L'homme laissa les clefs tomber au fond de sa poche et fit un effort pour se relever. Bon, allons-y, dit-il. On a besoin de se faire raccommoder, tous les deux. Et il ajouta, voyant que le petit partait vers la route : Par ici. Il fit un geste en direction du champ et commença à marcher de son pas d'éclopé, en grommelant entre ses dents serrées : Aïe, aïe, maman...

Le gamin fit quelques pas derrière lui, puis il fit demi-tour et repartit vers la rivière et l'homme le regarda s'éloigner, ses jambes se confondant avec la brume, puis le reste, de sorte qu'il semblait disparaître vers la rangée de saules qui marquait le lit de la rivière comme un ondin fuyant la lente approche de l'aube, jusqu'à ce que l'homme commence à se demander s'il avait jamais été là. Puis il revint avec un bâton et le lui tendit.

Merci, dit l'homme.

Ils continuèrent par le champ, à travers des bancs de brouillard et des échappées de lumière, vers l'est, pareils aux derniers survivants de l'Apocalypse.

Ils remontaient vers l'amont, à la lisière des champs qui se terminaient là – la courbe des champs et de la rivière et la pente encaissée de la montagne grimpant à leur droite avec les premières flèches de lumière qui commençaient d'apparaître sur le côté entre les fantômes gris des arbres. Ils eurent du mal à franchir la dernière clôture, le gamin soulevant le fil de fer et essayant d'aider l'homme qui n'arrêtait pas de jurer, traversèrent une passerelle de planches là où la rivière se divisait en deux bras, puis ils franchirent une barrière à bestiaux et arrivèrent sur la route de Henderson Valley.

Le gamin referma la barrière derrière eux et l'homme dit : On ferait mieux de pas rester sur cette route. Ils ont p'têt' trouvé la voiture à présent qu'il commence à faire jour et tout.

Ils traversèrent la route et s'engagèrent sur un chemin de terre en pente raide qui se trouvait de l'autre côté. On peut s'arrêter ici, dit l'homme. Le gamin le voyait mieux à présent. Il avait besoin de se raser et à chaque rictus, la croûte de sang sur sa joue se creusait de minces fissures, si douloureuse était sa lente progression, lourdement appuyé comme il était sur le bâton et le souffle rauque. C'était un homme mince de hanches et de haute taille, et son ample veste de popeline flottait sur ses épaules. Le gamin se disait qu'il devait avoir bigrement froid habillé pas plus chaudement que ça et trempé jusqu'aux genoux en plus. Lui-même n'avait plus la moindre sensation dans ses pieds qui faisaient des bruits de sabots à l'intérieur de ses bottes. Il avait des frissons qui ne le lâchaient plus. Le chemin grimpait et tournait et au bout d'un moment ils arrivèrent à une maison.

Un homme plus âgé apparut sur le pas de la porte, une formidable panse emballée dans un tricot de corps gris et en loques tombait avec des mouvements pendulaires sur la ceinture de son pantalon comme une carcasse de cochon dans un sac. D'une face charnue, agrémentée de bajoues et de crin blanc, deux yeux porcins les contemplaient, battant des paupières. Bon-Dieu-de-mi-sé-ri-cor-de, dit-il, lentement et en détachant les syllabes. Puis : Bon, entrez si vous en avez la force. Ils entrèrent, l'homme clopin-clopant sur son bâton et le gamin derrière lui. Il faisait chaud dans la pièce et l'air était imprégné d'odeurs de viande en train de cuire.

Hé, la vieille, cria le maître de maison, en voilà deux qui viennent d'arriver qu'on croirait tombés d'un aéroplane.

Une femme s'avança vers la porte à l'autre bout de la pièce et les regarda. Doux Jésus, dit-elle. Elle semblait avoir encore quelque chose à dire, mais elle referma les mâchoires et disparut assez brusquement.

La pièce elle-même était confortable, l'image de la toute neuve prospérité d'un magasin de vente sur catalogue avec les lampes en porcelaine, du linoléum par terre, un radiateur Chaud Matin devant lequel il s'installa pendant que les deux hommes restaient debout à discuter. Ils ne faisaient guère attention à lui et il se contentait de les observer, l'éclopé gesticulant, racontant son aventure, l'autre se grattant tour à tour le ventre et la tête et de temps à autre disant doucement entre ses dents Bon Dieu de miséricorde pour tout commentaire. Au bout d'un moment la femme reparut sur le seuil et les invita à boire un café.

Au moment d'aller à la cuisine, le plus jeune lui fit signe. Je te présente... Il tourna la tête vers le gamin.

John Wesley, dit le gamin.

John Wesley. Lui c'est June Tipton – et voilà sa dame.

Mme Tipton lui adressa un signe de tête à l'instant où ils entraient dans la cuisine et dit : Comment ça va, John Wesley.

Ils s'assirent à la table et June dit à la femme : C'est lui John Wesley, qui a sorti Marion de la rivière.

Elle regarda tour à tour son mari et le gamin et eut un sourire reconnaissant. Le prénommé Marion fouillait dans ses poches à la recherche de cigarettes. C'est vrai, dit-il, j'aurais pu me noyer.

Elle se remit à sourire. Au bout d'un moment elle se tourna vers son mari et dit : Qu'est-ce qu'il était allé faire dans la rivière ?

Il y était, voilà tout. Il a crevé un pneu et sa voiture est tombée dedans.

Elle regarda de nouveau le gamin et sourit et continua à boire tranquillement son café, à petites gorgées. Le gamin abaissa son visage sur la timbale fumante posée devant lui. De l'eau s'égouttait de ses cheveux qui dégelaient, tombait en perles du lobe de ses oreilles. Il avait encore sur lui sa vareuse trempée et une mare d'eau se formait sur le linoléum sous sa chaise. En levant les yeux par-dessus le bord de sa tasse il vit la femme qui le regardait, penchée en avant. Elle tendit le bras et pressa l'étoffe de la vareuse. Il y eut un curieux gargouillement.

Seigneur Dieu, dit-elle, ce petit-là est trempé jusqu'aux os. Il est bon pour attraper une pneumonie. Elle posa sa tasse et commença à tirer sur la vareuse, pour l'aider à l'enlever. Il semblait écrasé, titubant sous son poids.

Ils le débarrassèrent de son manteau et à ce moment-là l'homme qui avait fini de boire son café se leva et dit qu'il était prêt à partir si June voulait bien les emmener.

Ils remercièrent la femme, refusèrent à deux ou trois reprises le petit déjeuner qu'elle leur proposait, et franchirent la porte à la file, lui portant maintenant sa vareuse dans les bras comme un gros balluchon de linge mouillé, et ils montèrent dans une camionnette garée derrière la maison et tournée face à l'allée. June écarta d'un coup de pied les cales des roues avant et monta et ils commencèrent à rouler en silence, prenant de la vitesse, puis il embraya et le moteur s'anima avec une quinte coléreuse et ils s'élancèrent sur la route, prirent à gauche vers la montagne, le camion toussant et soubresautant et des tourbillons de brume bleuâtre envahissant la cabine. Il était assis au milieu entre les deux hommes, prenant garde de ne pas avoir les genoux trop près du changement de vitesse. Il manquait une latte au plancher de la camionnette et il pouvait voir par la fente la route grise défiler sous le châssis ; un courant d'air piquant s'insinuait par une jambe de son pantalon.

Ils roulèrent à peu près un mile dans la montagne puis arrivèrent à une autre allée guère différente de celle qu'ils venaient de quitter. June fit demi-tour dans la cour et s'arrêta et Marion ouvrit la portière et descendit à grand-peine de la camionnette. Le gamin attendait.

Entre donc, dit Marion. Le petit tourna la tête et allait dire quelque chose quand June dit, derrière lui :

J' crois que je vais me sauver.

Bon, dit l'homme, sûr que je te suis très reconnaissant. John Wesley, tu ferais mieux d'entrer te sécher un peu ; de toute façon ta mère va te tanner la peau, on pourra juste en faire des souliers.

Donc il descendit de la camionnette et claqua la portière, la camionnette roulant déjà et June agitant la main, et ils se dirigèrent tous deux vers la maison, lui et le blessé. Il faisait grand jour maintenant, l'air lourd de fumée et froid. Il y avait une femme debout sur le seuil de la porte, les bras croisés et les mains sur les épaules. Elle les laissa passer et entra en refermant la porte derrière elle.

Bonjour, dit l'homme d'un ton jovial.

T'es blessé ? demanda-t-elle. Elle était petite et blonde et semblait très en colère.

Il demanda aussitôt : Le petit déjeuner est prêt ?

Elle avait l'air de quelqu'un qui va fondre en larmes, avec le visage un peu froissé et le menton qui tremblait. Va au diable, dit-elle. Il faudra que tu te fasses tuer pour que tu finisses par comprendre, c'est ça ? C'est un mystère pour moi si t'es pas encore mort et pour le bon Dieu aussi j' suppose, mais j' me demande pourquoi Il perdrait son temps à s'occuper de toi et de tes semblables plutôt que de..., elle s'interrompit brusquement et regarda le gamin planté là avec sa vareuse dans les bras qui continuait de s'égoutter. Et lui qu'est-ce qu'il a ? Elle le montrait du doigt. C'est lui qui t'a aidé. Il s'est fait mal ?

Le gamin baissa les yeux et se vit tout mouillé et crotté, avec des graines et des bogues sur son pantalon noirci de taches d'eau comme s'il y avait entretenu un herbier de plantes rares, il vit ses hautes bottes de caoutchouc avec des ramures et des brindilles qui sortaient de la tige, sentit les ampoules qu'elles lui avaient faites sur la peau et ses chevilles endolories à force d'avoir marché avec. Une de ses chaussettes avait bel et bien disparu et devait être en accordéon quelque part dans la pointe de sa botte. J' l'ai pas aidé, dit-il. J' l'ai trouvé, c'est tout.

Il leva les yeux sur l'homme. L'homme souriait. Il faut rien croire de ce qu'il dit, dit-il. C'est lui qui conduisait. Mais il est pas blessé, j' crois pas. Moi non plus, je me suis juste un peu esquinté la jambe contre le tableau de bord.

C'est plutôt ta cervelle que tu t'es esquintée, ta cervelle, et pas d'aujourd'hui, dit-elle. Tu vas quitter ces vêtements. Viens, assieds-toi. Elle le guida vers un canapé et commença à dénouer les lacets de ses chaussures.

Le gamin se sentait mal à l'aise, il se demandait ce qu'il était censé faire. Elle retira les chaussures et les chaussettes de l'homme. Et voilà qu'elle desserrait sa ceinture. Lui il restait assis là, immobile et soumis, comme s'il se livrait à une profonde méditation. Elle n'arrêtait pas de répéter Sois maudit, maudit, d'un ton à la fois de sollicitude et de désespoir.

Maintenant elle lui enlevait son pantalon. Le gamin jetait autour de lui des regards éperdus.

Qu'est-ce que tu fais ? dit l'homme, feignant l'indignation.

Lève-toi, nom d'un chien !

Ah, ah ! dit-il. J' suis pas assez en forme pour jouer à ces jeux-là.

Marion Sylder, c'est pas le moment de faire tes pitreries, tu m'entends ? Tu vas enlever ce pantalon, et tu vas l'enlever tout de suite. Que le bon Dieu ait pitié de ta pauvre mère, j' me demande comment ça se fait qu'elle en est pas morte, elle aussi, d'avoir eu à te supporter si longtemps... Lève les pieds. Toi... là-bas, attends ! Je vais te chercher des chaussures à toi aussi. Elle disparut de l'autre côté de la porte et l'homme, assis sur le divan avec son pantalon en tas sous ses pieds, adressa un énorme clin d'œil au gamin.

Elle revint et laissa tomber des vêtements sur ses genoux – puis elle remarqua la grosse ecchymose qu'il avait sur le côté du mollet, dans de vilaines teintes de rouge et de pourpre qui tranchaient sur la pâle blancheur de ses jambes nues. Elle se mit à genoux et passa la main sur la chair contusionnée, en reniflant doucement. Elle ressortit et revint avec une bassine d'eau et un chiffon et baigna soigneusement la blessure, l'homme simulant de temps à autre de petits gémissements de douleur. Mais elle ne lui faisait plus de reproches. Quand elle eut terminé elle se tourna vers le gamin.

Et toi alors ? lui dit-elle.

Oui, m'dame.

Oui, m'dame ? Ses yeux se posèrent sur l'homme, puis de nouveau sur le gamin. J' crois bien que tu vas attraper la crève si tu restes comme ça, oui m'dame. Elle le regardait en plissant les yeux. Vas-y, enlève tout ça, dit-elle.

Quoi ?

L'homme assis sur le divan s'esclaffait. Il était en train d'enfiler une chemise propre.

Par ici, dit-elle, entre ici. Elle pointait le doigt derrière elle. Je vais t'apporter des vêtements. J'en ai pour une minute.

Il passa devant elle en produisant de curieux gargouillements.

Vide tes bottes d'abord, lui dit-elle.

Il s'arrêta.

Dehors.

Il répéta Oui m'dame, alla jusqu'à la porte et revint, avec une chaussette à un pied et l'autre pied nu, laissant de drôles d'empreintes dépareillées sur le plancher de pin brut.

La porte qu'elle lui indiquait donnait sur une chambre à coucher. Il y avait une cheminée avec une grille à charbon d'où émanait encore un peu de chaleur. Il resta une minute devant sur un petit tapis à points noués, puis poussa doucement la porte.

Prends la couverture, lui cria la femme.

Il se débarrassa de ses vêtements mouillés, les entassant sur sa vareuse qu'il avait posée par terre soigneusement, prit la couverture roulée au pied du lit et s'y enveloppa.

Il était debout devant la fenêtre à contempler le matin grisâtre quand elle revint avec la chemise et le pantalon et les lui tendit. Puis elle ramassa ses vêtements par terre et sortit. Il se débarrassa de la couverture et passa les vêtements secs. Il y avait aussi une paire de chaussettes militaires et il les enfila et s'assit sur le lit, se demandant si ça se faisait de marcher sur le plancher avec ces chaussettes-là. Mais elle n'apportait pas de chaussures et il décida de retourner dans la pièce de devant. L'homme était habillé, la tête bandée, et il était assis avec les pieds dans une bassine d'eau et lisait un magazine. Il leva les yeux et vit devant lui le gamin flottant dans sa chemise avec le pantalon dont il avait roulé le bas des jambes et qu'il avait rétréci à la taille en attachant la boutonnière de devant à un bouton de bretelle sur le côté.

C'est pas tout à fait ta taille ? dit l'homme.

Non m'sieur.

Marion.

Quoi ?

Marion. Sylder. C'est mon nom, Marion Sylder.

Oh, dit-il.

Enchanté de faire ta connaissance.

Oui, m'sieur.

Bon, dit l'homme, assieds-toi.

Il tira un fauteuil à bascule en rotin qui se trouvait à côté du fourneau, s'y installa sagement avec les mains sur les genoux. L'homme était assis en arrière sur le canapé, un meuble immense et informe sur lequel était drapé un couvre-pieds taillé dans une étoffe imprimée à motif floral. Au mur derrière lui dans un cadre ovale était accrochée une photographie d'où tous deux, lui et son épouse, contemplaient la pièce avec des sourires timides et réticents. Des petits tapis étaient dispersés ici et là sur le plancher, quelques meubles – un buffet, une table et des chaises. Dans un coin sur une petite étagère trônait un trophée en bois de noyer en haut duquel était perchée une petite auto en bronze.

Tu sais ce qu'il y avait dans la voiture ?

Le gamin leva les yeux. Oui, m'sieur... Marion.

Bon, dit l'homme. Il remit le nez dans son magazine, tourna une page, lentement, regarda de nouveau le gamin. Il sourit. Et c'était de la bonne marchandise, dit-il. Soixante gallons en tout.

Ensuite la femme les appela pour qu'ils prennent leur petit déjeuner et l'homme posa le magazine et prit une serviette pour se sécher les pieds avec. Le gamin remarqua qu'il lui manquait une partie du gros orteil au pied gauche. Il n'y avait pas d'ongle, ça avait l'air bizarre, on aurait dit un nez. L'homme mit ses pantoufles et se leva en s'appuyant contre le canapé. Viens, dit-il, on va casser la croûte. Et il partit à cloche-pied à la cuisine. Le gamin suivit.

Ils s'installèrent devant un petit déjeuner d'œufs et de bouillie de gruau, de biscuits et de longe de porc et de grandes tasses de café. Le café était noir et amer et il n'y avait ni lait ni sucre sur la table. Le gamin buvait à petites gorgées, sans quitter l'homme des yeux. La femme ne mangeait pas avec eux. Elle allait et venait autour de la table, réapprovisionnant leurs assiettes en œufs et en biscuits, remplissant leurs tasses. L'homme ne dit rien jusqu'à ce qu'ils aient terminé, sauf que de temps à autre il poussait une assiette vers le gamin et fronçait les sourcils et émettait un grognement pour l'exhorter à manger. Il termina par des biscuits et du miel noir et se leva de table. Au bout de quelques minutes il revint avec des manteaux et des bottes et en donna un assortiment au gamin. Viens, dit-il, j'ai quelque chose à te montrer qui va p'têt' te plaire. Le gamin enfila le manteau et plongea les pieds dans les godasses béantes et ils sortirent par la porte de la cuisine dans le matin naissant, l'air limpide et froid comme de l'eau de source, des lambeaux de brume se détachant de la montagne au-dessus d'eux et la lumière ruisselant par la brèche comme l'eau d'un bief. L'homme le guida clopin-clopant jusqu'à un fumoir où il retira d'une planche un clou tordu et ouvrit la porte d'un seul coup, gonds, loquet, serrure et tout, et entra. Viens, dit-il. Le gamin le suivit dans la pénombre à l'odeur de moisi. Salut, fillette, dit l'homme. L'air était lourd et fétide, chargé de senteurs canines. Des froissements. De grêles miaulements qui venaient de quelque part dans un coin. Un petit chien de chasse pointa son museau contre le genou de l'homme et leva la tête. Ça c'est Lady, dit l'homme. Lady reniflait le pantalon bouffant.

Il arrivait à voir maintenant : une lanterne cassée suspendue à une poutre, un capharnaüm d'outils, une meule à affûter, une enclume improvisée dans une traverse de voie ferrée... L'homme était accroupi dans le coin, la chienne sautillant nerveusement derrière son dos, fourrant son museau sous son bras. Elle fit le tour et vint s'asseoir sur une pile de sacs et cette fois il vit aussi les chiots par-dessus l'épaule de l'homme. Ils rampèrent les uns sur les autres et se mirent à téter. Lady clignait ses doux yeux de chienne de chasse et contemplait le toit.

L'homme choisit un chiot et le lui tendit. Il le prit, le petit ventre lisse et grassouillet lui remplit la main, les pattes dodelinant, il le prit et regarda les yeux paisibles et déjà tristes, le visage fripé de chiot avec ses drôles d'oreilles.

Il a quatre semaines, expliquait l'homme. C'est le meilleur du lot, mais tu peux choisir celui que tu veux.

Je peux quoi ?

Son père est un bleu tiqueté, un chien de race. Et ces chiots-là c'est une moitié de bleu tiqueté et une autre de chien de renard. Ça fait les meilleurs chiens de traque que tu peux trouver. Celui-là te plaît ?

Oui, m'sieur, dit-il.

Bon. Alors il est à toi. Encore, disons, un mois, et tu peux l'emmener chez toi.

Jefferson Gifford releva ses bretelles sur ses épaules, but une dernière gorgée de café à un gobelet en terre cuite encore plein et traversa d'un pas lourd l'ondulant linoléum de la cuisine jusqu'au couloir du fond où il prit son chapeau et sa veste à une patère. Il répéta : Une Plymouth ?

Legwater était en train de boutonner son manteau. C'est ce qu'il a dit. J'ai pas été là-bas. Tout ce que je sais c'est qu'il a dit que c'était une Plymouth. Il est venu tout de suite chez moi parce que c'est sur sa tournée de lait et il m'a demandé de vous appeler. Alors j'ai préféré venir. Il a dit que c'était une Plymouth. Gifford ajusta son chapeau et ouvrit la porte. Bon, allons-y, dit-il. Sûr que j'ai encore jamais entendu dire qu'on transporte du whisky dans une Plymouth.

Tu vas pas appeler le shérif ?

J' suppose que je ferais mieux de commencer par aller voir ce que c'est que ce truc rapport à quoi il faudrait que je l'appelle, dit Gifford.

Ils garèrent la voiture juste de l'autre côté de la rivière et traversèrent la clôture de fil de fer et continuèrent lentement, examinant l'éclaircie que la voiture avait taillée à travers les buissons et les arbustes. La voiture avait littéralement sauté par-dessus la clôture, arrachant une branche d'un peuplier qu'il y avait à côté du pont, et était retombée à une trentaine de mètres de la route. Elle était renversée tête en bas dans la rivière contre l'autre berge l'avant tourné dans la direction d'où elle était venue. Gifford ne voyait encore que le dessous du châssis, mais il sut tout de suite que cette fois ce n'était pas une Ford à cause des deux ressorts semi-elliptiques sur l'essieu arrière. Ils durent retourner sur la route et traverser le pont pour arriver à la voiture. Elle gisait contre des racines sur le talus de la berge et ils voyaient le verre qui s'échappait par le couvercle de la malle arrière.

Plus tard quand ils firent venir un camion et qu'ils soulevèrent l'épave avec un treuil le couvercle se détacha et le verre se répandit dans la rivière – on racontait qu'il en était tombé pendant une demi-heure – pendant un bon bout de temps en tout cas. Il restait même deux ou trois bocaux intacts, ce qui fit très plaisir à Gifford – des pièces à conviction, disait-il...

C'était une Plymouth, un coupé 1933 ; il y avait un trou dans le pneu avant droit, on aurait pu y mettre trois doigts. À part ça il n'y avait rien de remarquable, si ce n'est que la voiture était tombée dans la rivière de Red Branch avec les débris d'un chargement de whisky dans la malle arrière.

Gifford inspecta soigneusement le terrain, marchant le long de la rive puis revenant sur ses pas comme s'il avait perdu quelque chose. Il avait noté le numéro minéralogique sur un bout de papier mais en regardant de plus près il vit que c'étaient des plaques de l'année passée qui avaient été repeintes et il jeta le papier d'un air écœuré.

J'ai l'impression que le type a dû se blesser, disait Legwater.

Les types, tu veux dire.

Comment ça ?

Oui, dit Gifford. Y en avait deux.

Tu veux parler des traces ? C'est sûrement celles

d'Oliver ; il est descendu pour voir si y avait pas quelqu'un de blessé...

Sauf qu'il est jamais descendu dans la rivière pour... Tu vois ? Regarde ici... Gifford s'arrêta pour regarder par terre. Au bout d'une longue minute il leva les yeux sur Legwater.

Earl, dit-il, on dirait bien que t'as raison.

J' crois bien que oui...

On le dirait. L'autre était pas dans la voiture. Il faisait sans doute que passer et il a sorti de la voiture le gars qui s'y trouvait. Mais va savoir qui c'était.

C'était pas Oliver, insista Legwater. Il a même jamais vu personne dans le coin quand il est passé par ici. Il...

C'est pas de lui que je parle, dit le brigadier. Viens, si t'es prêt.

Une petite pluie fine s'était mise à tomber.

J'ai l'impression que ça pourrait se réchauffer, dit Gifford. Si ça tourne pas à la neige.

Les vieux se retrouvaient dans l'épicerie-quincaillerie, occupant pendant des heures entières les vieilles caisses qui craquaient, parlant lentement et avec conviction de choses tout à fait insignifiantes, contemplant d'un œil brouillé le bulbe rouge sombre du poêle. Dans le linceul de leurs manteaux d'étoffe sombre ils tenaient du vautour, avec leurs visages usés et émaciés, leur peau sèche et mince de lézard. John Shell qui ne ressemblait à rien, sauf peut-être à un squelette d'os mal appariés auquel des vêtements pendaient en plis flasques et poussiéreux, ses poignets dépassant comme des baguettes desséchées de ses larges manches d'ecclésiastique, John Shell desserra péniblement ses mâchoires édentées, avec un petit craquement perceptible, pour faire son unique déclaration : C'est pas tellement ça mais de deux choses l'une c'est l'une ou l'autre.

Un assortiment de signes de tête approbateurs suivit ces paroles. Dans les bacs de verre les cafards s'en donnaient à cœur joie, cela faisait un léger crépitement quand ils traversaient les friandises en rangs clairsemés, escaladaient les parois de verre sur leurs pattes de réglisse, exhibant leurs ventres jaunes et plats aux segments articulés. Été comme hiver ils patrouillaient dans le bac aux friandises, inspectaient les mouchoirs, les chaussettes, les cigares. Il leur arrivait aussi d'envahir le bac à viande, un machin blanc qui tenait de l'armoire à pharmacie avec la rouille de la transpiration en bas au bord, là où le verre était mortaisé, ce qui fait que des taches brunâtres comme des chiques recrachées ou pire suintaient le long de l'émail, mais une fois là ils étaient vite morts de froid. Leurs cadavres gisaient dans des poses sereines tout le long de la petite rigole fixée à l'avant du bac.

Adossé contre le bac, John Wesley vit la voiture se garer devant la pompe orange rouillée et les deux hommes en descendre. Au moment où ils franchirent la porte, le caquètement nasal des voix s'interrompit, le chœur des anciens regardant au plafond, puis par terre, puis de nouveau vers le poêle. Quelques-uns retirèrent des canifs de leurs salopettes et commencèrent à tailler des bouts de bois de leurs doigts désœuvrés. John Shell se mit péniblement debout, ouvrit la porte du poêle de sa main protégée par un mouchoir, y lança un petit morceau d'anthracite qu'il venait de retirer du seau à charbon. Une gerbe d'étincelles jaillit dans le magasin. Il cracha agressivement dans leur direction puis claqua la porte métallique.

Les deux hommes se dirigèrent vers le bac à sodas, l'un sur les talons de l'autre, leurs pas lourds et martiaux sur le bois grossier du plancher. Ils choisirent leurs boissons et le grand alla au comptoir et y lança d'une chiquenaude une pièce de dix cents. L'autre referma le couvercle et se hissa sur le dessus du bac et y resta, buvant son soda à petites gorgées, adressant aux vieillards d'étranges sourires mielleux.

John Shell se tourna vers l'homme qui était au comptoir et dit : Bonjour, Gif.

B'jour, fit Gifford avec un signe de tête collectif à l'intention du groupe. Il but une gorgée à sa bouteille de soda.

M. Eller se leva de son fauteuil près du billot de boucher et encaissa les dix cents. À lui aussi Gifford dit Bonjour, et l'épicier émit un grognement en retour et regagna son fauteuil en prenant un journal sur le comptoir.

On dirait que ça se réchauffe, dit Gifford. Dehors la pluie avait cessé et un vent froid ridait les flaques d'eau rougeâtre devant le magasin. Il inclina la tête en arrière et but une nouvelle gorgée. Sur la fenêtre de devant une mouche volait contre la vitre avec un grésillement électrique. Le feu craquait et gémissait dans le poêle.

Gifford leva sa bouteille de soda à la hauteur des yeux, l'examina, les lèvres pincées autour du liquide pas encore avalé, faisant tourner lentement la bouteille, savourant la viscosité et les bulles, soupçonneux de tout corps étranger. Dans les bourrelets de chair au-dessous de son menton sa pomme d'Adam se souleva et s'abaissa.

Ça vous a pas semblé bizarre qu'on oublie une vieille Plymouth dans le lit de la rivière, dit-il. Quelques-uns levèrent la tête.

Sans blague, fit une voix.

Oui, m'sieur, dit Gifford. C'est tout de même dommage.

Legwater, le brave gendarme du comté, ayant terminé sa boisson, se pencha en avant, la paume de ses mains sur le bac, assis sur ses doigts – dans une attitude qui l'eût apparenté au crapaud n'étaient sa maigreur et les baguettes de tambour de ses jambes brimbalant au bord du bac à sodas. Il les balançait d'avant en arrière, faisant claquer ses talons contre le bac. Un crapaud aux longues pattes et décharné, par conséquent. Il avait toujours le même sourire, à la fois sardonique et sucré, mais personne ne faisait attention à lui. La plupart des vieillards étaient là le jour où il avait abattu deux chiens derrière l'épicerie avec un fusil de calibre .22, l'un de sept balles, l'animal hurlant et se traînant le long de la clôture dans le champ au-dessous du carrefour des Trois-Routes, jusqu'à ce qu'un groupe de gosses qui se trouvaient là et regardaient se mettent à hurler à leur tour.

Sûr que c'est dommage..., d'un ton jovial, avec l'air de s'amuser.

Gifford lui lança un coup d'œil de biais, éloquent, et il se tut et se mit à regarder ses talons rebondir.

J' suppose que personne sait à qui la voiture appartient, continua Gifford.

Plusieurs des anciens semblaient somnoler. La mouche bourdonnait contre le verre.

J'ai fait venir un camion-grue pour la remorquer jusqu'à la ville. Vous pouvez me croire que je serais rudement content de rendre cette voiture à son légitime propriétaire.

Quel modèle de voiture vous avez dit que c'était ?

C'était le gamin adossé au bac à viande qui venait de parler. Gif vida les dernières gouttes de son soda avec une indifférence délibérée, posa prudemment la bouteille sur le comptoir. Il regarda le gamin, puis il regarda les pieds du gamin.

Tu portes toujours des chaussons comme ça, fiston ?

Le gamin ne baissa pas les yeux. Il s'apprêtait à

répondre mais il sentit ses cordes vocales se contracter. Il toussa et s'éclaircit bruyamment la gorge. Il sentait qu'il avait d'énormes pieds.

C'est pas assez costaud des chaussures comme ça quand il pleut, dit Gifford. Puis il commença à traverser l'épicerie. Legwater descendit du bac à sodas et lui emboîta le pas. Arrivé à l'entrée Gif s'arrêta, la porte entrouverte, regardant quelque chose en l'air la tête penchée sur le côté. Oui, messieurs, on dirait que ça va s'éclaircir. Legwater se balançait derrière lui comme un oiseau noir et sinistre. Bon, à une aut' fois, dit Gifford.

À côté du bac à viande, M. Eller somnolait derrière son journal. Il n'avait pas levé les yeux et ne les leva pas davantage cette fois. À bientôt, dit-il.

Et ils sortirent. La mouche avait recommencé à se cogner contre la vitre. Autour du poêle, l'assemblée des anciens reprenait vie peu à peu. Le gamin était toujours adossé au bac à viande, mal à l'aise. Deux ou trois vieillards se roulaient des cigarettes entre leurs mains brunes et rêches. Tout était très calme. Il gagna la porte et s'y arrêta un instant. Puis il sortit.

Le premier jappement flûté fut aussi mince et clair que l'air lui-même, l'écho grêle et faiblissant répété par les anses et les combes, forçant dans l'aigu comme la dernière note mourante d'un carillon de verre. Il entendait le gamin haleter près de lui dans le noir, s'efforçant de respirer sans bruit, écoutant trop intensément. La chienne se remit à aboyer et il se leva et toucha l'épaule du gamin : Allons-y, dit-il.

Les jappements sonores se succédaient comme les coups d'une fusillade. Le gamin était debout. Elle l'a déjà forcé à se percher ? demanda-t-il.

Non. Elle vient seulement de le débusquer. Puis il ajouta : Mais elle le tient, elle le serre de près. Il commença à descendre le mamelon abrupt en haut duquel ils s'étaient arrêtés, passant à travers un labyrinthe de pins rabougris dont les aiguilles vernies formaient sur le sol un épais tapis qui faisait de la descente une suite de glissades précaires d'arbre en arbre, jusqu'à ce qu'ils arrivent au ravin, une noire saignée dans le sol au-delà de laquelle il ne pouvait rien voir, mais il savait qu'il y avait là un champ qui plongeait en pente raide vers la rivière une centaine de mètres plus loin. Il sauta dans le ravin, entendit le bruit grumeleux de la terre glissant sous les pas du gamin derrière lui, remonta de l'autre côté et s'élança au pas de gymnastique, les lourdes herbes rebondissant sous ses pieds et son pantalon de velours ponctuant sa course d'un froissement régulier.

Les cotonniers se dressaient nets et pâles au bord de la rivière ; il traversa une clôture basse de barbelés affaissés, entendit de nouveau le grincement sonore des crochets rouillés dans le poteau de cèdre déformé et craquelé quand le gamin traversa derrière lui. Puis ils furent dans les bois au-dessus de la rivière, remuant les feuilles rigides de givre.

Cependant les cris aigus et nerveux de Lady forçant sa proie venaient de nouveau d'éclater sur leur droite ; ils continuèrent sous le dais sombre des arbres, passèrent par un boqueteau de jeunes cèdres qui poussaient dans une clairière, figures vespérales arrondies et druidiques dans leur noire solennité. En arrivant de l'autre côté, de nouveau dans les bois, l'homme s'arrêta et le gamin le rejoignit.

De quel côté est-ce qu'elle va ? Il essayait de ne pas paraître trop excité.

L'homme attendit encore un peu. Puis il dit : Du même côté que le raton – avec un geste vague de la main. De nouveau son dos se confondait avec l'obscurité. Le gamin repartit derrière lui, prenant soin de bien lever les pieds, suivant le bruit des feuilles friables. Leur itinéraire les menait en diagonale vers la rivière et il pouvait entendre de temps à autre le ruissellement de l'eau, haute maintenant après la pluie, comme le grondement d'un train de marchandises qui passe au loin.

Attention, y a un tronc d'arbre en travers, lui cria Sylder. Il eut à peine le temps de sauter, faillit trébucher sur le tronc renversé par une bourrasque, perdit l'équilibre, ricocha contre un arbuste, continua, baissant la tête, faisant un effort pour voir. Les arbres surgissaient, passaient avec une lente gravité avant de replonger dans la pénombre un peu plus loin. Ils avaient commencé à grimper maintenant, une longue montée, et en arrivant à la crête il put distinguer l'homme qui marchait devant lui, sa silhouette sombre un instant découpée sur l'à-pic glauque du ciel. Plus bas il apercevait le lit de la rivière. Ils descendirent jusqu'à une petite brèche plus bas sur l'arête, remontèrent, et soudain il n'y eut plus personne. Il s'arrêta pour écouter. Une autre voix s'était jointe à la voix claire de Lady, plus grave et moins insistante. Elle était beaucoup plus proche à présent, ratissant le terrain en descendant, se rapprochant. Il pouvait suivre sa progression, s'efforçant d'écouter entre les chocs de sa respiration. Puis elle s'arrêta.

Il y eut un instant de silence, puis l'autre chien aboya, une seule fois. Des bruits de buisson qui se brise. Deux furieux aboiements juste à sa droite puis une explosion d'eau. À côté de lui une voix chuchota : Il l'a entraînée dans la rivière, viens. L'homme commença à descendre le flanc de la colline, le gamin derrière lui, et ils arrivèrent à une petite plate-forme située sur la dernière pente avant la rivière et dominée par un épais bouleau. Quelque chose descendait de l'arête au-dessus d'eux et ils attendirent. Une ombre allongée passa dans un tourbillon de feuilles et continua vers la berge. Ils repartirent, descendant en zigzag puis arrivant à la rivière là où l'eau formait une mince membrane de lumière à laquelle ils purent voir, guidés par de frénétiques éclaboussements et de sourds grognements intermittents, les contours de créatures en train de se battre, le chien nouvellement arrivé se jetant à son tour dans l'eau pour les rejoindre. Le combat se déplaça un peu plus loin, en eau profonde et à l'ombre de l'autre rive. Les grognements cessèrent et il n'y eut plus que l'angoissant déchirement de l'eau.

Une lueur clignota entre les arbres à leur droite,

s'éteignit, reparut, vacillante, aérienne et fantomatique dans le noir. Ils pouvaient entendre un craquement sec de chablis et de fourrés durcis par le gel, des voix étouffées. La lumière jaillit, s'arrêta soudain sur eux, se déplaça le long de la berge.

Salut, dit une voix.

Cas ?

Oui... C'est toi Marion ?

Apporte cette lampe ; ils sont dans la rivière.

Ils dévalèrent la pente, quatre jambes désarticulées titubant dans la tache de lumière pendant qu'ils descendaient.

Éclaire-nous, dit Sylder.

Ils arrivèrent au bord, révélant une auréole de fumée de pipe et de poils de chien. Le gamin déplaçait lentement le rayon de la lampe à la surface de l'eau. Où est-ce qu'ils sont ? dit-il.

Un peu plus bas. Salut, Bill.

Salut, fit l'autre. À la lueur de la lampe électrique leur haleine n'était qu'une fumée blanche, montant en volutes, suspendant un auvent de vapeur autour de leurs têtes. L'ovale du rayon lumineux glissa sur les eaux de la rive opposée, s'éloigna, revint, s'arrêta sur les combattants qui s'agrippaient l'un à l'autre dans l'eau glaciale, les yeux du raton brillant d'une lueur rouge, deux pointes d'aiguille, sa fourrure ruisselante et hirsute et sa queue se balançant sur le courant avec une morne frénésie. Le grand chien tournait autour avec méfiance, frappant l'eau de ses pattes défaillantes et sans enthousiasme. Ils virent une oreille de Lady qui dépassait par-dessous la patte de devant du raton, puis son arrière-train surgit au-dessus de l'eau, fendant la surface de la rivière dans une fulgurante apparition de sa queue et replongeant sans bruit dans un tourbillon.

Cas braqua le faisceau lumineux sur la rive, ramassa une poignée de cailloux et tendit la lampe à son compagnon. Braque la lampe sur lui, dit-il. D'un mouvement du poignet, il lança une pierre sur le raton. Le caillou monta lentement dans le faisceau lumineux et disparut en retombant avec un floc mat. Le grand chien s'en retournait vers la berge et la queue de Lady fit un nouveau bond désespéré quand la deuxième pierre, ombre éphémère sur sa trajectoire courbe, vint éclabousser le museau du raton.

Il lâcha prise et partit vers l'aval, nageant avec le courant. Le grand chien, sur l'autre rive à présent, poussait un long gémissement déchirant, allant de long en large, l'homme qui tenait la lampe l'exhortant d'une voix rauque et insistante, vas-y, mon gars, attrape-le, attrape-le. Il se tourna vers les autres. Il a peur des cailloux, dit-il.

Tais-toi un peu, dit Sylder en lui prenant la lampe électrique. La chienne était déjà à une trentaine de mètres plus loin vers l'aval. Quand le rayon lumineux l'atteignit, elle tourna la tête dans leur direction, et ses yeux se colorèrent d'orange pâle, ses oreilles écartées flottant sur la surface, ses pattes remuant l'eau devant elle avec une pénible et sombre détermination. Sa bouche pincée à la commissure des lèvres se tordait dans un rictus macabre et comique, comme pour empêcher l'eau d'entrer.

Allez, fillette, criait Sylder. Allez, fillette. Ils suivaient la rivière vers l'aval eux aussi, se frayant un chemin à travers les broussailles. Elle va se noyer, dit une voix.

Allez, fillette, allez...

Il ne sentit même pas le contact de l'eau. Il ne pouvait plus les entendre, il ne les avait pas entendus appeler depuis qu'il les avait quittés quelque part un peu plus haut quand il s'était jeté tête baissée à travers les salsepareilles, sans même sentir les ronces, sans se rendre compte de rien sauf qu'elles le tiraient par son manteau et par les jambes comme de petites mains pour le retenir. Ensuite il était arrivé sur le talus de la berge, ses pieds cherchant un appui mais perdant prise sur la boue glissante, le précipitant les jambes raides en bas du talus et dans l'eau, battant l'air de ses bras, mais encore debout, ne tombant qu'après s'être arrêté en titubant avec de l'eau jusqu'aux cuisses, qu'après avoir fait un premier pas dans le courant où il tomba en avant comme un héron touché par un chasseur.

Mais il ne la sentit même pas. Quand il se releva il avait de l'eau jusqu'au-dessus de la taille, le fond mou de la rivière se tortillait sous ses pieds comme s'il avait marché sur les corps d'une colonie de créatures subaquatiques agglutinées là. Il voyait un peu mieux à présent. Il n'y avait pas de lumière sur la berge et il se dit : J' suis trop en aval. Et pas une voix, rien que les bruits de la rivière qui gargouillait et déferlait tout autour. Puis il enfonça de nouveau, avec de l'eau au-dessus de la tête cette fois, et il refit surface en repoussant l'eau et en sentant quelque chose de lourd qui se pressait contre sa poitrine. Il passa les bras dessous et les releva. La tête de Lady apparut et le regarda en roulant des yeux vagues. Il tendit la main devant lui et saisit le collier, le lit de la rivière remontant et se dérobant sous ses pieds et lui tombant en arrière avec la chienne qui avait roulé sur lui et se débattait, jusqu'à ce que sa jambe se cogne contre un rocher et qu'il tende le bras pour s'y retenir et se redresse et commence à regagner la berge en pataugeant avec la chienne en remorque.

Ils arrivèrent avec la lampe électrique et Sylder l'aperçut recroquevillé entre les saules, sa main tenant encore la chienne. Sans rien dire il disparut dans les bois, revint au bout de quelques minutes avec un fagot de broussailles et de branches mortes.

Un des hommes était agenouillé à côté de lui et caressait la chienne tout en l'examinant. Elle a pas l'air d'avoir grand-chose, dit-il. Pas vrai, fiston ?

Il ne pouvait pas ouvrir la bouche et se contenta d'un signe de tête. C'était bien pire que le froid maintenant, il était paralysé.

L'autre homme dit : Fiston, tu vas attraper la crève. On ferait mieux de te ramener chez toi avant que tu gèles ici sur place.

De nouveau il répondit d'un signe de tête. Il voulait se relever mais il ne pouvait pas supporter le contact de ses vêtements quand il bougeait.

Pendant ce temps Sylder avait déjà allumé un feu, on entendait le craquement des broussailles sèches qui commençaient à prendre, une lueur orange bondissait entre les arbres. Il pouvait le voir en silhouette marcher dans l'obscurité, alimenter le feu. Puis il revint. Il prit sous son bras la chienne grelottante et fit signe au gamin de le suivre. Toi, viens ici, dit-il. Et enlève tout ce que t'as sur le dos.

Il se leva et les suivit d'un pas raide.

Sylder déposa la chienne devant le feu et se tourna vers le gamin. Passe-moi ton manteau, dit-il.

Le gamin retira la vareuse qui pesait comme du plomb et la lui tendit. Il l'enroula autour du tronc d'un arbuste, empoigna les extrémités et les tordit, faisant jaillir ce qui semblait bien être plusieurs litres d'eau de la laine molle. Puis il la suspendit à un buisson. Quand il tourna la tête le gamin n'avait pas bougé.

Enlève tout ça, dit-il.

Il commença à retirer ses vêtements, l'homme lui prenant tour à tour chemise et pantalon, chaussettes et caleçon, les tordant à fond et les suspendant à une perche posée sur des fourches devant le feu. Quand il eut terminé il se retrouva tout nu, blanc comme une limace dans le cône des flammes. Sylder enleva son manteau et le lui lança.

Mets-le, dit-il. Et amène ton cul ici devant le feu.

Les deux hommes étaient derrière dans les bois ; il entendait les feuilles craquer sous leurs pas, il voyait leur lampe clignoter. L'un des hommes revint en traînant une énorme bûche et la posa sur le feu. Une gerbe d'étincelles jaillit, se dispersa, perdue dans la fumée qui enveloppait les branches nues, retomba en marquant de rouge leur lente chute entre les arbres sombres au fil du vent.

Il s'assit sur une natte de vigne vierge piétinée, le long manteau lui couvrant à peine les fesses. Sylder apporta une dernière retouche à la barre du séchoir et revint. Il alluma une cigarette et resta debout à le regarder.

Plutôt frais, tu trouves pas ? dit-il.

Le gamin leva la tête. Oui, plutôt.

Les vêtements commençaient à dégager de la vapeur. On eût dit un gibier ésotérique découpé en quartiers et fumant sur la broche.

Puis il dit :

Qu'est-ce que t'as fait du raton ?

Du raton ?

Oui. Du raton.

Nom d'une pipe, dit le gamin, j'ai jamais vu de raton.

Ah bon, dit Sylder. Mais sa voix le trahissait. Merde, je croyais que t'avais aussi trouvé le raton.

Tu parles, dit le gamin. Le reflet du feu ricochait et dansait sur ses dents.

Les deux hommes se réchauffaient les mains à la flamme, le petit avait le visage tourné vers le gamin et lui souriait avec bienveillance. L'autre chien avait reparu, soudain hésitant à la limite de la lumière et reniflant la laine fumante puis passant devant eux avec une nerveuse indifférence, la grâce nonchalante des chiens de chasse, jusqu'à l'endroit où Lady était paisiblement couchée et contemplait les flammes entre ses pattes. Il la flaira et elle leva la tête pour le regarder de ses mélancoliques yeux rouges. Il resta une minute ainsi, regardant au loin devant lui, puis il l'enjamba sans la toucher et se fondit en silence dans la noire vannerie du sous-bois. L'autre homme fit quelques pas vers elle et baissa la main pour lui caresser la tête. Une des oreilles de la chienne était en lambeaux et le sang y formait déjà des croûtes.

Le raton c'est trop dur pour un chien de renard, dit-il. Un chien de renard y met tout son cœur. Un vieux braque roux comme c'lui-là – désignant du geste l'obscurité qui les entourait – il abandonne quand ça devient trop saignant. Mais une vieille petite chienne de renard comme ça – il s'adressait à la chienne maintenant – elle y met trop de cœur, pas vrai fifille ?

Quand Sylder le fit descendre de la voiture ses vêtements étaient encore mouillés. J' te conseille de courir te mettre au chaud. Ta mère va te passer un savon ?

Non, dit le gamin, elle doit dormir.

Bon, dit Sylder. On y retournera. Mais fais attention à pas retomber dans la rivière. Allez, faut que j'y aille. Ma vieille sera sûrement debout pour m'accueillir.

Bon, à bientôt. Il laissa la portière se refermer.

Bonne nuit, dit Sylder. La voiture démarra, crachant d'épais panaches de fumée, l'unique feu arrière tremblant au-dessus de la route. Il commença à marcher vers la maison, sans lumière et archaïque entre les chênes vermoulus, traversa la cour couverte de givre. Son ombre escalada le toit de l'appentis, se balança au bout d'un rameau, se remit à grimper, entrelacée de branches, se dressa soudain sur la toiture. Il se laissa glisser par-dessus les chéneaux et disparut dans le carré noir de la fenêtre du pignon.

Troisième partie

Un peu après minuit, le 21 décembre, il se mit à neiger. Au matin dans la grise lueur spectrale d'un bref et obscur soleil d'hiver les champs étaient d'une blancheur cadavérique et baignés d'une clarté phosphoreuse comme s'ils produisaient leur propre lumière, et une neige épaisse continuait de tomber, cachant les arbres au-delà de la rivière et même la montagne, tombant doucement, avec un doux et faible bruit dans l'immense silence blanc.

Ce matin-là le vieil homme se leva de bonne heure et contempla longuement l'étroit vallon. Rien ne bougeait. La neige n'en finissait pas de tomber. Quand il poussa la porte treillissée elle enfonça dans les congères qui s'étaient formées sur la galerie et contre la maison. Il resta là en manches de chemise à regarder les grosses pastilles de neige dévier et tomber, esquiver les poteaux au coin de la maison. Il faisait très froid. Le sifflement de la cafetière qui débordait sur le fourneau le ramena à l'intérieur.

Il avait fait de plus en plus sombre à mesure que la journée passait et quand la nuit était venue personne n'aurait pu dire quand elle était tombée. Pourtant il neigeait, sans répit. Sans vent, les flocons s'entassant en silence, s'égrenant dans leur chute... Il n'y avait personne alentour. Tous les chiens se taisaient. Dans sa maison, le vieil homme alluma une lampe et retourna s'installer dans un massif fauteuil à bascule près du fourneau. Il choisit un magazine dans une caisse posée contre le fauteuil, un vieux numéro de *Campagnes et Rivières*, mou et usé, le papier souple comme une peau de chamois, l'étala sur ses genoux et commença à le feuilleter, bien qu'il le connût maintenant presque par cœur – les articles, les illustrations, les réclames. Par instants il pouvait entendre de légers froissements au-dessous de lui, des grattements dans l'obscurité sous le plancher quand Scout bougeait dans son grabat de sacs pourrissants.

Il passa quelque temps à tourner les pages puis se leva et alla à la cuisine où il sortit d'un haut placard au-dessus de l'évier sans robinet un bocal de molasse presque entièrement rempli d'un liquide visqueux couleur de brique et opaque comme de l'argile. Il dévissa le couvercle, sortit du buffet un pot à confitures propre et le remplit jusqu'au bord. Puis il retourna s'asseoir, posa la boisson sur le large bras du fauteuil, ajusta le magazine sur ses genoux et commença à se balancer doucement d'avant en arrière, imprimant au liquide dans le bocal un apathique clapotis. De temps à autre, il buvait une gorgée, tachant de brun sombre le crin blanc au-dessous de sa lèvre. La lampe à pétrole éclairait sereinement sa propre image, une molle corolle, enflammant la vitre noire de la fenêtre où une araignée desséchée pendait en boule à un fil poussiéreux.

Le vieil homme se balançait, un nain dans son énorme fauteuil. Il semblait réfléchir à un obscur problème énoncé dans les pages jaunies ouvertes devant lui.

Vers la fin de la matinée un coq se mit à chanter et la fenêtre du vieil homme s'éclaira d'une vague teinte de rose. Il dormit et la couleur s'effaça de la vitre et l'orient pâlit, tourna au gris cendre. Une fois encore le coq chanta, comme s'il posait une question, et bientôt le vieil homme réveillé sursauta dans son fauteuil, faisant tomber le bocal à confitures qui roula sur le plancher avec un bruit sourd.

Il essayait de voir à travers la lumière brumeuse de la pièce. C'était le matin, la lampe était éteinte et le fourneau aussi, et il s'aperçut qu'il était raide et grelottant, se frotta d'abord les yeux, puis le dos. Il se leva prudemment et ouvrit la porte du fourneau, tisonna les cendres. Il alla à la fenêtre et regarda dehors. La neige s'était arrêtée. Scout était là avec de la neige jusqu'au ventre, contemplant de ses yeux glauques le paysage fantastique. De l'autre côté de la cour, étincelant contre la façade des pins, un cardinal passa comme une goutte de sang.

Ils étaient trois qui marchaient sur la route vierge devant la maison, avec deux chiens. Il y en avait un qui portait un lapin, il le tenait à bout de bras par les pattes de derrière, secouant à chaque pas la tête désarticulée. Les deux autres portaient des fusils et il y en avait un que le gamin connaissait. Il ne l'avait pas vu depuis la rentrée de septembre.

Ils parlaient et gesticulaient et ils ne le voyaient pas dans la cour d'où il les observait de sorte qu'il s'avança vers la route, droit sur la boîte à lettres, enfonçant avec des bruits mous dans les congères éblouissantes et intactes. Celui qui portait le lapin avait les pieds bien protégés – enveloppés et emmaillotés dans des sacs en toile d'emballage qui lui venaient aux genoux et tenaient avec de la ficelle. Il le vit s'approcher et à ce moment-là, Warn se retourna et le vit aussi et lui fit signe.

Salut, John Wesley.

Salut, dit-il, en se laissant glisser le long du talus.

Il avait rencontré Warn Pulliam pendant l'été, un après-midi qu'il allait à l'étang parce qu'il avait vu le busard qui volait très bas et tournait au-dessus du champ de Tipton et il avait remarqué qu'il avait une ficelle accrochée à une patte. Il avait traversé le champ jusqu'en haut de la colline et Warn était là avec l'autre bout de la ficelle dans la main pendant que le busard montait droit au-dessus de sa tête avec une paresseuse indifférence.

Salut, avait dit Warn.

Salut. Il levait la tête pour observer le busard. Qu'est-ce que tu fais ?

Eh bien, j' fais voler mon busard. Il peut pas monter s'il y a pas de vent. Alors dès qu'il fait un petit peu de vent je lui fais faire un petit tour en l'air.

Où tu l'as trouvé ? avait-il demandé. Il commençait à avoir mal à la nuque à force de lever la tête pour regarder l'oiseau faire des boucles au-dessus de lui.

Je l'ai attrapé dans un piège en acier. Tu veux le voir ?

Sûr.

Il tira sur le cordon pour ramener l'oiseau à terre à la force du poignet, pesant de tout son poids contre l'énorme et tout-puissant déploiement d'ailes, faisant descendre l'oiseau par boucles successives jusqu'à ce qu'il ait touché le sol. Là le busard se mit à sautiller sur son unique patte valide et finit par s'immobiliser en les dévisageant d'un regard féroce, sans un seul battement de ses yeux globuleux dans le crâne nu et obscène.

C'est un urubu, expliquait Warn. Un de ceux qui ont la tête rouge.

Où est-ce que tu le gardes ?

Je le garde dans le fumoir, avait-il dit.

Et tu te fais pas houspiller à cause de lui ?

Non. Ma mère a piqué une crise au début mais je lui

ai dit que j'allais l'amener dans la maison et lui apprendre à se tenir à table et ça l'a un peu calmée. Attention, t'approche pas trop sans ça il va te dégueuler dessus. Il a dégueulé sur Rock et on dirait que Rock s'en est jamais remis – depuis il veut rien avoir à faire avec. Personne en pense beaucoup de bien, j' dois être le seul. Je l'aime bien parce qu'il est salement méchant le salaud et qu'il est deux fois plus moche qu'il est méchant. Comment tu t'appelles ?

Les deux chiens étaient des beagles, des bassets courts sur pattes et tout fous, plongeant dans la couche de neige qui leur arrivait à la poitrine et en ressortant d'un bond, ou y enfonçant le nez et fouillant la neige qui leur volait dans les oreilles et partout, leurs queues tourbillonnant, puis relevant la tête, la moustache et les sourcils blancs, avec des mines de gnomes et de vénérables museaux de petits vieux.

Où est-ce que vous allez ? leur demanda-t-il.

Vers la carrière, dit Warn. Viens avec nous – j'ai attrapé un putois dans un trou et il faut que je le sorte de là. Lui c'est John Romines – montrant d'un geste le grand qui tenait la carabine – et lui ici c'est Boog.

Salut, dit-il. Ils répondirent d'un signe de tête.

On a attrapé un lapin, dit Boog, en levant la proie saupoudrée de neige et déjà presque raide. C'est Johnny qui l'a tiré dans le champ là-bas.

Les chiens tournaient en cercle autour de lui, reniflant les revers de son pantalon. Ces chiens-là, c'est les chiens de Johnny, ajouta Boog. Des chiens à lapins, des bugles.

Des beagles, crétin, dit Warn.

Oui, dit Boog. C'est ça que c'est ces chiens-là.

Où est-ce qu'est Rock ? s'enquit le gamin.

Il est couché au pied de la maison et il arrête pas de se lécher la patte parce qu'il s'en remet pas d'avoir marché par hasard dans la neige ce matin. Pas moyen de le faire bouger de là. Et de toute façon y a pas moyen de lui faire chasser le lapin. C'est un chien pour chasser l'ours.

J'ai un chien à moi maintenant, leur dit-il. À moitié tiqueté bleu et à moitié chien de renard. Le meilleur chien que tu peux trouver pour forcer un raton à se percher dans un arbre.

Ils continuaient sur la route, les beagles en éclaireurs, sautant et folâtrant.

Tu le fais courir ? demanda Boog.

Non. C'est encore qu'un chiot. Je le garde chez un gars qui élève des chiens là-bas sur la route d'Henderson Valley. C'est lui qui me l'a donné.

Tu cherches même plus d'excuses pour aller rôder dehors en pleine nuit. Voilà ce qu'elle lui avait dit dans la cuisine où il restait planté avec le chiot sous le bras. Ça doit être une drôle de toupie, avait dit Sylder quand il était revenu avec le petit chiot, tout penaud, en expliquant pourquoi il ne pouvait pas le garder. Mais ça y change rien. Il est toujours à toi ; t'as qu'à le garder ici et tu peux venir le voir quand le cœur t'en dit.

J'ai trouvé à la maison un vieux mousquet qui appartenait à mon arrière-grand-père, dit Boog. Il est presque aussi grand que moi.

Ils quittèrent la route et traversèrent un champ parsemé de cèdres nains, les beagles courant en zigzag à présent et Johnny Romines leur criant de chasser. Lui et Warn piétinèrent les buissons qui poussaient dru jusqu'au fond d'un ravin caillouteux et explorèrent les fossés de drainage gelés, mais sans débusquer de lapins. Ils franchirent une clôture et arrivèrent à la voie ferrée qu'ils longèrent vers le sud par des champs capitonnés de blanc qui brillaient maintenant au soleil tandis que les dernières traces de brume se dispersaient en myriades d'aiguilles bleues sur l'air flamboyant.

Ils s'arrêtèrent au lac de l'aven et dévalèrent le talus de la berge pour tâter la glace ; elle était noire avec un air cruel et entrelacée de bouts de bois et de touffes d'herbe. Les beagles s'approchèrent du bord et se mirent à pousser de petits gémissements, avançant une patte timide. Au bout d'un moment ils s'y risquèrent aussi et s'élancèrent, jouant à qui attraperait l'autre, tournoyant et glissant, leur arrière-train dérapant et se dérobant chaque fois qu'ils tournaient. Boog ne pouvait pas patiner à cause de ses pieds emmaillotés et restait assis au bord à les regarder, sans lâcher le lapin. Ensuite il prépara un feu, aménageant une plate-forme avec des écorces de hickory et entassant des branches mortes de cèdre par-dessus et ils vinrent tous s'asseoir autour.

C'est ici que Johnny a attrapé l'ouaouaron, dit Warn. Juste derrière ce tronc d'arbre, de l'autre côté. Par le cul, dans une souricière.

Comment tu t'y es pris ? demanda John Wesley.

Il avait parié un soda. Je l'avais vu passer devant chez moi avec une souricière au bout d'un fil de canne à pêche. Il m'a dit qu'il allait attraper un ouaouaron, une grenouille géante si tu veux. On y est allés tous les deux et il a tendu le piège là-bas juste derrière ce tronc d'arbre et ensuite on est allés à l'épicerie. Je me disais que ce pauv' type avait perdu ce qu'il lui restait de sa cervelle de trouduc d'oiseau...

Johnny Romines ricanait. C'est ce qu'il a dit à tous les gens qui étaient dans l'épicerie, dit-il.

Ouais, on a tous failli en crever de rire. Alors ce fils de garce m'a parié un soda qu'il en aurait attrapé un d'ici not' retour et il avait raison l'enfant de salaud. Par le cul qu'il l'avait pris. Moi j'ai failli jamais m'en remettre. Et il a rien voulu savoir il a fallu qu'on retourne à l'épicerie avec la grenouille, le piège et tout le reste et que ma pomme lui paye un soda comptant et vite fait.

C'est un vieux truc d'Indien, dit Boog.

Qu'est-ce que tu racontes ?

Ce truc-là. De mettre de l'écorce en dessous. Pour allumer un feu.

Il fit une nouvelle halte en arrivant à la clôture, retira ses gants et souffla dans le creux de ses mains. On entendait des coups de feu qui venaient de la montagne et d'en bas dans la vallée, répercutés par l'écho de plus en plus faible. Les arbres étaient tous dans des caissons de glace, dressant leurs troncs noirs apparemment sans branches sous leurs auréoles de dentelle, bancs de pâles madrépores miroitant au gré du vent dans un continuel tintement de clochette, de carillon miniature, et partout les claires aiguilles de glace tombant en grêle sporadique à travers les bois et marquant la neige d'incompréhensibles runes. Quelque chose passa tout près, prompt et invisible, et s'enfonça avec un bruit mou dans l'écorce d'un peuplier au-dessus de lui. Puis ce fut un craquement et un sifflement grêle de fusil.

Le vieil homme n'y fit pas attention. Il remit ses gants, empoigna les fils et passa, les pieux du côté de la descente commençant à se secouer là où ils ballaient dans leurs fils comme des brindilles dans une toile d'araignée, car il ne restait plus rien depuis longtemps pour les retenir dans leurs ancrages. Il y avait des chiens qui suivaient une trace et au bout d'un moment il les aperçut un peu plus bas là où la dernière rangée d'arbres dégringolait dans une combe et s'arrêtait à la limite des champs nus, les chiens débouchant de l'autre côté du bois, lents et minuscules, leurs voix fluettes comme des trompettes d'enfants. Il y en avait deux. Ils descendirent dans la combe et remontèrent de l'autre côté et continuèrent, à travers champs, leurs formes de brun et de blanc perdant leurs contours dans la boîte de bonbons du paysage de boue et de neige jusqu'à ce qu'il ne soit plus possible de les suivre qu'à leur mouvement, comme s'ils faisaient partie du sol lui-même donnant les premiers signes annonciateurs d'une catastrophe.

Il avançait lentement, la neige plus lourde maintenant, tassée en congères et tournoyant dans les chèvrefeuilles et les tordant en travers du chemin de sorte qu'il devait parfois se baisser pour passer par-dessous, marchant prudemment le long de la pente, laissant dans les empreintes de ses pas des taches mouillées de feuilles noires pareilles à de l'eau de marais, même pas gelées. Quand il arriva en haut, là où la route tournait et tirait un trait blanc entre les arbres, il fit halte pour enlever la neige qu'il avait sur les épaules et retirer les bouts de glace pris dans les revers de son pantalon. Il descendit par les congères sur une centaine de mètres et entra dans les bois de l'autre côté, serrant maintenant dans sa main son énorme couteau sans manche confectionné dans un tiers-point pour scie d'égreneuse, s'éloignant entre les arbustes de sa démarche lourde et voûtée, moins un homme qu'une apparition, étrange assassin dans ce décor de Noël.

Un quart d'heure plus tard il ressortit sur la route, toujours avec le couteau à la main et traînant derrière lui un petit cèdre. En arrivant au tournant au-dessous du verger il s'arrêta et jeta un coup d'œil derrière lui, puis enfouit le coutelas quelque part dans les plis de son manteau et mit l'arbre sur son épaule. Un peu plus loin il rentra dans les bois, la trace d'une sente ou d'un chemin qui partait sur la droite. Cette fois il ne resta absent que quelques minutes. Quand il revint, débarrassé de l'arbre à présent, il suivit ses traces jusqu'à l'endroit où il avait débouché sur la route la première fois. Et ainsi il disparut de nouveau dans les bois et redescendit de la montagne par le même chemin qu'il avait pris en venant.

Ils se glissèrent à travers les éboulis crayeux de la carrière, Warn en tête, jusqu'à ce qu'ils arrivent à la grotte.

Ça a pas l'air de grand-chose, dit Johnny Romines.

Ça s'élargit à l'intérieur, dit Warn. Ici, attends que je l'accroche ici et je vais vous montrer le chemin. Il coinça le putois dans l'enfourchure d'un arbuste puis s'enfonça sous terre, rampant sur les mains et les genoux pour franchir une petite ouverture au-dessous des rochers. Ils le suivirent, chacun son tour, les branches raides des ronces d'hiver à l'entrée de la grotte cinglant avec des crissements de vipères les jambes de leurs jeans. Une fois à l'intérieur ils grattèrent des allumettes et Warn retira d'une fissure un moignon de bougie et l'alluma. La roche calcinée prit forme, toit tronqué et mouvante concavité, comme une chose qui se serait en partie liquéfiée pour se figer à nouveau, déformée et de travers, leurs ombres bouffies et menaçantes grimpant le long des parois entre les mottes de fiente sèche des chauves-souris. Ils examinaient les inscriptions gravées dans la pierre tendre qui avait la couleur du lait caillé, des cœurs et des noms, des dates archaïques, des hiéroglyphes d'un érotisme primaire – les phallus bulbaires et les étranges vulves millepattes surgies de l'imagination de petits garçons.

Ils suivirent au fond de la grotte la bande d'argile rouge qui menait dans une deuxième salle, plus grande celle-ci, poussèrent des ululements en réponse à leur propre écho, leurs rires rebondissant avec une creuse et ironique dérision. L'eau gouttait, sans interruption, des crachotements et de légers cracs sur la pierre. Les deux chiens restaient tout près, marchant d'un pas nerveux.

Ici c'est la plus grande salle, disait Warn. Et puis j'en ai découvert une autre, c'est ma salle secrète, là-bas, au fond, parce qu'y a un rocher devant l'entrée et qu'on peut pas la voir. Après ça y a un tunnel qui mène encore plus loin derrière, mais j' suis jamais allé jusqu'au bout. Pas moyen de savoir jusqu'où ça va.

Boog revint en traînant un fagot de bois mort et bientôt il y eut un feu qui flamba au milieu de la grande salle. C'est comme ça que faisaient les hommes des cavernes autrefois, dit Boog.

Y avait des hommes des cavernes autrefois par ici, dit Warn. Des animaux préhistoriques aussi. Y a une défense qui dépasse d'un rocher de l'autre côté de la montagne et j' crois bien qu'elle est aussi longue que ta jambe. Y a pas moyen d'arriver jusque-là sans cordes ou j' sais pas quoi.

Johnny Romines sortit un paquet de tabac et roula une cigarette. Boog lui en emprunta et se roula aussi une cigarette et ils passèrent un moment à fumer, tirant de longues bouffées. Qu'est-ce que t'aimerais mieux être, demanda Boog à John Wesley, un Blanc ou un Indien ?

J'en sais rien, dit le gamin. Plutôt un Blanc, j' dirais. C'est toujours les Indiens qui se sont fait dérouiller.

Boog fit tomber la cendre de sa cigarette avec son petit doigt. C'est vrai, dit-il. J'avais jamais pensé à ça.

Moi, j'ai du sang indien, dit Johnny Romines.

Boog est à moitié nègre, dit Warn.

J'y suis pour rien, dit Boog.

T'as dit qu'un nègre vaut bien un Blanc.

Jamais de la vie. Tout ce que j'ai dit c'est qu'y a *des nègres* qui valent bien *certains Blancs*, voilà ce que j'ai dit.

C'est ça que t'as dit ?

Ouais.

J'avais un oncle qui était membre des Bonnets blancs, dit Johnny Romines. T'aurais dû l'entendre parler des nègres. Pour lui ils faisaient partie de la famille des singes.

John Wesley ne disait rien. Il n'avait jamais rencontré de nègres.

Raconte à John Wesley la fois où on a dynamité les oiseaux, dit Warn. C'était à la Noël l'an dernier, expliqua-t-il. Son père lui avait donné un train électrique dans le temps et ils l'avaient ressorti pour son petit frère.

Johnny Romines racontait, lentement, en souriant de temps à autre. Ils avaient relié le transformateur du train électrique à un détonateur qu'ils avaient volé dans la cabane à outils de la carrière et ils avaient enterré le détonateur dans la neige.

On avait pris un grand morceau de fil électrique, disait-il, et on était tous allés dans le garage avec le transfo branché et tout. Warn ici présent affirmait que ça marcherait pas. Eh bien, on a éparpillé plein de miettes de pain tout autour de l'endroit où on avait enterré le détonateur et c'était noir d'oiseaux on pouvait rien voir d'autre. J'ai dit à Warn de tourner l'interrupteur.

Putain c't' explosion que ça a fait, dit Warn. J'ai mis le bouton du transfo sur « marche » et vlan ! Y avait de la neige qui volait partout ça faisait des ronds dans la cour comme quand tu fais des ricochets sur l'étang et les oiseaux foutaient le camp dans tous les sens mais la plupart montaient tout droit. J' me rappelle qu'on est sortis en courant et qu'on en voyait des morceaux un peu partout dans la cour et accrochés aux arbres. Et les plumes. Bon Dieu, j'ai jamais vu autant de plumes de ma vie. Y en avait encore qui tombaient le lendemain matin.

Putain, dit Boog, j'aurais bien aimé voir ça.

John Wesley s'était mis à tousser. Vous trouvez pas qu'il commence à y avoir pas mal de fumée là-dedans ? demanda-t-il. De gros nuages de fumée montaient au-dessus de leurs têtes et redescendaient et ils constatèrent qu'ils ne pouvaient plus distinguer les murs de la grotte.

On dirait qu'y en a un peu trop, dit Warn. Il se mit debout et fut aussitôt caché par la fumée. Enfer ma mère, dit-il, sortons de là-dedans.

C'est comme ça que faisaient les hommes des cavernes, dit Boog.

Cavernes balivernes, dit-il. On va être fumés comme des jambons.

Ils se mirent à quatre pattes et rampèrent jusqu'à l'entrée de la grotte – une tache de lumière sale tremblant derrière les rouleaux de fumée –, sortirent de leur crypte les yeux rouges et larmoyants, le devant de leurs vestes maculé de limon rouge et luisant. Quand ils se furent séché les yeux et qu'ils purent enfin voir, ils étaient dans un monde souterrain, une région volcanique et infernale, toute l'étendue des bois autour de la carrière enveloppée de brume et la fumée sortant en bouillonnant par chaque fente et fissure.

M. Eller était debout derrière le comptoir et les regardait entrer dans l'épicerie, les vêtements fumant sur le dos des hommes qui tapaient des pieds pour débarrasser leurs chaussures de la neige fondue et s'arrêtaient autour du poêle, roulant des cigarettes entre leurs doigts gourds, le poêle craquant et sifflant à cause du charbon mouillé de neige, et les femmes excitées par le froid qui faisaient leurs achats d'un air buté, certaines traînant des gosses dans les plis de leurs jupes, puis repartant, et les jeunes gars qui venaient avec des fusils de chasse et des carabines acheter des cartouches, pas des boîtes complètes mais par lots de quatre ou de six, et conféraient à toute cette animation quelque chose de délibéré et même d'agressif. Il faisait tinter son tiroir-caisse ou marquait le montant dans ses carnets de comptes.

L'odeur de la fumée et du froid, des vêtements mouillés et de la viande en train de cuire. La neige s'était remise à tomber et ils l'observaient. Seigneur, dit M. Eller, on dirait que ça va jamais finir.

Boog et Johnny Romines entrèrent avec un lapin et prirent chacun un soda.

Où est-ce que tu l'as trouvé, Johnny ? demanda M. Eller.

Là-bas, près de la rivière.

Warn Pulliam a attrapé un putois dans un trou, dit Boog.

Sans blague ? Et comment est-ce qu'il sent ?

Pas trop bon.

Les hommes riaient.

C'est un gros c'lui-là, avec un signe de tête en direction du lapin. Comment est-ce que les chiots ont couru ? Plutôt bien ?

C'est des braves petits chiens à lapins, dit Johnny. Ils en ont levé deux autres mais j'ai jamais pu vraiment les tirer.

C'est des beagles, dit Boog.

Le vieil homme arriva au col sur la grand-route là où se trouvait autrefois l'auberge de la Mouche verte. Il n'y avait plus trace de l'auberge à présent, à part le tronc du pin noir et sans branches qui se dressait au flanc du ravin. La neige avait repris, abaissant un voile sur la vallée ou s'engouffrant par la brèche avec le vent, lui picotant les joues. Il descendit jusqu'à la route du carrefour et la prit pour rentrer par la Trémie. Suspendu en l'air tête en bas à un fil électrique, vidé de toute substance à part ses plumes décolorées et son frêle squelette, un petit hibou se balançait dans une attitude de morne exhortation, ses serres desséchées refermées sur l'unique brin du câble. Il regardait par terre du fond de ses orbites noires et vides, avec un petit mouvement pendulaire dans le vent coupant.

En haut du ravin il y avait une fontaine et ils s'y arrêtèrent pour boire, l'eau verte jaillissant par saccades d'entre les pierres d'où une frange nervurée de glace avançait juste au-dessus de la surface.

J'avais dans l'idée de tendre ici, disait Warn, mais y a trop de monde qui passe dans le coin et tu te fais voler tes pièges. Venez que je vous montre c'lui que j'ai sous le ponceau. Il avala encore une gorgée d'eau glacée, prit le fusil et le piège et tendit le putois au plus petit. Il sent moins fort dehors, dit-il. Mais ma mère va en pousser des cris quand elle va me renifler.

Ils arrivèrent à la route et passèrent du côté de la rivière. Warn mit un genou à terre et regarda sous la route à l'intérieur du ponceau par où s'écoulait l'eau de la source.

Ça gèle jamais là-dedans, dit-il. J'ai attrapé un ragondin ici une fois, mais c'est un vison que j' veux. Tu vois ? du vison. J'ai laissé le piège à l'intérieur parce que là-dedans personne va le remarquer.

Le gamin regardait dans le tunnel noir le filet d'eau qui coulait lentement sur le métal ondulé et s'élargissait en passant au-dessus du piège.

J'ai vu des traces de vison ici à l'automne et d'autres y a pas longtemps, dit Warn. Y a aussi du vison sur le Stock Creek. Y en avait avant sur le Red Branch mais c'est fini maintenant et c'est pour ça que j'arrive plus à en prendre. T'es prêt ?

Tu vois, y a pas encore eu d'automobiles par ici. Y a juste deux ou trois personnes qui habitent dans le vallon et y en a pas beaucoup qui ont une auto. Tu vois cette maison là-bas ?

Il regarda dans la direction qu'indiquait Warn. En retrait de la route il y avait une construction basse au toit en forme de selle avec une mince langue de fumée qui montait en panache et tournait au-dessus de la cheminée.

C'est là qu'habite Garland Hobie, lui dit-il. Si tu vas traîner de ce côté-là, tu reçois des plombs dans les fesses.

Et pourquoi ça ?

Parce qu'ils font du whisky, dit Warn. Lui et sa bonne femme. Ici. Maintenant j' vais te montrer quelque chose.

De l'autre côté de la route il y avait une ancienne église, une construction en bois, et Warn tendait la main de ce côté-là.

Tu vois l'église là-bas ? Bon, c'était une église pour nègres. Autrefois y avait une bande de nègres qui habitaient dans le vallon et ils avaient construit cette église et ils y allaient la nuit et tout ce monde-là se mettait à brailler et à chanter jusqu'au jour où le vieux Hobie, il est mort à présent, les a fait déguerpir. Il était déjà mort bien avant qu'on soit nés toi et moi et y en a pas encore un seul qui a jamais osé revenir. Tellement il leur faisait peur aux nègres. Il paraît qu'Ef était encore plus coriace que son vieux. Il est mort au beau milieu du magasin ça fait déjà pas mal d'années. Il venait de sortir de Brushy Mountain. Garland aussi, il est plus teigneux que la gale. Y a eu une descente de police chez eux dans le temps et il leur a dit d'emmener sa vieille en prison. Sa propre mère. Tu vois un peu comme il est mauvais. Et puis y a l'oncle Ather qui habite là-bas – un signe de tête pour indiquer l'endroit quelque part devant eux – lui c'est vraiment un brave vieux bonhomme.

C'est ton oncle ?

Mais non. Lui et mon grand-père Pulliam ils travaillaient ensemble, ils taillaient des traverses de chemin de fer pour la K S & E. C'est pour ça que mon grand-père l'appelait toujours l'oncle Ather. Il est très vieux. Il a un chien qui est presque aussi vieux que toi et moi réunis.

Alors il doit être rudement vieux, dit le gamin. Quel âge est-ce qu'il peut avoir, l'oncle...

L'oncle Ather ? Il a bien quatre-vingt-dix ans ou encore plus. Il est plus âgé que mon grand-père Pulliam et le père du grand-père Pulliam a été soldat pendant la Guerre civile. Il possédait plein de terres dans le comté de Knox et quand la guerre a été finie ils lui ont tout pris parce que c'était un sudiste. Grand-père Pulliam dit qu'ils laissaient personne voter, sauf les nègres et les gens du Nord.

Et pourquoi ça ?

Parce que dans le temps j' suppose qu'ici c'était le Nord.

À la fin de l'après-midi le vieil homme balayait la neige sur sa galerie quand il les vit approcher sur la route, peinant dans les congères : deux petites silhouettes sombres sur fond de neige vierge. Il y en avait un qui portait un putois mort. Ils arrivèrent à la hauteur de la boîte à lettres et le grand leva la main. Bonjour, oncle Ather, cria-t-il.

Le vieil homme plissa ses yeux de lait bleu pour mieux voir dans l'aveuglante lumière. Le petit-fils de Hiram Pulliam. Il sourit et leur fit signe de s'approcher, et ils s'avancèrent vers la maison, peinant dans la montée, les jambes arquées pour avoir une meilleure prise dans la neige, le petit Pulliam s'appuyant sur son fusil et l'autre glissant et faisant de grands gestes avec le putois.

Une fois déchaussés ils s'assirent autour du fourneau, dans leurs chaussettes d'où montait de la vapeur. Le vieil homme se pinçait les narines et riait.

J' crois bien que tu t'es battu au corps à corps avec ce putois, dit-il.

Vous sentez comme il pue ? Moi j' sens plus l'odeur.

Il a fallu qu'il revienne le chercher en rampant au fond d'un trou, dit John Wesley.

J'avais rampé trop loin, dit Warn. J' croyais qu'il était plus loin au fond mais après j'ai vu le fil qui partait dans un p'tit trou sur le côté, mais j'étais d'jà trop loin. J'étais accroupi là-dedans, complètement coincé, et j'ai eu du mal à faire demi-tour, mais quand j' suis arrivé là où j'avais assez de place pour passer mon bâton dans le trou où il se cachait j'ai tout de suite vu ses yeux. J'ai tourné mon fusil et j'ai visé le mieux que j'ai pu et quand j'ai tiré j'ai bien cru que j'avais les tympans crevés.

On l'a entendu tirer, dit John Wesley. De dehors on aurait dit une vieille pétoire à air comprimé ou un truc comme ça.

Eh bien, il s'est détaché quand j'ai tiré. Ça commençait vraiment à chauffer là-dedans. J' me suis carapaté et j' suis sorti le cul en avant et on a attendu un peu et ensuite j' suis retourné et j'ai empoigné le fil et j'ai commencé à le tirer pour sortir le raton et j'ai tout de suite vu que je l'avais eu entre les deux yeux.

Le vieil homme riait. Ça me rappelle une fois dans le temps que j'étais allé chasser le raton avec des copains, dit-il. Un des gars qui étaient avec nous avait tiré un raton dans un arbre et le raton était resté suspendu à une branche. Le temps qu'il grimpe à la branche où y avait le raton voilà que l'animal revient à la vie et il se jette sur lui. Le copain a vite compris qu'il valait mieux pas s'y frotter mais au lieu de redescendre il a grimpé sur une branche au-dessus et il s'y est assis. Chaque fois qu'il faisait mine de descendre le raton le menaçait en grognant comme un ours. Ça a fini par l'énerver et il a décidé de redescendre, à-Dieu-vat ! Et il commence à descendre. Il allait faire tomber le raton de sa branche à coups de pied, qu'il nous criait. On avait not' lanterne tournée sur lui et on y voyait assez bien. Il a botté deux ou trois fois en visant le raton et à ce moment-là ce gros malin de raton lui a attrapé le pied. J'ai jamais entendu personne hurler si fort. Il a commencé à faire faire la galipette au raton au bout de ses orteils et il mettait tellement de cœur à l'ouvrage qu'il se tenait moins fort à sa branche. Deux minutes ou même pas et un des gars a crié : Fais gaffe bon sang ! et voilà qu'ils dégringolent tous les deux de l'arbre lui et le raton. Il est tombé de tout son long comme un sac d'avoine et les chiens se sont jetés sur le raton et ils commençaient à piétiner la figure à not' copain et il a fallu les chasser à coups de pied. On le croyait mort mais il s'est tout de suite remis à respirer un peu et à cligner des yeux et on a vu qu'il était pas blessé, qu'il était juste un peu sonné et qu'il avait eu joliment peur. On était tous là autour à se taper les côtes et il restait sur son cul à nous injurier, mais c'était un vieux bonhomme bien brave et j' crois pas qu'il nous en a gardé rancune, pas que je sache. Je me souviens qu'ensuite il racontait lui-même cette histoire des années et des années après et qu'il en riait comme tout le monde.

Le vieil homme poussa un soupir. C'était bon dans le temps par ici pour chasser le raton, dit-il.

Et pour le couguar ? demanda Warn. Y a pas eu un couguar qui venait gueuler par ici autrefois ?

Le vieil homme se renversa dans son fauteuil à bascule, un sourire de sage s'inscrivit dans les bourrelets affaissés de sa peau.

Voyons, dit-il. Bien sûr, j' m'en souviens bien. Y a une dizaine d'années de ça j' dirais. Suivit un moment de silence pendant lequel il parut méditer avec une délectation de satyre sur d'anciens exploits. Puis il croisa les jambes et se pencha en avant. Bien sûr, répéta-t-il, je l'ai entendu. Et pas qu'une fois. Ça a bouleversé les gens et ça leur a fait peur pendant tout un été. Oui, p'tit, on se posait un tas de questions. On était en plein brouillard.

À quoi ça ressemblait, son cri ? demanda le gamin.

Oh, quèquechose de sauvage...

Alors, vous croyez que c'était un couguar ?

Sûrement pas, dit le vieil homme.

Au bout d'un moment Warn demanda : Qu'est-ce que c'était alors ?

Le vieil homme avait commencé à se balancer doucement, avec un air de bonté, le calme du sage, antique thaumaturge savourant une vérité favorite... Il s'arrêta et fixa sur eux son regard.

Bon, j' vais vous le dire. C'était un chat-huant. Il contemplait leurs mines contrites, leur avide incrédulité. Ouais, dit-il, un chat-huant. Un de ces gros chats-huants qui grognent et hurlent les soirs d'été là-haut sur cette montagne. On les prendrait pour des couguars. Y a des gens qui disaient que c'était un couguar, d'autres que c'en était pas. Alors je les laissais se poser des questions et causer... mais moi j'ai toujours su ce que c'était. Je me rappelle qu'un soir j'étais allé faire des achats à l'épicerie, c'était à la fin de l'été et il faisait presque noir, il était dans les huit heures j' crois, quand il a commencé à hurler. Bon, moi j' dis rien. Au bout d'un petit moment ça recommence. Mes garçons, vous pouvez me croire, tout le monde s'est tu dans l'épicerie. Y avait plus un bruit, vous auriez entendu les fourmis dans le bocal de bonbons. Mais moi je restais toujours bouche cousue. Au bout d'un moment Bob Kirby – il était là – m'appelle et me dit : Alors oncle Ather ! T'as l'intention de traverser la montagne ce soir ?

Et moi, je me retourne et je le regarde en jouant l'étonné et : Bien sûr, pourquoi ? que je réponds, il faut bien rentrer chez soi de temps en temps, et par le meilleur chemin. Pourquoi est-ce que tu me demandes ça ?

Il m'a regardé sans rien dire pendant une minute, ensuite il a fait une grimace et il a dit : T'entends donc pas ce gros chat ?

Et alors, j'ai dit : Bien sûr que j' l'entends. J' crois qu'il faudrait être sourd pour pas l'entendre.

Lui, il croyait me tenir avec ce truc-là, alors il dit : T'as pas peur des couguars, oncle Ather ?

Bien sûr que si, j' réponds. Faudrait avoir perdu la tête pour pas en avoir peur, surtout d'une grosse bête en pleine force.

Ensuite j'ai plus rien dit, j' suis juste allé au bac à sodas et j'ai pris une bouteille et j'ai commencé à boire et je regardais ma montre de temps en temps. J' voyais bien qu'il savait plus quoi penser et il a souri une ou deux fois, une grimace, pour que les autres le remarquent, mais j' crois pas qu'ils avaient le cœur à plaisanter, et ils savaient pas trop quoi penser, eux autres, encore moins que lui. Comme ça il a plus rien dit, mais au bout d'un moment un jeune gars qui était là s'en est mêlé et m'a demandé si c'était un animal adulte qui faisait tout ce vacarme là-haut. Bon, juste à ce moment, voilà que ça recommence, les hurlements, et j' le regarde et j' dis : Seigneur Jésus, j' me demande, mon gars, ce que tu ferais si un couguar en pleine force se mettait à gueuler. Parce que c'est rien ce que t'entends là. Mais évidemment y a plus de couguars par ici comme y en avait dans le temps. Voilà une cinquantaine, une soixantaine d'années, en été, ils rôdaient toute la nuit à travers la montagne en hurlant, au point qu'on finissait par plus pouvoir fermer l'œil quand on les entendait pas. Mais il faut un grand couguar mâle adulte pour faire vraiment du bruit. C'est rien ce que t'entends là. C'est ça que je lui ai dit et juste à ce moment-là voilà que le chat-huant se remet à gueuler, il était sans doute pas à plus de cent yards et j' voyais les poils se dresser sur le cou de ce blancbec et pareil sur le cou de Bob Kirby.

J'ai fini mon soda et j'ai posé la bouteille et j'ai fait semblant de partir et alors, Kirby, il me dit, toujours avec son espèce de grimace : Tu veux dire, oncle Ather, que tu peux reconnaître un couguar d'un autre couguar rien qu'à sa façon de crier ?

Eh bien, j'ai dit, pas aussi bien qu'autrefois. Il a souri jusqu'aux oreilles en entendant ça.

Mais, j'ai dit, depuis que j'ai rencontré c'lui-là l'autre soir je me fais plus trop de bile.

Alors ils ont tous bondi pour me poser des questions, quelle taille il pouvait avoir et tout le reste. J'étais déjà de l'autre côté de la porte ou presque mais j'ai pensé que j'allais leur donner de quoi réfléchir en route en rentrant chez eux, alors je me retourne et je leur dis : Voyons, c'est jamais qu'un chaton. C'est juste là-haut en arrivant au col que je l'ai vu l'autre soir, il faisait même pas encore tout à fait nuit, traverser la route à toutes jambes. Le vieux Scout était couché sur le ciment. Il a un peu rapetissé ces derniers temps mais y a pas si longtemps il m'arrivait au-dessus du genou – juste à la bonne hauteur pour s'asseoir dessus à califourchon – et il pesait plus de cent livres. Alors j'ai regardé autour et je l'ai vu là et je l'ai montré du doigt et j'ai dit, vous voyez, il est pas beaucoup plus grand que Scout, et je leur ai dit bonsoir et j' suis sorti.

Le soleil glissait sur les petits carreaux de verre derrière le fauteuil du vieil homme, moulant sa tête à contre-jour et nimbant ses cheveux blancs d'une prophétique transparence. Un peu plus tard il se leva et alla à la table allumer la lampe.

Alors mes garçons vous prendrez pas une... Attendez, juste une minute. Il s'excusa et partit d'un pas saccadé vers la cuisine d'où leur parvinrent au bout d'un moment des bruits de placards et de vaisselle. Quand il revint il apportait deux verres et une tasse, un bocal rempli d'un liquide rouge foncé. Voilà, dit-il, en leur tendant un verre à chacun. Il dévissa le couvercle du bocal et versa du liquide dans leurs verres. Une potion épaisse et de vilaine apparence, de la couleur de l'iode. Du vin de muscadine, leur dit-il. Je parie que vous en avez encore jamais bu.

Le liquide faisait des bulles noires et sinistres sous la lueur blafarde de la lampe. Il s'installa dans son fauteuil à bascule et remplit sa tasse, les observant pendant qu'ils goûtaient.

Rudement bon, dit Warn.

Sûr, dit le gamin.

Ils buvaient leur vin à petites gorgées, avec la solennité de communiants, de troglodytes rassemblés dans une grotte éclairée par un feu. La flamme de la lampe vacilla dans un courant d'air, et leurs ombres, lourdes silhouettes d'ours sur le mur, frémirent de concert.

Oncle Ather, dit le gamin, c'est vrai qu'il y avait des couguars dans le temps ?

Le visage de Warn, masque d'arlequin travaillé en noir et orange par la lueur de la lampe, se tourna vers le vieil homme. Parlez-nous du vôtre, oncle Ather. Celui que vous aviez chez vous.

Oncle Ather avait déjà commencé. Ah oui, dit-il, en levant le menton comme pour dissiper le doute. Oui, j'en avais un, y a longtemps de ça. J'étais encore jeune en ce temps-là, je travaillais avec l'équipe qui construisait la route à l'époque, j'en avais attrapé un.

Attrapé un ?

Oui. Il eut un sourire énigmatique. Oui, c'est bien ça. Je l'ai attrapé à mains nues, et j'ai les cicatrices pour le prouver. Et en disant cela il leur tendit pour qu'ils l'inspectent un pouce qui avait l'apparence du cuir. Le gamin se laissa glisser de sa chaise et se pencha pour l'examiner attentivement.

Juste ici, dit le vieil homme en montrant un endroit sur la paume de sa main, entre le pouce et l'annulaire. Tu vois ?

Oui, dit-il. La peau était plissée comme un vieux porte-monnaie ; dans cette myriade de nervures entrelacées n'importe quelle ride aurait pu être une cicatrice. Le gamin se rassit et le vieil homme fit entendre un petit rire guttural.

C'est ça, dit-il. C'était une bête rusée. Il pesait bien dans les cinq livres.

Warn riait doucement. Le gamin leva la tête. Le vieil homme était toujours assis, l'air satisfait et malicieux, dans son fauteuil à bascule, et ses yeux pétillaient.

Bon, dit-il, voilà comment ça s'est passé. Y avait un endroit qu'on appelait le col aux Oies – c'est vers Wears Valley. Bon, quand c'est arrivé on faisait des tirs de mine dans ce coin-là. Bill Munroe, il est mort à présent, il est allé voir tout de suite après le tir, dès que les pierres ont eu fini de tomber, et il m'a crié de monter et de venir voir. Y avait encore plein de fumée et de poussière et j'y voyais pas grand-chose et j' me suis un peu approché et j'ai tout de suite vu qu'il tenait quelque chose à la main. On aurait dit un hérisson ou un pauvre petit chien. Quand je l'ai eu rejoint j'ai vu ce que c'était. J'en avais encore jamais vu avant et il était tout déchiqueté et en sang, mais j'ai tout de suite su ce que c'était. Bill, il se demandait ce que c'était que cet animal-là. C'était un petit couguar, voilà ce que c'était.

On a commencé à monter dans la rocaille et on est tout de suite tombés sur un autre. Il était pas aussi déchiqueté et Bill a pensé qu'il avait sans doute pas été projeté aussi loin par l'explosion ce qui voulait dire qu'on allait dans la bonne direction. En tout cas la suite lui a donné raison et un petit peu plus loin on est arrivés à leur tanière. Tout le devant avait sauté et y avait bien un yard et demi d'os éparpillés tout autour, et plus loin tout au fond sous des pierres on a trouvé celui-là, le troisième, il était vivant et il miaulait tout à fait comme un chaton.

Ce vieux Bill, il a battu un peu en retraite, il disait que la mère couguar était sans doute pas loin. Bon, moi j'étais plus jeune que lui et sans doute que j'avais pas autant de bon sens, alors j'y vais et j'attrape la petite bête par la peau du cou. C'est à ce moment-là qu'il m'a enfoncé ses incisives dans le pouce, juste ici. Je l'ai vite lâché, vous pouvez me croire. Après ça j'ai réfléchi une minute et j'ai enlevé ma chemise et je l'ai emballé dedans et je l'ai ramené avec moi à la maison.

Ici le vieil homme fit une pause et prit une chique de tabac dans une énorme blague en papier. Puis il reprit : J'habitais à cinq miles de ce côté-ci de Sevierville en ce temps-là. J'avais – vous chiquez pas, mes garçons, ça m'étonnerait –, j'avais acheté un peu de terre à un nommé Delozier – une vingtaine d'acres à flanc de coteau pour la plupart et la maison valait pas grand-chose non plus, une vieille bâtisse de grange... J'étais marié en ce temps-là et c'était ma première maison alors je crois qu'on peut dire que j'en étais fier. J'élevais des cochons et des poules et plus tard j' me suis acheté une vache et un vieux mulet qui en pouvait plus, j'avais planté un peu de maïs... j'ai jamais rien eu à moi, j'ai rien maintenant non plus, mais j' me disais que c'était un début. J'étais pas beaucoup plus âgé que vous, mes garçons, dix-neuf ans, j' crois pas que j'avais plus. Bon de toute façon j' voulais vous parler du couguar. Je l'ai ramené à la maison et je l'ai donné à Ellen. Elle s'y est tout de suite attachée, elle l'a mis dans une caisse et elle lui a donné du lait et tout ça. Ce p'tit couguar avait fini par la suivre partout dans la maison comme n'importe quel chat de gouttière. Et il était guère plus gros qu'un chat... J' me souviens qu'il était joliment moucheté, comme un chat sauvage. Bon, y a même eu un type du journal qui est venu et qui a écrit quèquechose sur nous et ce petit couguar qu'on gardait à la maison ; les gens venaient d'un peu partout pour le voir.

J'crois qu'on l'avait chez nous depuis peut-être deux semaines quand un soir j'ai entendu un cochon qui grognait. J'ai pris la lanterne et j' suis sorti mais j'ai rien trouvé de bizarre et j' suis rentré et j'y ai plus du tout pensé. Eh bien, le lendemain matin y avait un cochon qui manquait. J'avais jamais entendu parler de voleurs de cochons mais j'ai pensé qu'il pouvait bien y avoir des voleurs de cochons comme y a des voleurs de n'importe quoi, et sûrement dans le comté de Sevier parce que c'était la brousse en ce temps-là. Mais j' pouvais pas y faire grand-chose, surtout que je savais même pas par où commencer à chercher. Et après ça, deux nuits plus tard, y en avait un autre de parti. Bon, j'dis, ils deviennent plus malins maintenant. Le deuxième avait même pas gueulé.

Le lendemain soir j' suis monté sur le toit de la maison avec mon fusil de chasse – une vieille pétoire à un seul canon qui se chargeait par la bouche et j'avais même pas de quoi m'acheter des amorces – je me servais de têtes d'allumettes et de cosses de graines de coton – et y avait quelqu'un qui me volait mes gorets. Alors je suis resté là-haut toute une nuit, de là où j'étais à l'enclos à cochons y avait pas plus loin que d'ici à la galerie. J'ai jamais rien vu, jamais rien entendu. Arrive le matin et j'ai même pas eu idée d'aller jeter un coup d'œil du côté des cochons. Mais un peu plus tard quand elle – Ellen – est sortie pour donner aux cochons elle est revenue et elle m'a dit : Ather, y a encore un cochon de parti.

J'étais assis dans un fauteuil, à moitié endormi et j' suis tout de suite sorti. J' me rappelle pas combien de cochons on avait mais on devait bien en avoir sept ou huit je crois, et j' suis sorti à toutes jambes et je les ai comptés et j'ai vu qu'y en avait encore un autre qui manquait. Jusque-là j'étais colère mais cette fois j'ai eu peur.

Le vieil homme remarqua la tasse de vin qu'il tenait à la main et il la contempla un moment avec une légère surprise, la leva et but une gorgée. Il ferma un instant les yeux.

La haute charrette et eux dedans qui s'approchaient de la maison, la charrette et la maison toutes deux propriété de son oncle et lui qui ne possédait rien de plus que ce qu'il pouvait porter dans ses deux mains, ses affaires à elle dans une vieille malle en cuir attachée derrière le siège.

C'est-elle ? demanda-t-il.

Oui.

Il fit lentement le tour de la charrette en l'examinant comme on examinerait un cheval. Puis il dit : Bon, descends.

Il descendit et elle était toujours assise dans la charrette.

Qu'est-ce qu'elle veut faire ? Rentrer le mulet à l'écurie ? Mais non. Ellen, descends !

Il lui prit la main et elle descendit.

Va avec oncle Whitney, dit-il. Je vais apporter les affaires.

Helen, dit-il.

C'est Ellen que j' m'appelle, dit-elle. Derrière elle la charrette s'éloignait.

Ellen.

Papa a dit qu'il allait le tuer, dit-elle.

Personne va tuer personne, dit-il. Viens ici, fais attention à la boue.

Elle dit encore quelque chose. Il les regardait entrer dans la maison.

Qu'est-ce qui s'est passé après, oncle Ather, dit Warn.

Hum ? Ah oui, j'en avais déjà perdu trois, il me semble, à ce moment-là. Ça en faisait trois de plus que ce que j'avais envie de perdre et deux de plus que ce que j' croyais perdre avant de pouvoir attraper le voleur. En plus j'avais bien l'impression que j'allais en perdre autant que le voleur avait envie de m'en chiper, ce qui voulait sans doute dire tous ceux que je possédais. Alors j'avais une de ces peurs, j'en devenais fou. Ellen, elle prétendait que je m'étais endormi sur le toit, mais moi j' savais à quoi m'en tenir.

On était à la fin de l'été. J' travaillais toujours avec l'équipe des cantonniers et on faisait des journées de douze et quatorze heures et quand j' rentrais chez moi le soir il fallait que je m'installe pour la nuit avec un troupeau de gorets. Mais on en a pas perdu d'autres pendant une semaine ou plus. Et puis une nuit Ellen est sortie devant la porte pour jeter dehors une bassine d'eau et je l'ai entendue hurler. J' suis sorti en courant pour voir ce qui se passait et elle s'est agrippée à moi comme si elle avait vu un fantôme ou j' sais pas quoi, et je lui ai demandé ce qu'il y avait mais elle est restée clouée sur place et elle tremblait comme si elle allait geler à mort. Je l'ai ramenée dans la maison et j' suis ressorti et j'ai regardé tout autour mais j'ai rien vu du tout, alors j'ai ramassé la bassine et je suis rentré. Y a quelque chose qui lui avait fait très peur mais elle a jamais pu me dire quoi. Au bout d'un moment elle faisait que répéter *J' sais pas,* ou *J'ai pas vu ce que c'était.*

Le vieil homme fit une nouvelle pause, tout à fait immobile à part sa poitrine qui s'abaissait et se soulevait au rythme de sa respiration, à part la lente rotation mécanique de ses mâchoires, regarda en l'air – l'image de la flamme sur le plafond, la couronne fendue de la lampe, un œuf double, comme la parthénogenèse de la lumière élémentaire.

Il avait tenu encore une semaine, retournant soir après soir dans la sombre maison vide. Ensuite il avait arrêté d'aller à son travail. Ce matin-là il prit les quelques affaires qu'elle avait laissées – un peignoir, des objets disparates –, et les posa sur le lit. Il s'assit et les regarda longuement. Quand il se releva c'était déjà le soir.

Il resta encore cinq jours, rôdant à travers la maison ou restant assis sans bouger, dormant dans des fauteuils, mangeant ce qu'il pouvait trouver jusqu'à ce qu'il n'y ait plus rien et ensuite sans rien manger. Pendant que les poulets dépérissaient et que le bétail hurlait de soif, pendant que les porcs crevaient jusqu'au dernier cochon de lait. Une épouvantable puanteur s'installait partout, une vile putréfaction qui restait suspendue dans l'air, remplissait la maison.

Le sixième jour il sortit et abattit un panneau du mur du fond dans l'écurie en cognant avec la tête de sa hache, y découpa deux planches. Dans l'une il grava soigneusement le nom d'Ellen avec la pointe de son couteau. Puis il tailla l'autre en pieu et cloua les deux ensemble en forme de croix. Il prit cette croix et apporta les vêtements d'Ellen et une pelle dans un coin de la cour où il creusa un trou, enfouit les vêtements et planta la croix dans la terre avec le manche de la pelle. Ensuite il traversa la maison tout droit et ressortit et prit la route de Sevierville. Il avait marché un demi-mile avant de remarquer qu'il avait la pelle dans sa main et il la jeta dans les herbes.

Je le sais que tu peux pas, dit-il.

J'y retournerai pas.

J'irai demain. Allons, tu vas te laver et manger un morceau.

Quoi ?

Et te reposer un peu, dormir. J'irai demain.

Bon, t'as qu'à y aller. Moi j'irai pas.

J'avais décidé d'y aller de toute façon. R. L. est passé hier matin pour voir si t'allais retourner travailler. Tu vas y retourner ?

J'en sais rien. Non. J'y retournerai pas.

T'as l'intention de vendre ta terre ?

Je m'en... Ça m'intéresse pas...

Bon. Moi ça m'intéresse.

Il le regarda pour la première fois, le visage vieilli, sombre et dur comme une coque de noix.

Pourquoi ? demanda-t-il.

Rapport aux deux cents dollars que tu me dois, d'abord pour ça.

Ah bon. Il réfléchit un instant, puis il dit : Oui. C'est vrai, il faut que j'aille me laver.

Le vieil homme se balançait doucement dans son fauteuil à bascule, tenant sa tasse devant lui à deux mains comme un ciboire. Au bout d'une minute Warn dit : Vous avez fini par trouver ce que c'était ?

Le vieil homme détourna la tête et cracha dans une boîte à café.

Ce maudit prédicateur, pas vrai ?

Parle plus de ça.

Bon, personne en est jamais mort.

Parle plus de ça j' t'ai dit.

Oui mon gars, dit-il. C'était la mère couguar, elle était venue chercher son petit. Dites, mes garçons, vous voulez pas encore un peu de vin ?

Il leur en restait un peu. Le vieil homme se leva lourdement de son fauteuil à bascule et alla jusqu'à la table où il avait posé le vin, remplit sa tasse. Oui, dit-il, c'est sans doute la mère couguar qu'elle avait vue.

Vous l'avez abattue ? demanda le gamin.

Jamais de la vie. Je l'ai même jamais vue. J'ai encore perdu un cochon et ensuite j'ai abandonné. J'ai relâché le petit et c'est la dernière fois que je l'ai vu et le dernier cochon que j'ai perdu. Vous voyez, dit-il lentement, d'une voix sombre, y a couguar et couguar. Y en a c'est juste ça, un couguar, et y en a d'autres qui ont rien d'ordinaire. Cette vieille couguar, elle a jamais laissé une seule trace. C'était pas un couguar d'un genre ordinaire.

Le lendemain matin de bonne heure le vieil homme partit dans la montagne en suivant les empreintes des deux garçons. La neige formait de profondes congères par endroits et c'était pénible de marcher. Il s'arrêtait souvent pour reprendre son souffle, s'appuyant sur son fusil de chasse, la crosse bien enfoncée à travers la croûte de glace jusqu'au pontet. Le temps d'arriver à la route il haletait et il avait mal aux jambes. D'ici, il apercevait la vallée entre les sombres silhouettes des arbres dressées dans un éther de blanc pareil à du lait renversé, une glaçure cristalline de glace pilée là où pénétrait le soleil, les toits coiffés de neige, de pâles lianes de fumée grise montant dans l'air immobile.

Il sentait une odeur de fumée, mais il n'y prêtait pas attention, jusqu'au moment où il se dit qu'elle avait quelque chose d'âcre et de piquant, et il comprit que c'était du cèdre qui brûlait – du bois à poteaux pas du bois de feu –, une odeur fugace dans l'air froid, dans ses narines, vaguement antiseptique.

Il tourna sur la route et marcha d'un pas ferme jusqu'à ce qu'il arrive au chemin de la fosse. La neige était sèche et retombait en poussière de marbre sur les jambes de son pantalon. Maintenant il pouvait voir le mince voile de fumée entre les arbres. Ici les empreintes tournaient et deux traces sinueuses pénétraient dans les bois. Il les suivit, marchant plus vite, trébuchant dans les ornières cachées par la neige, gagné par le pressentiment d'un désastre, et arriva dans la clairière.

En voyant les rouleaux de fumée qui sortaient de la fosse il s'arrêta un moment et sentit en lui l'antique, le sauvage afflux de sang des instants de puissance et de désespoir, le battement de tambour de l'acte irrévocable. C'était fini, ce qu'il pouvait y avoir d'âme dans les cendres resterait à jamais inconnu, échappait à son pouvoir désormais. Il posa un genou dans la neige et s'accroupit pour regarder. Sur son visage une suggestion de joie, d'angoisse – quelque chose de primitif et d'à moitié caché. Les yeux pâles brûlaient froids et lointains dans leurs orbites creuses comme des poches de gaz en train de se consumer.

Il se leva et retourna à la route. Des braises couleur d'ambre luisaient dans la fosse, fondues dans leur lit sous les squelettes carbonisés des cèdres.

Parce que la voiture était garée plus haut sur la route et que j' pouvais pas la voir de la rivière. Et il était pas sur le pont quand j' suis descendu mais après quand j'ai eu traversé dans l'eau et que j' suis arrivé de l'autre côté il y était et il me regardait d'en haut et alors j' l'ai vu et il a dit : Viens ici.

Comme ça il a pris tes pièges.

Tous sauf un, dit le gamin. Il aurait fallu qu'il se mouille les pieds pour le trouver alors j' lui ai rien dit. Il en a pris trois. J'en avais que quatre en tout.

Le fils de pute de salaud, dit Sylder. Qu'est-ce que tu lui as dit ?

J' lui ai rien dit du tout. Il a dit qu'il allait me mettre en prison pour pratique de la chasse sans permis et complications avec des criminels. J' lui ai dit que j'ai rien à voir avec des criminels.

Et Legwater, qu'est-ce qu'il a dit ?

Pas grand-chose. Il faisait des grimaces comme un opossum. Ouais, il a dit que ça irait beaucoup mieux pour moi si j' leur disais la vérité. Que c'était la même chose – de faire des complications avec un criminel – que d'en être un soi-même. Après ça Gifford a dit qu'il avait raison, que j'allais sans doute en prendre pour trois ou cinq ans, mais que si j' les aidais et que j' leur disais qui c'était j' m'en tirerais p'têt' avec le sourcil.

Mais ils t'ont pas emmené à la gendarmerie ?

Non. Ils m'ont relâché aux Trois-Routes devant l'épicerie. Il a dit que dès qu'ils auraient d'aut' preuves ils viendraient me ramasser et que ça me servirait à rien d'essayer de filer.

Il se renversa en arrière, ayant terminé son récit et attendant de savoir ce qu'il devait faire, commençant seulement à avoir un peu moins peur.

Sylder se pencha vers lui. Écoute, dit-il. Tu sais que tout ça c'est du pipeau, hein que tu le sais ? Tu sais de quel trouduc il aurait l'air s'il faisait arrêter un gosse de quatorze ans ? Même pour complicité avec un criminel recherché par la police, je parle même pas de la chasse sans permis ! Il essaye de te faire peur. Je le connais. Il a aucun moyen au monde de prouver que tu m'as aidé et s'ils m'arrêtaient il faudrait qu'ils me prennent avec un chargement, et alors ils auraient pas besoin de témoignages, encore moins du tien, et même s'ils allaient jusque-là je jurerais que je t'ai jamais vu de ma vie et tu ferais pareil et ils pourraient toujours pas te chercher des poux dans la tête. Tout ça c'est du pipeau, ils essayent de te faire perdre la boule et de t'intimider pour que tu les aides à fourrer leur nez dans des affaires qui les regardent pas. S'il revient t'emmerder, tu lui dis rien, dis-lui que tu vas porter plainte contre lui pour arrestation arbitraire. Mais ça m'étonnerait qu'il cherche encore à t'emmerder.

Il a dit qu'il finirait par vous trouver de toute façon.

Il trouverait pas de bouse dans une fosse à purin. Ça le regarde même pas ; il a rien à voir avec le contrôle fiscal des alcools. En tout cas, te laisse pas emmerder par lui. J'irai balayer devant sa porte à sa place. Il savait que t'as pas de papa, personne pour te défendre, c'est pour ça qu'il a cru qu'il pouvait s'en prendre à toi. C'est une saloperie de fils de pute et un propre-à-rien par-dessus le marché. Allez, viens voir ton p'tit chien ; il est gras comme un gros plein de soupe. Viens, je les ai mis derrière sur la galerie parce qu'il fait rudement froid ces jours-ci.

La route avait été dégagée dans l'après-midi ce qui fait qu'il n'eut même pas besoin de chaînes une fois sorti de la route du verger. Il faisait déjà sombre, un peu après six heures, l'arrière de la voiture était lourdement chargé et se balançait très bas sur les roues même avec les amortisseurs serrés à fond. Il faisait très froid et ses orteils ne s'étaient pas encore dégelés malgré le chauffage. Il se disait que le moignon d'orteil dans sa botte gauche était rudement sensible, lui rappelant une fois de plus *les piles du pont balayées par le faisceau des projecteur de la vedette, l'œil vitreux et aveuglant du gyrophare qui s'était arrêté sur lui, le découvrant debout sur le gaillard d'avant sous un dais de palétuviers un pied sur le taquet avec le câble de l'ancre dans la main. Se voyant pris dans le rayon lumineux il cria pour avertir la cabine et se mit à tirer pour enrouler le câble. Le démarreur grinça et le moteur se mit à cracher, une toux gutturale contre la surface de l'eau, le bateau tanguant et roulant, s'élançant déjà. Il avait remonté l'ancre et suivait des yeux les lumières de la vedette. Par-dessus le vrombissement sourd de leur propre moteur il l'entendit pousser à fond ses gros moteurs Gray jumelés pour virer de bord, puis des voix, des ordres, détachés et sans origine sur le calme étouffant du golfe. Le phare de la vedette les suivait, les inondant de lumière quand ils sortirent du bras mort. Il restait là à faire des pirouettes de ballerine. Il vit le double panache d'écume qui partait de la proue de la vedette s'élargir à mesure qu'elle prenait de la vitesse et les lumières bondir et rebondir dans le noir remous de l'étrave. Il entendit aussi des coups de feu mais sans établir de rapport entre sa personne et les détonations. Il ne se rendit compte qu'on lui tirait dessus qu'à l'instant où éclata une véritable fusillade et où il put voir les éclairs jaillir de la bouche des fusils, minuscules et intermittents comme des lueurs de cigarettes, et entendre le floc-floc caillouteux des balles dans l'eau remuée. Puis il sauta pour descendre dans la cabine. Au même moment il y eut des bruits de bois volant en éclats, quelque chose lui fracassa le pied et le renversa sur le pont. Il rampa jusqu'à la descente et se laissa glisser à plat ventre au bas des marches.*

Jimmy, dit-il, en chuchotant comme si on risquait de les entendre. Écoute, Jimmy.

Il faisait sombre dans le carré, à part la lueur sautillante du projecteur qui passait et repassait sur les hublots, les hublots jetaient des ombres lumineuses qui faisaient la navette sur la paroi opposée.

Hé, petit, qu'est-ce que tu dis ?

Jimenez debout dans la coursive. Le gouvernail provisoirement abandonné, l'embarcation donnant de la bande et lancée à plein gaz à travers la baie, avec le clap-clap convulsif de l'eau sous la quille.

J' suis blessé, dit-il.

Jimenez, tenant la lampe électrique à la main pendant qu'il retirait sa chaussure déchirée, la chaussette gluante de sang, examinait la bouillie pulpeuse qu'était devenu son gros orteil.

T'as été touché ailleurs, Mario ?

J' crois que c'est tout, dit-il.

Jimmy lui tapota l'épaule d'un geste compatissant. Ça fait mal aux pieds ces saloperies-là, dit-il.

Ils allèrent à l'avant et il enveloppa son gros orteil avec une bande d'étoffe arrachée à sa chemise et resta misérablement assis, observant le visage livide et grave de Jimenez à la lueur du tableau de bord.

Il conduisait lentement, et quand il franchit le col la lune était basse au-dessus des pins qui bordaient la longue et glabre saignée de blanc au-dessous de la ligne électrique, un brouillard glacé montant du fond de la gorge, scintillant dans les phares. C'était ici dans le temps qu'était l'auberge, *l'atmosphère de carnaval avec les rares voitures alignées le long de la route, la chaleur flottant au-dessus des têtes, et les hommes debout tout autour se passant et se repassant les dernières bouteilles, parlant posément maintenant, le visage rouge, des mines accueillantes. Il y en avait parmi les derniers arrivés qui prétendaient qu'on avait vu l'incendie depuis Vestal. Quelqu'un disant : T'as manqué quelque chose, Marion.*

C'était beau ?

Le plus bel incendie que t'as jamais vu.

Plus rien à faire. Un verre de whisky, à boire en cachette, Gifford venait d'arriver. Gifford armé d'un long bâton explorant des trous fumants dans la pâte de verre. Plouf plouf. Du goudron vitreux. Le truc le plus dingue que j'ai jamais vu. Le bout d'un de ses croquenots commençait à se gondoler et à noircir et une seconde plus tard il s'éloignait à cloche-pied en empoignant ses lacets. Merde. Aïe. Adossé à un arbre son pied nu serré dans ses deux mains comme un oiseau blessé, ses yeux lançant des éclairs, il eut le courage de ricaner.

Et deux jours plus tard le fût carbonisé du grand pin n'avait pas fini de se consumer, de la poix perlait en bulles de l'enveloppe d'écorce et de petites flammes d'un bleu électrique suintaient et ondulaient le long du tronc, la flèche de fumée toujours dressée dans l'air immobile comme un prolongement de l'arbre lui-même.

Au tournant au-dessous du col les roues arrière firent une légère embardée et il comprit qu'il y avait une mince pellicule de glace sur la route. Il s'assit un peu plus haut derrière le volant et essuya le pare-brise avec un chiffon. Il passa devant chez Tipton, les lumières au-dessus de la route chaleureuses et amicales entre les arbres. Ces messieurs mariés. Sylder ricana, tendit la main pour prendre une cigarette... *C'était un si brave garçon... le martèlement continuel de la pluie contre le toit de tôle de l'église, les obélisques de lumière entrant de biais par les hautes fenêtres comme des arcs-boutants. Après le grincement de la porte rien que le vaste silence qu'on sentait respirer, l'odeur de moisi, le patient et muet abandon, les chaises, les bancs, la chaire du prédicateur, tout cela en ordre et en paix sous les couches de poussière, vaguement surpris de cette visite tardive. Leurs pas fantomatiques sur les planches gauchies, chassant des poutres un hibou, le hibou passant au-dessus d'eux sur des ailes insonores, une ombre montant dans le clocher comme de la cendre aspirée par un conduit de cheminée et pareillement silencieux. Elle s'agrippait à son bras. Ensemble jusqu'au banc des pénitents. Ô Seigneur ! Ô Seigneur ! Avec un oiseau de nuit pour témoin.*

En haut de la côte au-dessus de la rivière il rejoignit un demi-tonne qui transportait un cheval, le long visage placide le contemplant par-dessus les lattes du hayon avec des yeux lumineux et ronds comme des tessons de bouteille dans l'éclat des phares. Le camion montait la côte avec un zèle de hanneton, la boîte de vitesses faisant entendre un sourd lamento. Sylder regarda la neige tourbillonner au-dessus de la route derrière le camion, la chute sinueuse des flocons, les blanches volutes de fumée sur le verre, poussa le changement de vitesse vers le haut et doubla, le cheval roulant frénétiquement son œil droit, dépassa la cabine, le chauffeur à l'intérieur vaguement éclairé, tirant sur un cigare, baissant un instant la tête pour le regarder.

Laissez passer le livreur de gnôle, cria Sylder. C'est le whisky du nouvel an qui arrive. Deux cuites le litre, ça fait... ça fait bien mille... bien mille deux cents bonnes gueules de bois. Qu'est-ce que t'en dis, vieux ?

Le vieux tirait sur son cigare, s'éloignant à reculons, ses codes un seul globe orange brillant d'une lueur mate.

Il alla tout droit à Gay Street, s'arrêtant docilement aux feux rouges, dévisageant avec une insolente stupeur les agents hébétés qui réglaient la circulation.

Salut, poulet. T'as pas envie de trinquer ?

Plus loin dans les quartiers ouest de la ville il s'engagea dans une allée et fit le tour d'une maison en bois, antique et en piteux état. Il rentra le coupé en marche arrière jusqu'au garage et descendit, s'étirant un peu. Deux hommes sortirent de la maison par la cuisine où une petite fenêtre était éclairée. Un autre s'avança sur le seuil et resta adossé au chambranle, le pan de sa chemise dehors et une cigarette aux lèvres, pour prendre le frais. Une voix de femme, grêle et criarde quelque part dans la maison derrière lui : Ferme la porte, imbécile. T'as été élevé dans une écurie ? L'homme ne bougeait pas.

Salut Sylder, dit le premier, en passant devant lui pour aller au garage, sans seulement le regarder.

Salut, fit Sylder.

L'autre s'arrêta.

Comment est la nouvelle voiture ? demanda-t-il.

Pas mal.

Ward dit qu'elle vient de chez Cosby.

Ça se pourrait.

Ward dit qu'elle va comme un tonnerre. Il dit qu'ils

ont bloqué le type sur la route de Newport, qu'ils auraient pas pu l'attraper autrement.

Allons-y, Gringalet, dit l'autre homme depuis le garage.

Sylder alla derrière le coupé et ouvrit la malle arrière. Ils commencèrent à décharger, emportant les caisses au fond du garage, la voiture grinçant et remontant petit à petit jusqu'à ce qu'ils en aient terminé et qu'elle se redresse, l'arrière-train en l'air comme une chatte en chaleur.

Sylder sortit une lampe électrique et une clef à mollette de la boîte à gants, s'accroupit tour à tour contre chaque roue arrière et abaissa la voiture. Puis il retira les chaînes, monta, avança pour les dégager des roues, revint et les mit dans la malle. Le moteur tournait encore et il venait de se rasseoir derrière le volant quand Gringalet s'approcha et s'appuya contre la portière :

Si c'est pas joli ce ronron qu'elle fait, dit-il.

Sylder leva la tête. C'est ce que dit Ward ?

Gringalet sourit. Non, dit-il. J' crois plutôt que c'est ce que disait McCrary. Quand Ward lui a filé l'argent pour l'acheter.

Dis à Ward que les bonnes voitures coûtent pas mal d'argent. Même à une vente aux enchères de l'administration. Ou même quand on les a déjà payées une fois.

Il passa les vitesses et donna un grand coup de gaz et Gringalet se redressa. À bientôt, dit-il.

Sylder remontait la vitre. À la prochaine, dit-il, et il alluma les phares et descendit l'allée.

Au retour il roula sans hâte dans la direction de la montagne, passa le carrefour des Trois-Routes et l'épicerie, les colonnes de la galerie toutes blanches comme des moulures de plâtre de ces poteaux de bois brut, l'énorme tête ciselée de lion se détachant en féroce camée sur la porte avec le marteau de cuivre en pendentif qui brillait à ses narines et, derrière les barreaux, les vitres déformées dans l'éclat des phares, gondolées comme l'eau d'une cascade, repassant en nappes ondulantes de la lumière à l'obscurité, dures et immuables comme avant. Il passa devant sa propre maison, plongée dans l'obscurité à part la lampe de la galerie, puis il prit à travers la montagne, toujours doucement, avalant sans peine les pentes sous ses roues.

Il y avait de la glace sur le côté gauche de la route et il s'amusait à faire glisser le coupé de virage en virage comme une barque à la godille. Au pied de la montagne il quitta la route de Henderson Valley et prit à droite la route de Bay's Mountain, roulant sur du gravier maintenant, réduisant sa vitesse à dix ou quinze miles à l'heure et finissant par éteindre les phares. Il parcourut ainsi à peu près un demi-mile, conduisant un coupé fantôme, noir et silencieux sur fond de neige. Puis il fit demi-tour avec la voiture sur une allée, l'avant tourné vers la route, et descendit.

Il continua à pied sur la route jusqu'à la prochaine allée et une fois là il s'y engagea, marchant dans la neige vers la maison sans lumière blottie dans un bouquet d'arbres, solitaire au milieu des champs vides. Au-dessus et autour les branches nues s'entrelaçaient comme les spires d'un ouvrage de ferronnerie.

Il fit deux fois le tour de la maison. Aucun chien n'aboyait. Revenu derrière la maison il essaya une fenêtre, l'ouvrit, les poids glissant dans les rainures du châssis, enjamba et entra. Il se trouvait sur un petit palier à côté de la cuisine, avec deux portes devant lui, dont une ouverte donnant sur une grande pièce, et l'autre fermée.

Holà, Jeffo, dit-il, chuchotant une caricaturale et inaudible salutation. *Dorme ?* Sur des pieds de chat, les orteils repliés, il gravit les trois marches conduisant à la porte fermée et serra les doigts sur la poignée. Alors Jeffo, fit-il, toujours en chuchotant. *Es muy malo que no tengas un perro.* Il tourna la poignée et ouvrit.

Il n'y avait qu'une petite fenêtre dans la pièce, en haut d'un mur, un carré de gris découpé sur du noir, et à part cela il ne pouvait rien voir. Il resta plusieurs minutes dans l'encadrement de la porte, écoutant le souffle rauque du dormeur. Au bout d'un moment il parvint à distinguer la forme du lit, juste devant lui.

Il faisait chaud dans la chambre, il pouvait sentir la transpiration sous ses aisselles, mais l'homme était enveloppé dans de lourdes couvertures. Leur épaisseur sous la paume de sa main... Ici la forme d'un bras, d'une épaule, de la poitrine... Il dormait sur le dos. Gifford renifla. Une paupière gluante se décolla à l'instant où les couvertures étaient soulevées de son menton avec une maternelle sollicitude.

Il releva légèrement la tête, l'air surpris, le sommeil l'abandonnant par lentes vagues réticentes, de sorte qu'il donnait en se redressant l'impression de venir à sa rencontre, le poing fermé fusant de l'obscurité et retombant sur son visage avec un bruit mou comme ferait une pastèque jetée qui éclate.

Quand il rentra chez lui il était minuit passé et le froid était encore plus vif. Il gara le coupé derrière la maison, bloqua le volant et entra par la cuisine. Il prit des biscuits et un pot de confitures dans le frigo et mangea, en marchant de long en large pendant un petit moment, en pliant les phalanges. Quand il eut terminé il remit la confiture en place, but une longue rasade de babeurre à la cruche et entra dans la chambre à coucher. Il avait la main droite enflée et manipulait délicatement les boutons de son manteau.

Marion... ?

Ouais, dit-il.

Oh... quelle heure est-il ?

Tard, j' crois. J'ai été retardé.

Ça va ?

Ouais.

Il sortit de son pantalon et se glissa à côté d'elle dans le lit.

Elle sentait qu'il riait sans bruit.

Qu'est-ce qui te prend ? dit-elle.

Il arrêtait pas de demander qui c'était !

Comment ? De qui tu parles ?

Hum. Non, rien. Juste un type. Rendors-toi.

Elle se tourna et posa la main sur sa poitrine. Elle dit : Chut.

Il était allongé sur le dos, sa main sur la sienne, l'autre main de plus en plus raide. Brusquement il eut, comme une âcre saveur de bile dans la bouche, le pressentiment d'un désastre. *Pourquoi est-ce que ce vieux tirait dans la citerne de l'administration en haut de la montagne ?*

T'as la chair de poule, dit-elle.

Il regardait fixement le plafond dans le noir. *Moi la chair de poule. Jamais de la vie*, se dit-il tout bas.

Quatrième partie

Un vent tiède sur la montagne et le ciel de plus en plus sombre, les nuages roulant leurs ventres noirs jusqu'à ce que la masse ne soit plus qu'un énorme ulcère et qu'un craquement, une fission du noyau terrestre ébranlent les vitres de Winkle Hollow à Bay's Mountain. Et le vent de plus en plus fort et de plus en plus froid jusqu'à ce que les arbres plient comme projetés en avant par une violente accélération de la rotation de la terre puis cela aussi cessa et dans un fracas et un sifflement un déluge de glace issu de l'air étale.

Le vieil homme regardait devant lui à travers un voile d'eau accroché au bord de son chapeau, une portière qui se balançait chaque fois qu'il tournait la tête. La grêle s'était arrêtée et le vent recommençait à souffler avec la pluie. Il venait de quitter son refuge sous le talus d'argile de la berge et il était déjà trempé jusqu'aux os. Après la poussière soulevée en sombres bulles d'eau c'était maintenant sur la route une éruption de geysers de boue, un flot paresseux qui commençait dans les ornières creusées par les roues et gonflait sous l'averse. Le vieil homme se mit à courir, avec une étrange claudication sur ses jambes arquées, à travers l'aveuglante pluie que le vent poussait en nappes sur la route. L'air était plein de branches et de feuilles et les arbres cinglaient et craquaient. Le temps que le vieil homme quitte la route et entre dans les bois ils tombaient déjà, les troncs morts et sans feuilles cherchant à se retenir de leurs fragiles doigts gris et se couchant à terre, le grondement amorti de leur chute à moitié couvert par les explosions dans le ciel. Le vieil homme maintenait le cap, glissant sur les feuilles détrempées de l'année dernière, sautillant et dansant dans un maelström de folle végétation comme un esprit de la pluie. Sa forme grotesque surgit de la quasi-obscurité dans la brève éclosion d'un éclair. Il venait de le passer quand un châtaignier mort moiré d'argent sous le torrent de la pluie éclata jusqu'au cœur et l'aspergea de sciure et de souris calcinées. Un morceau retomba avec un long sifflement comme un mât en feu qui se couche sur les vagues. Le vieil homme est à terre. L'air retentit d'un choc de boucliers et des walkyries descendent avec des cris de félins pour l'emporter. Déjà un filet d'eau remplit d'argile rouge un de ses revers déchiré, et à son front un toupet de cheveux blancs rougit dans la boue suppurante.

Avec l'eau de pluie qui s'infiltrait à travers les planches poreuses de la remise les feuilles entassées dans le recoin du chat étaient noires et sans vie de sorte que le chat sortit par la porte bancale et partit à la recherche d'un nouvel abri. Des flaques d'eau noire stagnaient sur le chemin, berçant doucement des brins de paille et d'herbe, les hannetons à cuirasse enroulés sur eux-mêmes ronds comme des plombs de chasse et curieusement agités. Il les contournait sur des pattes crispées, acceptait avec réticence l'humidité glissante des herbes molles de l'an passé.

Le chien d'Arthur Ownby, pelotonné et enfoui dans sa litière de sacs pourris, dormait encore, la queue pliée contre son ventre glabre. Il ne vit pas le chat s'approcher de la porte de sa cave et s'arrêter sur trois pattes.

Ce qu'il y avait de lumière pour annoncer le jour nouveau filtrait à travers la bruine en minces filaments et marquait la boule de fourrure taupe blottie au creux d'un tronc d'arbre sur la pente sud de Red Mountain. Tard dans l'après-midi la faim le fit sortir de son trou, méfiant, furtif, taché de poussière de bois pourri.

Toujours la pluie, rongeant les routes, creusant les collines de goulets qui finissaient par déborder, rouges et tuméfiés comme des blessures ouvertes. La rivière envahit les champs, un fleuve de boue à la dérive parmi les chèvrefeuilles. Les pieux des clôtures allaient comme les soldats des pharaons se perdre dans les ravins inondés.

Dans le champ des Saunders un marais peu profond, tranquille et praticable sous les ricochets de la pluie. Et toujours la pluie. Y avait-il encore un creux sans eau ? Au bout resserré de l'étang de McCall l'eau s'engouffrait dans l'aven avec un grondement de tonnerre. La plaine le long de la Little River était recouverte jusqu'en haut des tiges d'herbe d'une eau de la teinte du foie cru vermiculée de petites touffes de brindilles et d'embruns qui s'emmêlaient et tournaient tout doucement, un mouvement à peine perceptible, ou se balançaient au gré de l'eau quand le vent la remuait par en dessous. Dans la journée des bandes de râles d'eau se rassemblaient là. Un couple de butors scrutaient de leurs yeux fauves ces fertiles bas-fonds. La nuit venue les terres inondées résonnaient d'un vacarme de crapauds, d'un chœur guttural de grenouilles. La plaine était envahie d'aiguillettes écailleuses sorties de la rivière, poissons d'aspect féroce et primitif au long bec garni de dents, survivants inchangés depuis les marais mésozoïques, et plus avant dans la saison leurs squelettes jaunis et dépecés orneraient l'argile craquelée où l'eau les abandonnerait à qui parmi les harpies querelleuses, les corneilles piscivores ou les busards voudrait goûter à leurs carcasses, puante merveille pour les gamins.

Des radeaux de feuilles descendaient avec le flot ruisselant sur la route de Henderson Valley, une eau claire striée de rides sur l'asphalte noir. Les ravins obstrués par la boue se gonflaient d'eaux épaisses d'un rouge violent qui se soulevaient en lourds tourbillons, déferlaient dans les caniveaux avec de gros bruits d'éructation. Le chat allait au milieu de la route, hirsute et minuscule, avec des allures de bête traquée.

Un soleil bas enflammait les nœuds du bois de pin dans le mur du fumoir, les faisait briller comme des rubis, comme des yeux avec leurs veines et leurs pupilles braqués sur l'obscurité où le chat grignotait un carré de côtes de porc suspendu au plafond. Le sel lui irritait la gueule mais il s'obstinait, s'interrompant parfois pour écouter le silence. Les mules de Mildred Rattner négocièrent d'un pas circonspect les plus périlleuses flaques de boue, leur préférant l'humidité de l'herbe folle le long du chemin. Avec le martèlement de la pluie en haut sur le carton goudronné le chat n'entendit rien jusqu'à ce que tintent les clefs juste derrière la porte et que grince la serrure. Il sauta sur un des rayons du haut, s'arrêta, reprit son élan pour atteindre le trou d'aération sous le faîte du toit. Au moment où la porte s'ouvrit il était suspendu par une griffe à cette ouverture, les griffes de ses pattes de derrière cherchant désespérément un appui, mais un morceau de bois moisi lâcha, et il perdit prise.

Quand Mildred Rattner ouvrit la porte et s'avança dans le fumoir elle vit un chat tomber avec un feulement affolé de quelque part au-dessous du toit, atterrir juste à ses pieds sur ses pattes écartées et se précipiter sur elle d'un bond furieux, ses dents étincelant dans le noir et un éclair de folie dans ses yeux incandescents. Elle poussa un cri et tomba en arrière et le chat, avec une plainte déchirante, déferla comme une vague au-dessus d'elle et disparut.

Dans le champ de Tipton il y avait quatre corbeaux dans un acacia noir, chacun à sa place sur les branches nues, la tête basse entre les rémiges de leurs ailes, inspectant la désolation gris argent, la pluie tombant en silence sur la campagne. Ils virent le chat traverser le champ au petit trot, un erratique pas de danse où il progressait par détours et par bonds, choisissant les taches de terre sèche. Leurs cris dans la quiétude de l'après-midi étaient des cris de solitude, avec la note lugubre d'un sifflet de train de marchandises. Ils descendirent de leur perchoir et passèrent en file très bas au-dessus de sa tête, en plongée et en piqué. Le chat tourna sur lui-même, tassé sur ses hanches, les menaça d'une patte. Ils répétèrent ce manège pour le chasser du champ, le chat s'arrêtant à chacune de leurs attaques pour faire face et saisir le vent de leur passage, s'efforçant à grand-peine de préserver sa dignité, les oiseaux s'écartant, croisant dans le ciel, repartant à l'attaque avec une fruste bonne humeur. Ils l'abandonnèrent au bord de la rivière pour s'en retourner, prirent place en battant des ailes entre les branches de l'acacia. Il les observa un moment, plissant avec dédain ses yeux jaunes, se tourna vers l'aval et longea jusqu'au pont la rivière en crue. Une fois là il traversa et continua, prenant par le haut talus boisé de la rive sud, s'arrêtant ici et là avec une curiosité instinctive devant des trous ou des troncs d'arbre creux pour humer, s'ébrouer ou lécher l'eau dégoulinant sur sa poitrine, jusqu'à ce qu'une forte odeur de musc de vison le ramène au bord de la rivière.

Le vison était mort, bercé par les courants de la berge dans l'herbe inondée flottant sur l'eau. Le chat s'avança en rampant sur ses pattes repliées, sauta d'un bond sur une motte de boue et donna un long coup de patte de haut en bas. Il se redressa et regarda. Le vison se balançait sans vie. La chaîne était accrochée à un pieu quelque part un peu plus loin dans l'eau et quand il planta ses griffes dans le vison pour le tirer vers lui le vison ne vint pas. Finalement il risqua une patte dans l'eau et enfonça ses dents dans le cou de l'animal. Le gravier qui collait à la fourrure lui irrita les dents et il attaqua sauvagement, puis s'arrêta soudain comme si son attention s'était égarée ou était revenue sur quelque chose d'important qu'il avait oublié. Il abandonna le vison et partit à travers champs vers la grand-route.

La pluie lui plaquait la fourrure sur la peau et il avait l'air très maigre et malheureux. Il arrachait au passage de la bardane et des feuilles pourpres d'herbe à lapin ; une branche morte de ronce traînait à une de ses pattes de derrière. Il s'arrêta juste avant la route, secoua sa peau détendue par la pluie, les oreilles aplaties contre la tête. Il poussa un cri, le ventre pressé au ras du sol, les yeux levés vers le ciel incolore, vers la pluie battante qui n'en finissait pas de tomber.

L'après-midi du troisième jour la pluie se calma et des lames de lumière à travers le haut linceul gris pâle se balançaient comme de lointaines balises, découpant lentement les bords crénelés des nuages, lambeaux de dentelle ou tournoiement de brume marine. La nuit tombait de bonne heure, et plus tard, allongé sous la courtepointe et les yeux grands ouverts dans l'obscurité de son grenier, il se dit que le toit silencieux sans la pluie mesurait le temps, que quelque chose se préparait. Il avait déjà décidé d'aller le lendemain matin à la rivière. Il se pouvait même que l'eau eût un peu baissé.

Donc il ne retourna pas à ses pièges avant le matin du quatrième jour, passant devant l'étang et contournant la pointe aval où l'eau débordait dans le champ et où les herbes se dressaient comme des tiges de riz, puis longeant les terrasses calcaires, laissant derrière lui les colonies de nénuphars déchiquetés par la pluie, les bancs de jeunes feuilles vertes, prenant par le pré et débouchant sur la route.

Avant d'arriver au pont il quitta la route, descendit un talus en pente raide et franchit une clôture, suivant un sentier boueux jusqu'à la berge de la rivière. Elle n'avait pas du tout baissé. Des rigoles d'eau argileuse ondulaient d'un bout à l'autre du champ peu profond qui se trouvait de l'autre côté, bouillonnant dans la jungle des chèvrefeuilles, les cimes des asclépiades et des saules frémissant sous sa poussée. La rivière elle-même était un trouble et difforme torrent qui ressemblait plutôt à de la terre compacte en mouvement qu'à un liquide, déferlant devant lui, chutes et tourbillons, remous, calmes, la boucle d'une corde se dénouant immobile et immuable avec seulement le faible tremblement huileux de l'eau et le tumulte pour témoigner d'un mouvement quelconque. À moins que surgisse une branche d'arbre ou un bout de bois charrié par le courant, ou encore ceci : un jet d'eau striée montant en fines bouclettes dans un long mouvement de cuiller comme le rictus d'une lèvre menaçante, soudain brisé par le rebond d'une branche jaillie de la parfaite opacité de l'eau, prompte et agile comme le serpent qui frappe, puis replongeant, de nouveau invisible, ne laissant ni rides ni ricochets. Il s'assit et resta quelques minutes à regarder tout cela. Un martin-pêcheur remontait la rivière, avançant, reculant, aperçut le gamin et s'éloigna, vira au-dessus des champs inondés, emportant dans le silence matinal le staccato perçant de son cri.

Il se leva et prit le chemin qui traversait le plateau boisé entre la rivière et la montagne, passant devant des hickorys empanachés de brume, des peupliers encore froids et squelettiques malgré toute la jeune verdure printanière. Il commença à grimper, sa progression annoncée par le choc mou des coques de noix, une branche qui ploie, un frottement de petits pieds sur l'écorce. Il franchit la cime de l'arête et commença à descendre, découvrant au-dessous de lui le fer à cheval de la rivière gonflée de cloques d'eau brune qui débordait dans les champs, puis redescendit la pente jusqu'à la rivière – un raccourci pour lui qui ne mesurait que les distances sur le plat.

Il n'arrivait pas à le trouver. La rivière n'était plus du tout telle qu'il l'avait vue avant, et quand il lui tourna le dos pour examiner ce qu'il croyait être un endroit familier, il fut surpris de voir un ravin, un coin de clôture, un boqueteau d'acacias qui semblait étrangement incongru en cet endroit. Il continua et revint. Il était allé trop loin. Il fit encore une cinquantaine de mètres vers l'amont, à pas précipités, et s'arrêta net. La pierre sur laquelle il avait tendu son piège était submergée, mais l'eau passait en coupole par-dessus et au bout d'un moment il vit le fil attaché à l'arbuste sur l'autre rive. Juste un peu plus haut la rivière se resserrait – c'était l'endroit où il avait l'habitude de traverser sur une longue digue de pierre moussue, mais cela aussi était caché sous les eaux de la crue. Dans le pertuis l'eau tombait en chute vernissée, dégringolait dans le bief au-dessous, brassant une écume brun chocolat et s'élargissant de nouveau, nappe sifflante de points et de bulles, de ramures, d'écorces et de débris. Un oisillon nu et enflé fit la culbute, montrant son ventre rond tout blanc, tourna et disparut dans l'épais liquide brun, comme un œil qui se ferme lentement. Et sous la pierre une chose noire monta dans l'eau trouble vers la surface, replongea, comme si elle se défendait contre un assaillant invisible. Il regardait. Au bout d'un moment elle reparut et il put la voir plus clairement, le poil flottant sur l'eau, ondulant comme de l'herbe noire dans les tourbillons. Il chercha le long de la rive jusqu'à ce qu'il ait trouvé un bâton, revint et se pencha sur la pointe des pieds au-dessus de l'eau, tâtant le fond. Il trouva le redan de pierre, l'explora avec son bâton, puis il avança la jambe, cédant un instant à la panique quand il sentit son pied s'enfoncer. Il se retrouva à califourchon, un pied sur la berge et l'autre dans la rivière, avec l'eau qui passait entre ses jambes en bouillonnant, giclant jusqu'en haut de ses mollets. Il abaissa l'autre pied et se tourna prudemment face au courant. Il était debout maintenant, les minces ailes brunes de l'eau passaient au-dessus de ses tibias avec un bruit coupant, et ainsi immobile il avait l'illusion d'un fantastique mouvement. En avançant de côté il arriva à moins d'un mètre de l'autre rive, au chenal là où s'arrêtaient les rochers, et prit son élan pour franchir le dernier bras d'eau. Il enfonça presque jusqu'à la taille, se précipitant et glissant dans la boue en pente raide, agitant frénétiquement son bâton avant de trouver une prise où poser le pied. Il arriva de l'autre côté et se hissa sur la rive, grelottant et dégoulinant de boue, en s'aidant de ce qu'il pouvait y avoir de racines ou d'herbes assez solides pour supporter son poids.

Il fit quelques pas maladroits puis se laissa glisser jusqu'à l'arbuste sur la pente du talus, se rattrapant du pied contre le tronc fragile, saisit le fil et le détacha, le fil parcouru d'un murmure électrique dans sa main, l'empoigna fermement et remonta la pente en le tirant.

Arrivé en haut il se retourna et vit l'animal capturé qui flottait dans l'herbe, et avant même de l'avoir tiré jusqu'à lui, il remarqua les petites taches blanches sur son corps, comme des sangsues qui s'y seraient accrochées. Puis il le prit dans le creux de sa main, sentit la fourrure rugueuse de boue, la pointe de l'os ébréché qui dépassait de la patte de devant brisée entre les mâchoires du piège, le blanc bavoir souillé d'argile et les fines dents jaunes mises à nu par le rictus farouche. Le faisant tourner lentement dans sa main, examinant avec stupeur les vilaines fentes bien nettes, blanches et décolorées. Des blessures, mais comme des paupières sans cils ou de béantes bouches mortes.

Il le retira du piège et le mit dans sa poche, enroula le fil autour du piège et fourra le tout dans son autre poche. Le soleil était haut maintenant, mais déjà la lumière promise était noyée dans une masse de nuages humides qui avançaient et s'amoncelaient en masses sombres vers le sud-est. Il ne retraversa pas la rivière mais prit droit dans le champ. Il était à peine arrivé aux bois que les premières gouttes de pluie tambourinaient sur son épaule. Quand il atteignit la route elle était noire et luisante d'eau et il rentra les épaules pour se protéger de la pluie de plus en plus forte, saisi d'un léger frisson. Le vent soufflait des nappes d'écume sur la route fumante et les champs inondés – sur les maisons mornes et grises –, une ultime désolation semblait se préparer, comme si après le dernier hiver terrestre une lame d'eau remontait lentement du tréfonds de l'univers.

Il avait plu pendant six jours de suite quand Marion Sylder quitta enfin la maison. Il descendit l'allée de biais, en soulevant des cascades de boue sous les roues qui jouaient à saute-mouton, redressa la voiture en arrivant à la route et roula jusqu'au carrefour. Un petit étang s'était formé devant l'épicerie et les clients devaient passer par un trottoir de planches pour accéder à la galerie. Un crachin tenace avait succédé à la pluie et les gens de Red Branch restaient devant leurs fourneaux, regardaient de temps à autre par la fenêtre la campagne grise et mouillée et hochaient la tête. Sylder gara la voiture en marche arrière devant la pompe à essence et descendit, rinçant la boue de ses bottes dans la mare, alla en pataugeant jusqu'à la galerie et entra. Un grillage improvisé confectionné avec de la baguette de soudage était maintenant posé devant les vitres, ce qui le fit un peu sourire.

M. Eller, qui était assis dans son fauteuil à côté du billot de boucher, leva les yeux. Ça alors, dit-il, ça fait un moment qu'on vous a pas vu. Vous avez apporté des sous ?

Sylder feignit de ne pas entendre.

De l'essence, dit-il. Où est-ce qu'est la clef ?

M. Eller poussa un soupir et se leva de son fauteuil, alla à la caisse enregistreuse, ouvrit le tiroir qui tinta doucement, tendit les clefs par-dessus le comptoir.

J'espère que vous avez pas peur de vous mouiller les pieds, dit-il.

Sylder prit les clefs et sortit pour aller à la pompe. Il fit jouer la serrure et commença à actionner la poignée, aspirant l'essence dans la jauge de verre en haut de la colonne orange mangée par la rouille. Quand il l'eut remplie il dévissa le couvercle et le retira du garde-boue, introduisit le tuyau et abaissa la poignée. Dans la jauge l'essence se précipita en faisant des bulles, se déversa dans le réservoir de la voiture. Une fois vide, la jauge resta couverte de bulles à l'intérieur, ce qui lui donnait un aspect graisseux. Sylder ne remarqua rien. Il raccrocha le tuyau et verrouilla la pompe, regagna la galerie en pataugeant et entra pour rendre les clefs à M. Eller. Une portée de chatons échappés de leur caisse erraient au hasard sur le plancher en titubant sur les moignons de leurs pattes et en miaulant. Leurs yeux étaient fermés et purulents comme s'ils étaient tous en même temps victimes de quelque fléau biblique.

C'est bien les chats les plus moches que j'ai jamais vus, dit Sylder.

C'est ce qu'a dit Mme Fenner, grommela le patron. Le fils Pulliam lui a dit qu'il fallait qu'elle voie les autres tout au fond derrière qui marchent avec des béquilles. Il prit les clefs sur le comptoir et les remit dans le tiroir-caisse dont le timbre tinta de nouveau.

Mettez ça sur le compte, dit Sylder.

J'ai l'impression qu'il faudrait marquer ce refrain-là sur des pancartes, dit M. Eller. Comme pour Salut ou À bientôt. Ça économiserait pas mal de salive dans c't' établissement.

Si j'avais votre argent, je prendrais ma retraite.

Sûrement que ça rapporterait autant.

J'en doute pas, dit Sylder.

J'ai l'impression, commença M. Eller...

C'est pas le tout, dit Sylder. Faut que je file. Les pauv' diables comme nous peuvent pas passer leur journée à tailler le bout de gras.

Il agita la main et sortit, s'arrêta un instant sur le pas de la porte et regarda par-dessus son épaule. Dites donc, fit-il.

Qu'est-ce qu'il y a ?

Un bon chrétien les aurait d'jà noyés depuis longtemps.

Qu'est-ce qu'il y a ? répéta M. Eller.

Penché dans l'encadrement de la porte Sylder désigna d'une grimace les chatons qui s'agitaient sur le plancher comme de la charpie balayée par le vent.

M. Eller lui fit signe de décamper et il sortit.

Le patron resta une minute à tambouriner du bout

des ongles contre le bord de marbre de la caisse enregistreuse. Puis il fit volte-face et retourna à son fauteuil. Il n'y avait pris qu'un bref repos quand la pendule installée au milieu des conserves commença à émettre des bruits laborieux de mécanisme en bout de course comme si elle allait expirer violemment dans un tintamarre d'engrenages et de ressorts qui claquent, s'arrêta, frappa quatre sinistres coups de gong qui évoquaient un appel oriental à la prière, puis se tut.

M. Eller quitta son fauteuil, alla jusqu'à la pendule et la remonta avec une clef suspendue à une ficelle. Cela fit un grand bruit de crécelle. Puis il souleva la pendule du rayon et l'y reposa violemment. Le petit battement sec recommença.

Un chat s'était aventuré derrière le billot de boucher et M. Eller l'enjamba prudemment en regagnant son fauteuil. Le chat passa en titubant comme un ivrogne, rebondit contre le bac à viande, continua. Ils erraient sur le plancher à travers le magasin, se croisant et se recroisant, sans voir. Il y en eut un qui trébucha en passant à côté d'une boîte à café posée près du poêle, glissa, tomba dans la flaque de salive souillée de tabac qu'il y avait autour. Il finit par se remettre sur ses pieds, l'échine et les côtes brunâtres et gluantes, alla jusqu'au mur sur ses pattes chancelantes et s'arrêta, les yeux aveugles et suppurants, offrant à l'univers ses grêles gémissements.

M. Eller somnolait et son chef branlant s'abaissait par paliers sur son épaule, puis contre sa poitrine. Au bout d'un moment une fillette vêtue d'une robe mince et souillée entra par la porte derrière le comptoir et ramassa tous les chatons, qui se mirent à couiner plus fort dans un chœur discordant, et les emmena en les grondant doucement.

M. Eller somnolait, on entendait le tic-tac de la pendule. Le papier à mouches tournait en hélice, lentement. De nouveau le vent s'était levé et l'eau de pluie qu'il soulevait des arbres crachouillait sur le toit métallique de l'épicerie, avec un bruit amorti et lointain à travers le panneau du faux plafond.

Sylder referma la grille derrière lui et monta la route du verger. Ce n'étaient qu'ornières et rigoles et des torrents d'eau continuaient de déferler par la myriade de deltas de boue qui sillonnaient les sections plates entre les pentes. La voiture faisait de folles embardées dans les tournants. Elle finit par s'enliser et s'immobilisa brutalement après avoir exécuté plusieurs bonds de côté comme un cheval nerveux, les roues arrière déroulant d'épais cordons de boue qui se rompaient et partaient en gerbe à travers la haie basse des buissons puis dans les bois, avec un bruit étrangement creux contre les arbres. Sylder coupa le moteur et descendit dans la boue luisante. Il était à un quart de mile du rond-point et il partit droit devant lui, ses bottes de cuir clapotant dans la boue.

Il y avait des pommes aux arbres, pas plus grosses qu'un ongle de pouce et vertes d'un vert transparent et cruel, un vert mortel comme le ventre des mouches à viande. Il en cueillit une au passage et mordit dedans... une amertume vénéneuse qui lui irrita la bouche comme un kaki. Si les pommes vertes vous rendaient malade, songeait Sylder, il serait mort depuis longtemps. La plupart des gens qu'il connaissait pouvaient en manger. L'herbe à puce ne leur faisait rien non plus. Le petit John Wesley, lui, il ne supportait pas l'herbe à puce. Un sang vicié.

Il lui fallut jusqu'à la nuit, transportant les caisses deux par deux jusqu'à la route, neuf allers et retours en tout. Quand il eut empilé les deux dernières dans la malle il la ferma à clef, ouvrit la portière et s'assit pour ôter ses bottes déformées par la boue puis les posa sur le plancher juste derrière le siège avant.

Il secoua la voiture pour la dégager et ensuite il dut rouler près d'un demi-mile en marche arrière avant de trouver un endroit assez large et assez ferme pour faire demi-tour. Le temps qu'il arrive sur la grand-route un vent s'était levé et de petites gouttes de pluie éclataient sur le pare-brise. Il posa son pied gauche en chaussette sur le frein à main et descendit tranquillement de la montagne.

Les lumières de la ville composaient un nimbe tremblant et se brisaient plus bas dans l'eau noire, image gélatineuse, fouillis de figures tronquées : l'informe éclaboussement des phares le long du trottoir du pont suivait les rangées elliptiques et fuyantes des lampes des réverbères et les rejoignait. Le va-et-vient curviligne et régulier des essuie-glaces sur le pare-brise l'assoupissait et il se laissa descendre jusqu'au pont moteur débrayé, entrant dans la ville enveloppée de pluie et de silence, avec les voitures qui le doublaient doucement, leurs lanternes une lueur pâle, triste procession de lumières noyées.

Le moteur de Sylder cracha et tressauta, repartit pour quelques tours encore, s'éteignit dans un bruit spasmodique de ventouse. Il enfonça la pédale de débrayage et continua en roue libre pendant peut-être une minute, rembraya. Le moteur sursauta et la voiture trembla violemment et s'arrêta.

Il resta une minute ou deux derrière le volant de la voiture immobile avant d'essayer le démarreur. Le démarreur tourna gaiement, cracha et toussa une ou deux fois sans que le moteur reparte. Il coupa le contact, sortit une lampe électrique de la boîte à gants, poussa un grand soupir, et s'élança sous l'averse. Plongé jusqu'à la taille dans le compartiment moteur avec le capot soulevé qui le protégeait comme la gueule d'un monstre bienveillant il vérifia les fils, les tringles de la pédale des gaz. Puis il retira le décanteur de la pompe à essence, dirigea le faisceau de la lampe électrique sur le gobelet de verre et l'examina. Le liquide à l'intérieur avait une teinte jaune pâle. Il le jeta et remit le décanteur en place, abaissa le capot et remonta dans la voiture. Il dut faire tourner le démarreur pendant un certain temps pour que le décanteur se remplisse puis le moteur toussa et il mit en prise. Il conduisait avec prudence, l'oreille tendue. Les réverbères projetaient des ronds de lumière brouillée sur la vitre ; il n'y avait plus de circulation. Il était à peine arrivé de l'autre côté du pont quand le moteur se remit à hoqueter et cala encore une fois.

Quand le vieil homme se réveilla il faisait noir et de l'eau coulait, filtrait, ruisselait sous les feuilles, et il tombait une pluie très douce et très régulière. Le chien était couché la tête sur ses pattes de devant croisées et l'observait. Le vieil homme tendit la main et le toucha et le chien se leva gauchement et renifla sa main.

Il n'y avait plus de vent et les bois nocturnes dans leur quiétude qui respirait à peine ne contenaient pas d'autre son que la tendre chute de la pluie, l'écoulement de gouttes d'eau le long d'une branche – leur chute mesurée dans la coupelle d'une feuille. Avec de l'herbe dans la bouche le vieil homme se redressa et regarda autour de lui, entendit la voix de suppliante de la pluie, douce mélopée dans la sombre magie qui appelle la terre à ses fiançailles.

Ils vinrent à trois reprises chercher le vieil homme. La première fois il n'y avait que le shérif et Gifford. Ils avaient un pied sur les marches de la galerie quand il ouvrit brusquement et les mit en joue et ils virent les oreilles de mule du chien rabattues et menaçantes contre la platine du vieux fusil de chasse. Ils tournèrent les talons et battirent en retraite dans la cour, sans un mot et sans un regard en arrière, et le vieil homme referma la porte derrière eux.

La deuxième fois ils se garèrent au tournant de la route, accompagnés de trois adjoints et d'un officier de police du comté. Le vieil homme les observait par la fenêtre, il les voyait s'élancer et se cacher entre les buissons, se glisser d'arbre en arbre comme des gosses qui jouent aux Peaux-Rouges. Au bout d'un moment, quand chacun eut pris position, le shérif se mit à crier de l'endroit où il était posté sous le talus de la route : Sors les mains en l'air, Ownby. T'es encerclé.

Le vieux ne tourna même pas la tête. Il était dans la cuisine avec le fusil appuyé contre le dossier du fauteuil et il observait un des adjoints accroupi sous un buisson de lilas dans le coin ouest de la cour. Le vieil homme ne le quittait pas des yeux et quand le shérif l'invita encore une fois à se rendre et qu'on brisa la vitre d'une fenêtre dans la pièce de devant il n'attendit pas davantage et pressa la crosse contre sa joue et tira sur l'adjoint. Le type sortit des buissons comme un lapin et partit vers la route en sautillant avec une curieuse allure de cheval à l'amble, une main sur le côté de la jambe. Le vieil homme ne pensait pas que le type se mettrait à crier, mais il s'en souvenait, lui non plus il n'avait pas crié cette fois-là.

Ensuite la vitre de la cuisine explosa sur lui et il se réfugia derrière le fourneau. Il y eut une canonnade de détonations qui venaient des bois et il resta assis par terre, guettant les coups de feu et le choc des balles qui traversaient la maison. De minces pétales de bois jaune tombaient des planches et il entendait presque au même instant le bruit de la balle dans le mur de l'autre côté de la pièce. Elles ne sifflaient pas en traversant. Le vieil homme restait assis par terre, tout à fait immobile. Une balle frappa le fourneau derrière lui et ricocha avec un claquement furieux en faisant exploser le manchon de la lampe posée sur la table. On se serait cru dans une pièce remplie d'esprits invisibles et malfaisants.

Il gardait le fusil ouvert sur ses genoux, la douille vide toujours dans sa main. Le tir cessa au bout de quelques minutes et il rampa le long du buffet et prit ses cartouches sur la table et rechargea la chambre vide. Ensuite il se roula une cigarette. Il les entendait qui s'appelaient. Une voix demandait si quelqu'un était blessé. Puis le shérif leur dit d'attendre une minute, que ce vieux salaud n'avait pas tiré depuis tout à l'heure, et il se mit à gueuler très fort, comme si de toute façon personne ne pouvait l'entendre, il voulait savoir si Ownby était prêt à sortir à présent.

Le vieil homme alluma une cigarette et tira une longue bouffée. Dehors tout était silencieux.

Ownby, cria le shérif, sors si t'es valide.

Il y eut encore un silence et finalement il entendit

des voix et après ça ils tirèrent encore plusieurs coups de feu. Le bâton qui maintenait ouverte la fenêtre sans vitre tomba sur le plancher et la fenêtre se referma. Il entendait les bouts de plomb rebondir dans la pièce de devant, faire sauter le bois des meubles et filer à travers les murs et les poutres comme de la vermine.

Ils s'arrêtèrent et le shérif dit encore quelque chose : Dispersez-vous en éventail. Restez à couvert autant que possible et souvenez-vous, on entre tous ensemble.

Le vieil homme ne voyait pas très bien ce que ça voulait dire. Il tira encore deux bouffées sur sa cigarette et l'éteignit et se glissa sous le fourneau. En regardant par une planche fendue il les voyait approcher. À plat ventre comme il était il avait l'impression qu'ils étaient accroupis dans l'herbe. Deux adjoints approchaient par le sud et avaient dégainé leurs revolvers. Il y en avait un en kaki et il avait l'air d'un agent du Contrôle fiscal des alcools. Le vieil homme enregistra leurs positions, sortit de sa cachette au-dessous du fourneau, se précipita vers la fenêtre et fit feu successivement sur les deux hommes, en visant bas. Puis il retourna courbé en deux jusqu'à son fourneau, ouvrit le fusil, sortit les douilles et rechargea. Aucun bruit ne venait de l'extérieur. Le shérif ne proféra pas de nouvelle sommation et au bout d'un moment quand il entendit les voitures démarrer, il se leva et alla dans la pièce de devant pour voir ce qu'ils avaient démoli avec leur fusillade.

Vers la fin de l'après-midi il se remit à pleuvoir mais le vieil homme ne pouvait pas attendre plus longtemps. Des nuages noirs passaient au-dessus de la montagne, assombrissant le vert criard des pentes, et dans les combes des queues de cheval de brume s'accrochaient ou montaient au fil du vent pour s'enrouler tristement en dentelles et torsades, se disloquer et traîner sur les pentes basses. Un bruant jaune traversa la cour, regagnant son trou sur la cime d'un pin déchiqueté par la foudre. Vues d'en dessous ses ailes semblaient suinter du chrome luisant.

Le vieil homme sortit devant la maison ce qui restait de ses affaires et les mit en pile sur le traîneau où il les arrima avec les courroies de harnais qu'il avait fixées sous les côtés. Il retourna encore une fois à l'intérieur et regarda. Il y avait peut-être encore quelque chose à sauver. Il ressortit enfin avec un petit tapis à points noués, le secoua pour enlever la poussière et le posa en haut du traîneau. Il prit la corde dans sa main et tira le traîneau jusqu'à la route et appela Scout. Le vieux chien sortit de sa tanière sous la galerie, contemplant de ses yeux chassieux son monde de formes indistinctes. Le vieil homme l'appela encore une fois et le chien s'avança vers la route en boitillant sur ses pattes raides, et ils partirent ensemble, vers le sud, et ne furent bientôt plus que des ombres confuses et pâles dans la pluie.

Ce qui fait que la troisième fois qu'ils vinrent chercher le vieil homme il n'était plus là. Ils lancèrent des grenades lacrymogènes par les fenêtres et montèrent à l'assaut de la maison en ruine de trois côtés à la fois et la maison sautait et tremblait sous les tirs de leurs armes.

Un policier du comté fut blessé au cou. Il s'assit sur le sol boueux avec du sang qui dégoulinait sur le plastron de sa chemise, gémissant et criant aux autres de faire la peau à ce sale fils de pute. Quand ils ressortirent de la maison personne n'osait le regarder. Finalement le shérif et un autre homme vinrent voir ce qu'il avait et l'aidèrent à se relever et le firent monter dans la voiture.

Non, dit le shérif. Il a filé.

Filé ? Comment est-ce qu'il a pu filer ? L'homme répéta la question deux ou trois fois mais le shérif se contenta d'un hochement de tête et ensuite l'homme ne demanda plus rien. Ils partirent dans une explosion de boue, quatre voitures en tout, avec les sirènes qui hurlaient.

Quand le vieil homme arriva à la voie ferrée il avait cessé de pleuvoir sur la montagne et dans l'ultime lumière sous la frange des nuages il distinguait les longues arêtes escarpées pareilles à de minces lévriers en flammes dévalant la terre jusqu'à ses confins occidentaux, droit sur le soleil prêt à basculer. Il leur tourna le dos, prenant à l'est par la voie ferrée, le traîneau cahotant sur les traverses vermoulues. Il commençait à pleuvoir et l'obscurité venait vite. Il s'arrêtait de temps à autre pour vérifier son chargement et resserrer les courroies des harnais. Il longea les rails pendant deux heures, émergeant des champs gagnés peu à peu par l'obscurité pour traverser des creux où la nuit tombait sur les hauts talus et tombait sur les chèvrefeuilles en y traçant des personnages d'ombres, des figurines grotesques, des formes de créatures mythiques ou éteintes qui saluaient en silence son passage. Le vieil homme tourna vers l'est le long de la voie, penché en avant contre la corde, arrivant dans le luxuriant crépuscule pourpre.

À la nuit tombée il avait quitté la voie ferrée et viré dans les bois vers le sud, cherchant le sentier avec la plante de ses pieds, frissonnant un peu dans ses vêtements mouillés. Ils passèrent devant l'ancienne carrière, les monolithes entassés et disgracieux de rocs bannis de la terre et réduits par les tirs de mine à une pesante symétrie penchaient comme les ruines d'anciens temples, leurs faces striées pâles et gisant entre les arbres. Ils suivirent en silence la trace du chemin de la carrière, le traîneau chuchotant, le chien squelettique trottinant, passèrent devant l'excavation d'où la buée s'exhalait des eaux vertes et pénétrèrent de nouveau dans les bois, le calcaire éclatant de blancheur contre le sol sombre, un peuple de monstrueuses limaces somnolant dans une forêt de carbone. Des groupes d'arbres tournaient lentement comme des manèges avec leurs mâts, mélangeant leurs ombres et se séparant dans le noir et l'irréel. La pluie cessa. Ils allaient, laissant dans les feuilles mouillées une trace de feux phosphorescents pareils à des étoiles dans le sillage d'un navire.

Le matin les trouva sur le versant sud de Chilhowee Mountain, le chien maintenant arrimé sur le dessus du traîneau et le vieil homme les tirant d'arbre en arbre sur l'abrupte et dernière montée. De cette hauteur il apercevait la première lueur paille et sans origine au-delà de la courbure de la terre, l'horizon gauchi dans une brume glauque. Une heure plus tard ils arrivèrent à la crête de la montagne et s'arrêtèrent dans un champ où le carex luisait comme du froment, sans arbre à l'exception d'un châtaignier fendu qui avait la couleur de la pierre.

Le soleil était déjà haut et le vieil homme se reposait, adossé à l'arbre. Au bout d'un moment il s'assoupit, la corde du traîneau encore enroulée dans sa main couverte d'ampoules. Le chien aussi s'était allongé au soleil, contractant son cuir pelé pour se protéger des mouches. Loin au-dessous d'eux des ombres de nuages se déplaçaient sur le fond de la vallée comme de l'eau qui coule, assombrissaient le paysage capitonné, s'éloignaient, et la terre dépoussiérée retrouvait des tons de verdure et d'ambre. Les nuages se brisaient contre la montagne, s'ourlaient de corail, épousaient la courbe bleue du ciel. Un papillon se débattait, descendant entre des coquillages de lumière, jusqu'au faîte doré et vert marin des arbres...

Le vieil homme se réveilla tard dans l'après-midi et mangea du pain de maïs froid qu'il partagea avec le chien. Il ne mangeait pas beaucoup et le pain de maïs lui suffisait. Puis il commença à descendre la montagne, charriant derrière lui son pauvre bagage, choisissant une direction entre les arbustes et les jungles de rhododendrons. Un peu après minuit il arriva à une route et la prit vers le sud, traversa un pont de bois, un ruisseau d'eau claire qui gazouillait, recommença à grimper dans les montagnes avec la route, le traîneau glissant sans peine derrière lui et le chien suivant comme il pouvait.

La lumière de la maison où le vieil homme fit halte ce matin-là était visible depuis déjà un bon moment avant qu'il y arrive. Il en avait aperçu la lueur une ou deux fois quelque part sur la crête au-dessus en traversant une prairie dans la montagne, une vaste étendue enténébrée sur laquelle passaient des ombres d'oiseaux de nuit, mais il n'avait aucun moyen de savoir que la route l'y conduirait. Il ne revit pas la lumière avant d'arriver en haut de la colline où se trouvait la maison et où un tronçon de la route émergeait de l'obscurité dans un tunnel de phares de voiture. Des hommes discutaient et il pouvait entendre le bruit du moteur qui tournait.

Il continua, droit dans la lumière. Les voix se turent. Le vieil homme leva les yeux, il y avait deux hommes adossés à la voiture, un autre assis à l'intérieur. Il ne s'arrêta pas. Ils disparurent derrière l'éclat des phares, reparurent dans une image floue, sans un geste, l'observant. Quand il n'eut plus la lumière des phares dans les yeux le vieil homme s'arrêta et salua d'un signe de tête. Bonjour, dit-il.

Vous êtes pas perdu, hein ?

J' crois pas, dit-il.

L'un des hommes dit quelque chose. La voiture démarra doucement, les deux hommes marchant à côté. L'homme qui était dans la voiture passa la tête par la vitre ouverte et se pencha vers lui. Cette route est un cul-de-sac, dit-il. Elle fait une boucle et revient.

Combien y a jusqu'au Harrykin ? s'enquit le vieil homme.

L'homme éteignit les phares. Les deux autres étaient arrivés à sa hauteur et dirent Bonjour, chacun son tour. Scout grimpa sur le traîneau et les regarda d'un air misérable.

Il veut savoir combien y a jusqu'au Harrykin, dit celui qui conduisait.

Combien y a ?

L'autre fit un pas en avant et examina le vieil homme avec une curiosité tranquille, le traîneau sur lequel étaient entassées ses pauvres affaires avec le chien immobile et exsangue couché par-dessus. Vous pouvez guère y aller d'ici, dit-il. Il fallait prendre par Sunshine, c'est là qu'il fallait traverser la rivière... par où que vous passiez c'est pas un endroit où c'est facile d'arriver, mais ça aurait quand même été un peu plus court en passant par là. Qu'est-ce que vous comptez faire là-bas, abattre des arbres ?

Non, dit le vieil homme. J' voudrais juste voir si je pourrais pas me bâtir quelque chose et p'têt' m'installer par là.

Dans le Harrykin ?

C'est ça.

D'où est-ce que vous êtes ? s'intéressa l'homme qui était dans la voiture.

J' suis du côté de Knoxville.

L'homme qui était dans la voiture resta un instant silencieux. Puis il dit : J' vais me mettre en route pour

Sevierville dans une minute. J' peux vous emmener jusque-là, si ça vous fait rien de monter dans ce vieux tacot.

Merci beaucoup, dit le vieil homme, mais j' crois que j' vais continuer comme ça.

Bon, dit l'homme. Il se tourna vers les deux autres. Il faut que j'y aille, moi aussi, dit-il. À une aut' fois.

Ils firent un signe de tête. À bientôt. La voiture démarra, les phares se rallumant, disparut dans un vacarme de ferraille au bout de la route. Le vieil homme tenait dans la main la corde du traîneau et prenait congé des deux autres.

Vous feriez mieux d'entrer et de prendre votre petit déjeuner avec nous, dit l'un des hommes.

Merci beaucoup, dit le vieil homme, mais j' crois que je vais continuer.

Vous feriez mieux de manger un morceau avec nous, dit l'autre. On y va tout de suite.

Bon, dit le vieil homme. Comme vous voulez.

La maison dans laquelle le vieil homme entra ce matin-là n'était pas une hutte de chasseurs mais un chalet de montagne fait de rondins équarris profondément marqués par les ans et colmatés avec de l'argile. C'était une longue construction en arçon de selle, divisée en deux pièces d'égale dimension dont l'une était dotée, sur le mur du fond, d'une cheminée en pierres de torrent, des galets usés lisses comme des coquilles d'œuf, plus anciens que le cours d'eau lui-même. D'une porte à droite un visage de femme les observait à la dérobée pendant qu'ils s'asseyaient, le grand guidant le vieil homme vers une chaise découpée dans une bassine à beurre et couverte d'une peau de vache qui avait perdu ses poils. Ils sortirent du tabac et des feuilles de papier à cigarettes et les lui tendirent sans cérémonie mais avec cet humble geste d'excuse que les gens de la campagne mettent dans un regard, un mouvement de la main. Le vieil homme commençait à se sentir tout à fait chez lui.

Alors comme ça vous êtes du côté de Knoxville ? dit le grand.

Oui, répondit-il, en finissant de rouler sa cigarette.

J'ai une sœur qui habite par là. Les plus sales gosses que j'aie jamais vus. Elle a épousé un type de Mead's Quarry – vous savez où c'est ?

Sûr, dit le vieil homme. Moi, j' suis de Red Mountain. On allait le dimanche après-midi à Mead's Quarry pour flanquer une raclée aux gars du coin, rien que pour garder la main.

L'homme sourit. Il m'a dit pareil à propos des gars de chez vous.

C'était au tour du vieil homme de sourire.

L'autre intervint : J' me demande si ça vous tenterait, un p'tit verre de si bon matin ?

Seulement si vous en prenez un p'tit vous aussi.

Il disparut par la porte de l'appentis et revint aussitôt avec un bocal. Voyons voir si c'est bien celui que j' voulais, dit-il, en l'inclinant et en regardant la colonne de bulles qui montait lentement. Il retira le couvercle et se versa une rasade derrière son maigre cou musclé, avala profondément, inclina la tête avec la mine de quelqu'un qui écoute, puis passa le bocal au vieil homme. C'est bien celui-là, dit-il. Ça c'est du bon whisky.

Le vieil homme accepta le bocal et but une bonne rasade. Il commençait à se sentir les jambes un peu lourdes et il en leva une, puis l'autre, juste un petit peu, pour se faire une idée de leur poids. Il leva de nouveau le bocal, but une gorgée et rendit le bocal. Ça c'est vraiment du bon p'tit whisky, dit-il.

Les deux hommes se repassèrent le bocal qui fut

ensuite rebouché et posé par terre. Le petit regardait par l'étroite fenêtre. Il va faire jour, dit-il.

Il se tourna vers le vieil homme. Vous vous êtes mis en route de bien bonne heure, on dirait ?

Le vieil homme recroisa les jambes, jetant à son tour un coup d'œil par la vitre.

Oui, dit-il. D'assez bonne heure, oui.

Vous êtes parti de Walland ce matin, j' suppose.

Non, dit le vieil homme, de Knoxville.

J' veux dire à pied, en montant par la montagne...

J' suis venu tout droit de là-bas, dit le vieil homme.

Ils se regardèrent. Le grand hésita un moment, puis il dit : Vous avez dit que vous allez dans le Harrykin ?

J'y compte bien, dit le vieil homme.

J' peux pas dire que c'est un endroit où on a envie d'aller rien que pour faire un tour. J'ai connu un ou deux types à un moment ou à un autre qui habitaient par là-bas mais ils auraient donné n'importe quoi pour être ailleurs. Mon père, j' m'en souviens, préférait y laisser les chiens la nuit quand ils avaient acculé une bête dans un arbre plutôt que d'aller les chercher là-bas. Il disait qu'il y avait des endroits où on pouvait marcher un demi-mile sans poser une seule fois le pied par terre – un enfer de ronces de laurier et de troncs d'arbre tombés, et un serpent à sonnettes derrière chaque tronc... Personnellement j'y ai jamais été.

Vous comptez rester là-bas longtemps ? demanda l'autre.

Mais avant que le vieil homme ait pu répondre, la femme passa la tête par la porte et annonça le petit déjeuner. Les deux hommes se levèrent aussitôt et partirent vers la cuisine, puis ils s'arrêtèrent, se souvenant du vieil homme toujours assis sur sa chaise, avec les mots qui se formaient lentement sur ses lèvres. Ils avaient l'air gêné de gamins qui vont se mettre à table avec les mains sales. Le vieil homme se leva et s'avança entre les deux, le petit esquissant un demi-sourire et disant : J'ai l'impression qu'on sait plus se conduire, à ce qu'on dirait ?

Pouah, dit le vieil homme.

Au pied de la montagne il arriva dans une vaste clairière où les roseaux poussaient dru, avec un petit ruisseau qui serpentait placidement sur un fond de sable tavelé d'ombres de vandoises, les étoiles à six branches des acrobatiques araignées d'eau dérivant comme de frêles méduses transparentes. Le vieil homme s'accroupit et puisa de l'eau dans ses paumes et la porta à ses lèvres, regarda les vandoises dériver et scintiller. Scout pataugeait près de lui, dans le ruisseau jusqu'aux genoux, lapant bruyamment. Des cordons de terre rouge s'échappaient de ses jarrets glabres, marbrant l'eau de taches qui ressemblaient à du sang. Les vandoises s'enfuirent dans le chenal et un serpent d'eau surgit d'une pierre de l'autre rive et se détendit et fila dans le courant, apparemment sans plus d'efforts ou de mouvements qu'une note de flûte.

Le vieil homme but puis revint s'adosser au traîneau. La clairière bourdonnait doucement. Une bécasse poussait son cri dans les bois sur la montagne et à ce bruit, le bruit de tous les jours d'été de solitude et de paix, le vieil homme s'endormit.

C'est ça, dit le patron de l'épicerie. Maintenant j' crois que je vois de qui vous parlez. Vous êtes de sa famille ?

Non, dit le type. Pas de sa famille. Y a juste quelque chose qu'il faut que je discute avec lui.

Il portait un pantalon bien net en toile grise et un bon chapeau de feutre rabattu en arrière. Huffaker jeta un coup d'œil par la vitre sur la voiture garée au pied de la galerie, une banale Ford noire d'un modèle récent.

Le type saisit son regard, vit la lueur de soupçon resserrer les yeux de l'épicier.

Bon, dit Huffaker, j' pourrais pas vous dire comme ça où vous auriez une chance de le trouver. Il habite quelque part là-haut – un geste vague pour désigner les mélancoliques collines qui enserraient la vallée.

C'est ici qu'il fait ses achats ? questionna le type.

Non, pas vraiment, j' pourrais pas dire ça. C'est pas du tout un habitué. Je l'ai vu ici qu'une ou deux fois et y a de ça maintenant plusieurs semaines. C'est un vieux bonhomme vraiment bizarre. Ça m'étonnerait qu'il ait un sou à lui.

Qu'est-ce qu'il a acheté alors ?

Eh bien, il s'est acheté un peu de tabac et un sac de

farine de maïs. Et aussi un petit morceau de lard salé la dernière fois qu'il est venu.

Il achète à crédit ?

Ça non. J' fais pas tellement crédit. Il apporte des herbes. Des racines de ginseng. Il avait aussi des pousses d'hydrastis mais ça vaut pas bien cher cette plante-là. J' donne des marchandises en échange.

Contre des racines ?

C'est ça, dit Huffaker. Je les envoie à Saint-Louis. Au même endroit où j'envoie les peaux.

Le type parut déconcerté mais ne posa pas d'autres questions.

Vous êtes du coin ? demanda l'épicier.

Du côté de Maryville.

Ah, dit Huffaker. J'ai de la famille par là moi aussi.

Il a toujours ce chien ?

Qui ça ?

Le vieux... l'homme qui...

Ah oui, c'est ça, il en avait un avec lui. Un vieux braque qui avait l'air d'avoir marché à en crever ou d'avoir pris un bain dans de la lessive extraforte. Parce qu'il lui reste presque plus de poil. Ça fait vraiment pitié à voir, j' vous le dis.

Bon, dit le type. Vous dites que vous savez pas où il habite par ici ?

Non, j'en sais vraiment rien.

Bon, merci beaucoup.

C'est ça. Revenez.

Ce qu'il fit. Il revint tous les jours pendant sept jours.

Il était là de bonne heure le lendemain matin parmi les mécréants désœuvrés du dimanche, traînant à la limite du cercle qu'ils formaient autour du poêle sans feu, leur camaraderie tellement troublée par sa présence qu'ils prenaient des poses de réfugiés attendant d'un air sinistre des informations sur une catastrophe en cours, des nouvelles d'une inondation ou d'un incendie ou d'une épidémie. De temps à autre il sortait une bouteille du bac à sodas et la buvait sur place à petites gorgées, le poing sur la hanche, les yeux levés sur les fantasmagoriques marchandises suspendues aux poutres du plafond. Ou bien il regardait par la vitre avec une expression solennelle, au-delà de la rivière et du pont étroit où une vaste combe verte montait et montait et rejoignait la montagne, interminablement.

Le lundi quand Huffaker descendit il n'était pas encore là mais une demi-heure plus tard quand il sortit pour déverrouiller la pompe à essence la voiture était garée sur la rampe de gravier conduisant à l'épicerie et le type était juché sur le garde-boue, toujours vêtu de l'increvable pantalon au pli sans défaut et buvait lentement un café dans un gobelet en carton. Le soleil commençait à monter dans le ciel derrière lui et à l'ouest le brouillard se déchirait, dégageant les pentes et laissant les cimes à rhododendrons flamboyer dans la farouche lumière verte du matin. Le type s'était remis à épier, le regard braqué sur les pics de l'autre côté de la rivière, comme si ses yeux gris ardoise avaient eu la moindre chance d'apercevoir un vieillard avec un chien quelque part au flanc d'une montagne à quatre miles de distance au moins.

Quand Huffaker ouvrit la porte le type tourna la tête. Il le salua d'un geste et le type répondit d'un signe. Il alla à la pompe et la déverrouilla.

On dirait qu'on va encore avoir une belle journée, pas vrai ? dit-il.

Ça en a l'air, dit le type. Il finit son café et jeta le gobelet, descendit du garde-boue et se mit à marcher de long en large sur le gravier, en s'étirant. Huffaker retourna à l'intérieur de l'épicerie.

Vers onze heures il entra, saluant encore une fois le

patron d'un signe de tête. Il acheta un paquet de biscuits salés et un morceau de fromage, examina longuement le rayon de pâtisserie et finit par prendre un chausson. Il posa son déjeuner sur le comptoir et Huffaker commença à calculer laborieusement le total sur un bloc-notes, additionnant les chiffres à voix haute.

Et un quart de lait, dit le type.

Il nota et se dirigea vers la glacière et rapporta le lait dans un petit bocal. Le type l'examina, le fit tourner sur le comptoir.

C'est du lait de Mme Walker, dit le patron d'un ton rassurant. Le meilleur que vous ayez jamais bu, je vous le garantis.

Le type acquiesça et sortit une liasse de billets de sa poche.

Quarante-cinq cents, dit Huffaker.

Il paya et retourna sur la galerie où il s'assit adossé à un poteau et mangea son déjeuner. Quand il eut terminé, il resta là un long moment, accroupi, la cigarette aux lèvres. Puis il rapporta le bocal à l'intérieur et le posa sur le comptoir. Huffaker le prit et alla le laver dehors sous le robinet qu'il y avait à côté du bâtiment. Des clients arrivaient à l'épicerie ; il leur fit signe et rentra.

Plus tard dans l'après-midi le type retourna à l'intérieur de l'épicerie et but un Coca-Cola. Avant de regagner sa voiture il demanda à Huffaker à quelle heure le vieux avait l'habitude de venir.

Le vieux bonhomme ?

Le type sur lequel je vous ai posé des questions.

Lui. Eh bien, des fois il vient de bonne heure le matin. Mais il vient pas assez régulièrement pour que je puisse dire quand on a le plus de chances de tomber sur lui.

La lumière commençait à poindre sur les plus hauts pics et dans le silence de l'aube les premiers chants d'oiseaux ressemblaient à un bruit d'eau sur des pierres. Dans les bois les brumes pâlissaient et se dispersaient pareilles à de vieux fantômes gris, entre les couettes de mousse la terre sombre bougeait et les fleurs sauvages repliées pour la nuit rouvraient leurs sèches frondaisons le long du sentier où se traînait le chien squelettique auréolé de sa propre incrédibilité, le vieil homme marchant à pas mesurés sur les arêtes de quartz et de schiste, son bâton de mage se balançant doucement sur son épaule, portant dans un sac en papier souillé et flasque les étranges et sinueuses racines dont il faisait le troc. Ils franchirent un large éboulis rocheux blasonné de soleil et traversé d'un filet d'eau dans une rigole pierreuse tachée de cuivre sombre par la rouille. Le vieil homme s'arrêta avant de descendre les ardoises qui plongeaient dans la gorge entrecoupée d'arbres renversés et cassés. Le chien regarda en bas, leva ses yeux inquisiteurs sur le vieil homme, inspecta encore une fois la gorge déserte et repartit. Le vieil homme empoigna sa canne et suivit. La semelle d'un de ses brodequins était pratiquement arrachée et il boitait, s'appuyant sur l'autre pied pour ménager la ficelle avec laquelle il la faisait tenir.

De l'autre côté de l'éboulis ils entrèrent une fois encore dans des bois épais, le soleil passé au crible tombant en éventail entre les hautes flèches des troncs, vert doré et tavelé de noir sur le sol de la forêt. Avec sa canne le vieil homme abattait des régiments de pipes d'Indien, frappait les boules vertes des vesses-de-loup pour voir exploser la fumée dans un nuage de poison verdoyant. Les bois étaient saturés de l'humidité du petit matin, c'était à tout moment le froissement d'une branche d'où venait de sauter un écureuil, la chute saccadée de gouttes d'eau dans le feuillage.

Par deux fois ils délogèrent des faisans, Scout s'écartant nerveusement quand ils s'envolèrent des buissons de rhododendrons.

Le sentier où s'engagea le vieil homme était une piste aménagée par la section locale des Amis de la nature pour la lutte contre les incendies. Depuis la clairière où il avait maintenant pris domicile il lui fallait grimper près de mille pieds pour arriver jusque-là, mais une fois sur cette piste c'était une course facile et sans sa chaussure abîmée il aurait progressé d'un bon pas. Il restait encore six miles pour arriver à la rivière où il traversait et de là à la route et à l'épicerie-quincaillerie semblable à celles que l'on trouvait à chaque carrefour, avec la galerie bancale, les réclames pour les articles Nehi, gigantesques et cabossées à coups de pierre, les bardeaux du toit tordus par les intempéries, le bois nu couleur de ciment sans la moindre couche de peinture – mais le vieil homme était parti tôt. Par une faille entre les arbres il apercevait la vallée, loin en bas où coulait la rivière, un chaudron à l'ombre de la montagne où bouillonnaient la fumée et l'écume comme si l'antique catastrophe tellurique allait se répéter – une brume noire alanguie dans les combes et les tranchées comme un flux de lave et les palissades de roche soutenant la haute corniche au-delà de la vallée –, et au-delà de la vallée, tournant autour des lointaines coupoles blanches maintenant dressées dans le matin, le soleil, arrivant jusqu'à la pente où se reposait le vieil homme, trouait à coups de lance les poussières de brume emblématiques comme des flocons de neige et les dispersait dans un étincelant et uniforme chaos, touchait les arbres et les enrubannait de lumière, tissait une trame dans les fougères qui s'ouvraient lentement – le soleil après sa longue chute lumineuse refondu dans l'eau d'une feuille.

Les brodequins et la canne et les pieds craquelés du chien cognèrent et glissèrent sur la roche coquillière et s'arrêtèrent devant un serpent lové renversé sur le dos, son ventre plat mortellement blanc livré à une silencieuse explosion de pétales d'ailes de papillons s'ouvrant et se repliant, s'ouvrant et se repliant. Scout renifla le serpent avec méfiance, une lente frénésie de papillons passa et repassa au-dessus de sa tête, la chatoyante bénédiction de leurs ailes veinées d'arlequin. De la pointe de sa canne le vieil homme retourna le serpent, observant le motif de tapis de la peau grisâtre sous la poussière, le caillot de sang noir là où les sonnettes avaient été arrachées au couteau.

Et ils continuèrent – des pas mous maintenant dans l'humus entêtant, la terre à la texture de vieux velours vert sous la carapace de mousse, la terre humide et spongieuse fixée par les tenons des racines, les ganglions tumescents des choses qui poussent –, continuèrent de descendre, à la poursuite de la ligne d'ombre, jusqu'à la vallée où fumait la rivière.

Huffaker aurait dit que c'était un hasard s'il regardait par la vitre du côté de la rivière le matin où le vieil homme était descendu, mais il n'était pas moins vigilant que le visiteur patient et taciturne toujours vêtu de toile grise soigneusement repassée. Donc il le guettait depuis une semaine et voilà que le vieil homme arrivait sur le pont, avec son bâton grossièrement taillé, un petit sac en papier à la main, avec sur son ventre une immense et minable bourse en toile d'emballage moisie attachée à sa ceinture, et l'épave du chien trottant sur ses talons, levant de temps à autre dans une vaine et péremptoire affirmation son museau marqué de morsures – voilà qu'il arrivait sur le vieux pont baigné de soleil, gaillard et pourtant triste, comme un soldat amputé qui revient. Huffaker s'avança sur le pas de la porte et le type, qui venait de la voiture accompagné d'un lent crissement de bottes sur le gravier, lui lança un rapide clin d'œil. Huffaker s'approcha du thermomètre cassé fixé au panneau de réclame pour le tabac à priser, au coin de l'épicerie, et fit semblant de vérifier la température, regarda le soleil qui montait dans le ciel et huma l'air, puis rentra. Le vieux était sur la route et se dirigeait vers l'épicerie. Le type était sur la galerie, un bras vaguement passé autour d'un poteau, l'index dans son gousset. Il mâchonnait une paille et observait l'approche du vieil homme avec l'indifférence calculée d'un assassin professionnel.

Le vieil homme grimpa sur la galerie et l'autre dit :

Arthur Ownby.

Les yeux d'Arthur Ownby se déplacèrent lentement, se posèrent sur lui.

Oui, m'sieur, dit-il.

Monte dans la voiture qui est garée là-bas. Allons-y.

Le vieil homme s'était arrêté. Il regarda le type, puis au-delà, ses yeux bleutés comme du lait et sereins contemplant le vol plongeant d'une colombe, et encore plus loin, au-delà des pentes herbeuses, vers la montagne verdoyante, vers les minces pics bleus montant dans le ciel lointain sans limites ni couleur ni forme pour les arrêter, montant toujours.

T'as entendu ?

Le vieil homme se retourna. Ça vous fait rien que j'aille d'abord livrer mes marchandises ? dit-il.

T'es en état d'arrestation. T'as rien besoin de livrer.

Le vieil homme se tourna dans la direction de l'épicerie avec un geste découragé, tenant toujours le sac de ginseng dans sa main. Allons-y, répéta le type.

Ce qui fit qu'il commença à descendre de la galerie avec un air pitoyable, le chien doux, patient, faisant demi-tour derrière lui, poussé par une accoutumance myope et pratiquement inconsciente et le suivant jusqu'à ce qu'ils arrivent à la voiture sur les pas du type au costume amidonné et crissant. Le type ouvrit la portière et le vieil homme se hissa à l'intérieur et prit place sur le siège avant. La portière allait se refermer quand il commença à comprendre que le chien était encore dehors et apparemment pas comme lui en état d'arrestation et il étendit violemment le bras vers la vitre et le métal capitonné qui se rabattaient sur lui et les bloqua. Le type lui jeta un regard surpris.

Ne sachant comment commencer, il resta presque une minute avec la mâchoire qui remontait et s'abaissait comme s'il avait peine à respirer et le type dit : Bon, qu'est-ce qu'il y a encore ?

Le vieil homme montra d'un signe de tête l'endroit où le chien sénile attendait au milieu du gravier, contemplant la machine d'un air déconcerté. Et lui alors ? dit le vieil homme.

Lui ?

Ça vous fait rien s'il vient avec nous ?

C'est une rébellion, Ownby. Maintenant, reste tranquille. Il claqua la portière mais la canne du vieil homme pendait par-dessus le marchepied et, scellant leur mutuelle défaite, la portière rebondit contre la canne qui se fendit. Le vieil homme la tira à l'intérieur de la voiture et en examina le bout, se baissant pour inspecter les pointes de bois qui sortaient de la cassure. Le type claqua de nouveau la portière qui s'abattit en plein sur le vieil homme et faillit lui couper le souffle.

Le type faisait le tour de la voiture et il n'y avait plus beaucoup de temps de sorte que le vieil homme essaya les poignées et trouva la bonne et rouvrit la portière et se pencha au-dehors et appela le chien qui était maintenant à quelques pas de la voiture et se balançait d'avant en arrière avec un visage consterné.

Hop là ! Scout, chuchotait le vieil homme. Viens, monte.

Dis donc, là-bas, cria le type. Qu'est-ce qu'y te prend maintenant ?

Le chien fit un pas en avant, recula. Le type, qui allait d'une portière à l'autre, s'arrêta à mi-chemin, revint sur ses pas. Le vieil homme s'était redressé et le regardait approcher.

J' te l'ai déjà dit une fois, dit le type, qui arrivait à grands pas et tendait la main vers la portière. Le vieil homme recula, s'attendant à ce qu'elle se referme brutalement contre lui, mais elle fut au contraire projetée en arrière et le visage du type s'avança et le regarda derrière un masque de classique fureur. C'est une tentative d'évasion ? interrogea-t-il.

Non m'sieur, dit le vieil homme. J' voulais seulement faire monter mon chien...

Seulement quoi ! Ton chien ! Il tourna la tête et parut voir le chien pour la première fois. On m'avait prévenu que t'étais fou. Ton chien, mon cul, tu peux pas amener de chien là où...

Il peut pas se débrouiller tout seul, dit le vieil homme. Il est trop vieux.

J' ramasse pas les chiens et c'est pas un chenil ici, dit le type. Et on m'a pas envoyé ici pour ramener un clébard à moitié crevé. Maintenant monte dans cette putain de bagnole et reste tranquille. Il avait dit cela très lentement et en détachant les syllabes et le vieil homme commençait à se faire vraiment du souci. Mais il dut accepter que la portière se referme encore une fois et il se tint coi jusqu'à ce que le type ait fait le tour de la voiture et pris place à côté de lui.

Ça ferait de mal à personne qu'il vienne avec nous dans la voiture, dit-il. J' peux pas le laisser comme ça.

Dis donc, l'ancien, dit le type, j' te conseille de rester assis tranquille et de la fermer parce que t'as déjà assez d'ennuis comme ça. Il mit le moteur en marche et poussa le changement de vitesse vers le haut et le vieil homme se sentit projeté violemment en arrière tandis qu'un tourbillon de poussière s'élevait et reculait devant lui et que le chien restait immobile au milieu de l'allée avec le gravier qui giclait tout autour puis ils braquèrent, un long tournant dans un vacarme de pneus et de métal, et ils arrivèrent sur la route, déjà partis maintenant, et le vieil homme, sa canne dans son poing, le petit sac souillé serré entre ses genoux, vit en se retournant le chien toujours à la même place, symbole ancestral ou rude messager de toutes les questions sans réponse jamais posées à l'homme, jusqu'à ce que le chien relève la tête pour voir par-dessous les bourrelets tombant sur ses yeux laiteux et se mette à trotter derrière eux sur ses pattes chancelantes.

Warn souffla dans la fourrure, les poils se hérissant en petits chardons coniques.

Non, dit-il. Peut-être dix dollars. Regarde ici – il se remit à souffler –, c'est comme du coton. Il faut un vison de premier ordre pour en tirer vingt dollars.

Le gamin acquiesça.

La fourrure fout le camp, dit Warn. Tu vois, ici. Il rendit le vison au gamin. Il l'a drôlement arrangé, hein ?

Le gamin le prit et le lança en chandelle derrière lui sur la planche en haut du bûcher. Il descendit de la pile de bois et ils sortirent ensemble. Des guêpes erraient sous les chéneaux, agitant leurs longues pattes. Il y avait déjà des petits bourgeons sur les acacias. Bientôt il ne resterait plus que les os, mais il ne viendrait pas regarder comme la fois où il avait ressorti l'écureuil volant qu'il avait mis dans un bocal et où il n'avait trouvé que les os avec des bouts de fourrure roulés autour à l'intérieur du verre comme de la peluche.

Ils prirent la route pour aller chez Warn, les champs encore trop mouillés pour qu'on puisse les traverser, passèrent devant l'épicerie.

T'as des sous ? lui demanda Warn.

Non, dit-il. J'ai pas encore vendu mes peaux. Et toi ?

Non. J'ai vendu mes peaux et y a plus rien qui me reste. Je claque tout aussi vite que ça rentre. J' me suis acheté des chaussures neuves pour l'école, c'est à peu près tout.

Combien t'en as tiré ?

Des peaux ? J'en sais rien ; la plupart ont fait dans les deux dollars. Le gros ragondin j' crois qu'on m'en a donné trois dollars mais y en a d'autres, le type a dit que c'était des tout jeunes et que ces peaux-là valent pas plus d'un dollar. J'avais dix-huit peaux et j' crois que j'en ai tiré trente et un dollars en tout.

J' devrais tirer six dollars des miennes, dit le gamin. J'en dois deux.

À qui est-ce que tu les dois ?

À Sylder. Il m'a prêté l'argent des pièges quand Gifford a pris les miens. J'ai signé un papier quand je les ai achetés en ville – parce que le type qui me les a vendus m'a compté les premiers au même prix que si j'en avais acheté tout un lot.

Si tu continues à faire des combines avec Sylder et à signer des papiers en ville et des conneries comme ça tu vas finir par te faire foutre en taule. T'as de la chance que Gifford t'ait pas encore bouclé.

Gifford c'est qu'un dégonflé.

Ah oui, dit Warn. J' savais pas que tu lui faisais peur.

Warn avait une chambre à lui, une pièce au fond de la maison. Le gamin s'assit sur le lit pendant qu'il fouillait dans le premier tiroir d'un vieux chiffonnier. Il en retira un couteau à lame en bec d'épervier, trois pointes de flèche, une collection de balles de fusil recouvertes du velours gris de l'oxydation, un scalpel, des cailloux, plusieurs amorces de dynamite, divers fragments d'articles de pêche, une racine de ginseng séchée, une bobine de fil de cuivre... En ratissant la masse il finit par en extraire une brochure mince et écornée, dont la couverture était agrémentée d'un croquis à l'encre, archaïque et dédaigneux des proportions, représentant un lynx pris au piège. Le titre, *La Trappe des animaux à fourrure nord-américains*, était inscrit en haut en lettres noires sur toute la largeur de la page. Warn maniait ce trésor avec beaucoup de respect. C'est l'oncle Ather qui m'a donné ça, dit-il. Il doit y avoir quelque chose là-dedans.

Au chapitre intitulé « Les pièges à lynx et à loups-cerviers » ils trouvèrent un schéma d'une perversité bien faite pour capter leur attention. L'appât devait être suspendu à une branche d'arbre et placé au-dessus d'une souche. Le piège devait être tendu en haut de la souche, de sorte que, au moment où la victime se dressait – l'illustration montrait un grand lynx au pelage touffu debout sur ses pattes de derrière pour renifler l'appât –, sa patte venait se poser sur la souche et du même coup dans le piège – comme il était également indiqué sur l'illustration, au moyen d'une ligne en pointillé – tendu au-dessous d'une poignée de feuilles.

Warn opinait solennellement du chef. C'est celui-là, dit-il. Le gamin examina attentivement le piège puis Warn remit la brochure à sa place dans le chiffonnier.

Tu crois que c'était vraiment un chat sauvage ?

J' vois pas ce que ça pouvait être d'autre, dit Warn.

J' connais rien d'autre par ici qui a des griffes aussi tranchantes.

Sûr que j'aurais su quoi faire de ses dix dollars, dit le gamin.

Le sergent de service examinait d'un air pincé la silhouette anguleuse de Marion Sylder, comme si c'était à lui qu'on essayait d'en imposer. Sylder lui retourna son regard avec une expression presque joviale. Le sergent de service se replongea dans ses papiers, ses lèvres travaillant avec un patient dégoût. Il resta plusieurs minutes à réfléchir, remit un dossier dans le cartonnier du bureau et prit une plume. Nom, dit-il, les yeux fixés sur l'encrier avec une expression de lassitude et d'ennui.

Fred Long.

Marion Paris Sylder. Profession ?

Ouvrier métallurgiste...

Sans. Marié ?

Non.

Marié. Adresse ?

Red Mountain. Tennessee.

Route numéro neuf. Knoxville. Hum... Âge ?

Vingt...

... huit. Précédentes condamnations ? *(Silence.)* Précédentes condamnations ?

Le sergent leva les yeux sur Sylder comme s'il était surpris de le voir là. Il répéta lentement : Précédentes condamnations ?

Encore un ou deux moments de silence. Tout au fond du bâtiment un cliquetis lointain de ferraille. Le sergent attendait. Puis il adressa un signe de tête fatigué au gendarme assis près de la porte. Le type se leva et s'approcha du détenu, avec quelque chose de laconique dans ses mouvements. Sylder tourna la tête pour le regarder. Quand il se retourna vers le type qui était assis derrière le bureau, le gendarme lui enfonça sa matraque entre les côtes.

Aïe, fit Sylder.

Le gendarme parut affligé.

Précédentes condamnations ? fredonnait le sergent en réprimant un bâillement.

On dirait que vous avez tous les renseignements, dit Sylder. Aïe !

Le gendarme contemplait son visage d'un regard avide, sa matraque prête à frapper encore une fois.

Précédentes cond...

Aucune, dit Sylder.

Néant.

Le sergent se pencha en arrière en fermant les yeux, un regard ravi et serein. Le gendarme regagna son poste près de la porte. Des cellules dans le fond du bâtiment venaient par bribes les échos d'une voix triste qui chantait. Le sergent feuilletait ses papiers. Dans le couloir de l'autre côté de la porte des hommes approchaient dans un martèlement de pas et des crissements d'imperméables, pestant contre le mauvais temps. Un tuyau de chaudière gargouillait.

Le sergent finit par relever les yeux sur Sylder. J'crois que c'est tout pour maintenant, dit-il. T'es arrêté pour détention illicite..., non-paiement des taxes sur l'alcool. Quelqu'un va venir te voir, quelqu'un qui voudrait te dire deux mots.

Qui ça ? dit Sylder.

Un nommé Gifford. Jamais entendu parler ? Gardien !

Le troisième visiteur de Sylder, ce fut le gamin, les yeux ronds et l'air grave devant l'accueil narquois du gardien.

Le v'là ton oncle, dit le gardien. Hé toi, là-bas ! T'as la visite d'un p'tit copain.

Le gamin contemplait l'homme assis sur le châlit métallique. Le gardien suivit son regard. Alors, dit-il, il a pas l'air trop bien en point, pas vrai ? On dirait qu'il s'est amusé à noyer des chats. Allez, entre et dis-lui bonjour. Ça lui mettra un peu de baume au cœur, à ce pauv' malheureux.

Le gamin entra. Les yeux de Sylder se posèrent sur lui, il réussit une petite grimace, un signe de tête. Salut là-bas, Bajoues de cochon, dit-il. La porte se referma derrière eux, le gardien s'éloigna, le claquement des talons, le cliquetis des clefs retentirent dans le couloir.

Salut, dit le gamin. Qu'est-ce qui vous est arrivé ?

Eh bien, j'ai eu un petit désaccord avec ces messieurs... À leur avis on a pas le droit de transporter du whisky sans payer de taxes sur des routes entretenues avec l'argent des taxes ou si tu veux ils pensent qu'en payant pas la taxe sur le whisky on perd le droit de transporter sur les routes le whisky qu'a pas servi à les entretenir rapport à ce qu'il est pas taxé et qui serait du whisky illégal de toute façon même si on avait payé la taxe. J' crois que dans ces cas-là ils vous expulsent de l'État...

Non, dit le gamin, j' veux dire... Vous avez eu un accident ?

Oh non... Ils m'ont p'têt' proprement esquinté, mais moi j'ai pas eu d'accident. Jamais de la vie. Il passa prudemment le doigt sur les boursouflures multicolores qu'il avait sur la joue et le front. Un vilain boulot, tu trouves pas ? Une connaissance mutuelle s'est occupée de la décoration... Le doyen Gifford. Avec deux de ses potes pour me tenir. Il mettait même pas tellement de cœur à l'ouvrage avant que je lui envoie mon pied dans les noix. Maintenant ils se demandent comment ils vont me faire désenfler pour pouvoir me présenter devant le tribunal. J'ai aussi plusieurs côtes amochées mais ça ils en savent rien. J' garde cet atout-là en réserve pour plus tard. Viens t'asseoir ici. Il fit une grimace et retira les pieds de la couchette pour faire une place au gamin.

Le gamin n'avait encore rien dit d'autre. Il se laissa tomber sur le châlit, sans quitter Sylder des yeux. Puis il dit :

Le salaud.

Ah ! fit Sylder.

Comment est-ce qu'ils... Vous venez de dire que vous avez jamais eu d'accident. Alors comment est-ce qu'ils...

Comment est-ce qu'ils m'ont attrapé ? Ça n'a pas

été difficile. J'avais quand même le choix, j'aurais pu sauter du haut du pont. Y en a quelquefois qui s'en tirent à ce qu'il paraît.

Quoi ?

De la flotte dans l'essence. Sans doute qu'il pleuvait un peu trop fort. Trop fort pour la pompe foireuse de M. Eller puisqu'elle prend l'eau cette saloperie. En tout cas c'est une facture que cette vieille fripouille aura du mal à se faire payer. Le moteur a dit pouce en plein milieu du pont de Henry Street.

Merde.

Sylder s'était adossé au mur de ciment et tapotait sur le fond de son paquet de cigarettes. Pour une note c'en est une, pas vrai ?

Je lui ferai la peau.

Quoi ?

Je vais lui faire la peau à ce fils de pute.

Quoi ? À ce vieil enfoiré ? J' veux bien être pendu si... Puis il dit : Oh.

C'est ça, dit le gamin. Au doyen. À Gifford.

Le sourire avait disparu du visage de Sylder. Attends une minute, dit-il. Tu vas faire la peau à personne.

Si. À lui, à lui je la ferai, dit le gamin.

Non, dit Sylder. Il regardait très durement le gamin mais le gamin savait qu'il avait raison.

Pourquoi ? dit-il.

Laisse Jefferson Gifford où il est, c'est tout. Tu entends ?

Vous avez peur que j'aie des ennuis, dit le gamin. Que je...

Pour un p'tit con de tête de mule, on peut dire que t'en es un. Écoute.

Sylder s'interrompit, comme s'il cherchait quelque chose, un mot peut-être. Écoute, dit-il, ce qu'il y a entre lui et moi, c'est entre lui et moi. Y a besoin de personne d'autre. Alors je te remercie bien mais non merci, tu me dois rien et j' suis pas encore un invalide. Je m'occupe moi-même de mes Gifford et compagnie. D'accord ?

Le gamin ne répondait pas, ne semblait même pas écouter. Sylder avait allumé sa cigarette et l'observait. Le gamin tourna la tête et jeta un bref regard sur Sylder puis parut se souvenir de quelque chose et plongea la main dans la poche de gousset de son pantalon et en sortit deux billets d'un dollar soigneusement pliés et les tendit à Sylder.

Qu'est-ce que c'est que ça ? dit Sylder.

Les deux dollars que j' vous dois. Ceux que vous m'avez prêtés pour les pièges.

Écoute..., commença Sylder. Puis il s'arrêta et regarda le gamin qui lui tendait toujours les deux billets crasseux. D'accord, dit-il. Il prit l'argent et le fourra dans la poche de sa chemise. D'accord. Avec ça on est quittes.

Le gamin garda un instant le silence. Puis il dit :

Non.

Comment non ?

Non, on est pas quittes. Parce que c'est p'têt' de vot' faute si j'ai perdu les pièges mais ça compte pas et de toute façon je les ai regagnés et je les ai payés et c'est bien comme ça... Mais vous ils vous ont passé à tabac et ça c'est de ma faute et ils vont p'têt' vous flanquer en prison par-dessus le marché... et c'est pour ça qu'on est pas encore quittes, non pour ça on l'est pas encore.

Sylder fit un geste pour ressortir les billets, se ravisa et se redressa sur le châlit en écrasant la cigarette sous son talon. Puis il regarda le gamin. Quittes ou pas, c'est pas ça qui compte, dit-il. Je te demande de laisser Gifford où il est, c'est tout. T'as compris ?

Le gamin ne disait rien.

Tu le jures ? dit Sylder.

Non.

Sylder observait le visage encore enfantin marqué d'une farouche détermination. Écoute, dit Sylder, tu vas me mettre dans un merdier encore pire que celui où j' suis déjà, tu...

Je laisserai pas un...

Non, laisse-moi parler, nom de Dieu...

Ce qu'il fit. Ils restèrent une minute à se regarder, le visage de l'homme tuméfié comme s'il avait été piqué par un essaim, l'homme penché en avant, émacié et gigantesque, et le gamin perché délicatement au bord du châlit métallique, comme s'il lui répugnait de prendre ses aises là où tant d'autres s'étaient allongés pour un si dur repos.

Écoute, dit Sylder, après un long soupir, tu veux que toi et moi on soit quittes. Eh bien, moi et Gif, on est quittes tous les deux.

Le gamin le regardait d'un air perplexe.

Oui, dit Sylder. Je lui ai cassé la gueule et il me l'a cassée. Ça nous met à égalité, non ?

Le gamin continuait de se taire, calmement incrédule.

Non, continuait Sylder. J'oublie pas la taule. Tu penses que parce qu'il m'a arrêté les dés sont relancés, c'est ça ? J' suis pas de cet avis. Il fait son boulot. C'est pour faire ça qu'il est payé. Pour arrêter les types qui violent la loi. Et moi j'ai pas fait que violer la loi, c'est comme ça que je gagnais ma vie, en la violant. Il se pencha en avant et regarda le gamin en face. Je gagnais davantage en trois heures qu'un type qui travaille gagne en une semaine. Et pourquoi ça ? Parce que c'est un travail plus dur ? Non, parce que quand un type gagne sa vie en faisant quelque chose qui va tôt ou tard le conduire en taule, il faut qu'il soit payé pour le temps qu'il passera sous les verrous, payé d'avance à la fois pour le temps qu'il passe à violer la loi et pour le temps qu'il va perdre le jour où il se sera fait pincer. Comme ça j'ai été payé. Gifford a été payé. Personne doit rien à personne. Si y avait pas des Gifford et la police, j'aurais pas pu faire le boulot que je faisais, bouilleur de cru et trafiquant de whisky illégal et s'il y avait pas des types comme moi, bouilleurs de cru et trafiquants de whisky, Gifford aurait pas de boulot parce qu'il aurait pas de bouilleurs de cru et de trafiquants à arrêter. Alors qui doit quelque chose à qui ? Il commençait à élever la voix et semblait presque furieux.

Mais toi, reprit-il, t'as envie de jouer les héros. Seulement, je vais te le dire moi : c'est fini les héros.

Le gamin se faisait tout petit, il avait le visage en feu.

Tu comprends ça ? dit Sylder.

J'ai jamais prétendu que je voulais être un héros, dit le gamin d'un air renfrogné.

Personne a jamais prétendu vouloir en être un, dit Sylder. En tout cas t'es pour rien dans ce qui s'est passé, c'est pas de ta faute, comme t'as dit. J' fais jamais une chose que j' veux pas faire. Si tu veux me rendre service, laisse Gifford où il est. Moi aussi laisse-moi où je suis. T'aurais pas dû venir ici. Tu vas me faire accuser d'incitation de mineur à la délinquance. Fous le camp maintenant.

Il s'adossa au mur et contempla le vide devant lui. Au bout d'un moment le gamin se leva et se dirigea vers la porte et essaya de l'ouvrir, et Sylder sans relever les yeux et sans lui dire un mot, appela le gardien. Il entendit les pas qui approchaient et le ferraillement des clefs, le grincement de la porte de la cellule qui s'ouvrait. Puis le silence. Il leva la tête. Le gamin était debout dans le couloir, de profil, il le regardait avec un vague sourire, déconcerté, comme quelqu'un qui voudrait encore douter face à l'irrévocable. Sylder leva la main, un signe d'adieu. Puis la porte claqua.

Il se redressa, se leva à demi de la couchette, faillit le rappeler pour lui dire : *C'est pas vrai ce que je viens de dire. Y a pas un seul mot de vrai, c'était que des sales mensonges. Lui c'est qu'un voyou et qu'un bandit et t'as ma bénédiction pour le descendre, le faire flamber dans son lit, n'importe quelle saloperie, parce que c'est un traître en plus du reste et y a p'têt' des types qui volent pour de l'argent ou qui assassinent dans la colère mais lui il vend ses propres voisins pour de l'argent et y en a pas beaucoup qui sont tombés aussi bas que lui et personne voudrait même y toucher.*

Délicatement et avec une lente grâce ses pieds aux coussinets de cuir durci se posaient sur le sol, la patte de derrière suivant la patte de devant avec une précision proprement féline, un mouvement soyeux où roulaient ses épaules, ondulaient ses hanches. Le ventre aussi ondulait un peu, mince mais flottant. La tête basse et étrangère à tout mouvement autre que linéaire, comme fixée à un rail invisible le long duquel il se déplaçait. Une vague odeur de moisi s'accrochait encore à sa fourrure, l'odeur de la remise où il avait dormi toute la journée, inquiet dans la chaleur et alangui dans son coin entre les feuilles poussiéreuses, écoutant le grattement des cafards, leur sèche reptation, les charançons creusant dans les interstices. Et maintenant il traversait la cour au sol couvert d'herbes brûlées d'où s'échappaient de minces fleurs de poussière sur son passage. Sortant au crépuscule de son logis en ruine et s'avançant dans l'étroite allée de sa démarche de chat.

Il traversa les chèvrefeuilles par un obscur tunnel où la terre gardait encore l'humidité, longea le talus jusqu'à un ponceau par lequel il franchit la route par-dessous et arriva dans un champ et dans un ravin à sec, l'argile fendue et gonflée pareille à une chaussée recouverte d'éclats de céramique, et il tourna pour remonter dans la coulée par une ornière où poussaient le dompte-venin et la bardane, suivit une trace fugace de campagnol ou de musaraigne, jusqu'à ce qu'il trouve un petit terrier dans les herbes. Il enfonça ses griffes dans le bouchon d'herbes enchevêtrées, le fit tomber au fond, repartit à travers le champ, faisant fuir les grillons, les sauterelles qui s'élançaient du haut de leurs tiges en bourdonnant. Une ombre passa sans bruit, très haut, peut-être une bande d'oiseaux attardés qui rentraient.

À peu près au milieu du champ il y avait un noyer solitaire entouré d'affleurements calcaires qui l'avaient jusqu'ici préservé de la hache et du soc. Il alla renifler parmi cette rocaille, souple comme un furet dans les étroits labyrinthes. Une odeur de noix et de tamias. Mais il ne trouvait rien.

Quand il eut quitté les rochers et qu'il se fut éloigné des plus longues branches de l'arbre, une ombre apparut qui grandissait autour de lui dans l'obscurité comme une mare d'encre renversée, un petit sifflement de plumes qui s'interrompit quand il se tourna à demi, qu'il vit sans y croire l'immense déploiement des ailes aux bords rabattus, qu'il se retourna de nouveau, avec un feulement cette fois, quand le hibou s'abattit sur son dos comme une pierre qui tombe.

M. Eller referma la porte à tête de lion derrière lui et s'assura que le loquet était bien en place. Puis il vérifia la patte de cuir tressé du porte-billets qu'il avait dans sa poche revolver, ajusta son chapeau de paille, commença à monter la route pour rentrer chez lui. Arrivé à la boîte à lettres il fut surpris d'entendre le gémissement aigu d'un chat dont les lamentations semblaient venir d'en haut, de quelque part juste au-dessus de sa tête. Il regarda en l'air mais là où il était il n'y avait point d'arbre. Il hocha la tête et continua, marchant prudemment entre les ornières de l'allée. Il y eut encore un cri, plus loin cette fois, derrière la maison du côté de la pente couverte de pins. Il continua, vers la lueur pâle et têtue de l'ampoule jaune sur la galerie, vers son havre de paix.

Un jeune assistant récemment recruté par le service d'aide sociale du comté de Knox, ayant été informé par son administration qu'un monsieur indigent et d'un âge avancé avait été arrêté et était détenu à la prison du comté en attendant que la justice se prononce (sur des chefs d'accusation tels que destruction délibérée de biens appartenant à des collectivités publiques ou violences graves avec tentative d'homicide), entreprit des investigations pour déterminer si le monsieur en question avait de la famille et, sinon, à la garde de quel service ou de quel organisme il pourrait être confié. Le fonctionnaire, ayant été introduit dans la cellule où le vieux monsieur était enfermé, s'adressa à lui en ces termes :

Monsieur Ownby ?

Oui, m'sieur.

Je représente le Bureau d'aide sociale du comté.

D'aide sociale ?

Oui. Nous..., vous voyez, nous aidons les gens.

Le vieux monsieur tourna ces paroles dans sa tête. Il ne semblait pas accorder beaucoup d'attention au mince jeune homme qui restait debout dans l'encadrement de la porte. Il se gratta la mâchoire, puis il dit : Bon, j'ai rien moi. J' vois pas comment j' pourrais vous aider.

Le fonctionnaire fit un bref effort pour comprendre, renonça. Tout ce dont nous avons besoin, dit-il, c'est de quelques renseignements.

Le vieil homme tourna la tête vers lui. Vous aussi vous êtes de la police ? demanda-t-il.

Non, dit le fonctionnaire. Je représente le Bureau d'aide sociale... On m'a chargé de venir vous voir... pour voir comment nous pourrions vous aider.

Ça, dit le vieil homme, ça m'étonnerait. On peut dire que j' suis bon pour le pénitencier, c'est Brushy Mountain tout droit.

Oui, dit le fonctionnaire. Ce que je veux dire..., vous voyez, monsieur Ownby, il y a certaines allocations auxquelles vous avez peut-être droit. J'ai l'impression que ça fait pas mal de temps que nos services vous ont oublié et nous voudrions avoir un dossier de votre affaire pour nos... pour nos dossiers, comprenez-vous ? Alors j'ai apporté quelques formulaires et j'aurais besoin que vous m'aidiez à les remplir.

Hum, fit le vieil homme.

Ça vous ennuie pas de répondre à quelques questions ?

J' pense pas, dit le vieil homme. Venez vous asseoir ici.

Merci, dit le fonctionnaire. Il prit place timidement sur le châlit et commença à ouvrir sa serviette. Sa main disparut à l'intérieur et ressortit avec une liasse d'imprimés entre lesquels étaient intercalées des feuilles de papier carbone. Bon, dit-il, plus à l'aise maintenant, pour commencer par le commencement, votre âge.

Eh bien, j' sais pas exactement.

Comment ? J' vous demande pardon.

J'en suis pas tout à fait sûr, c'est ça... Y en a une partie que je me rappelle pas très bien.

Bon, est-ce que vous pourriez nous dire quand vous êtes né ?

Le vieil homme l'examina avec curiosité. Si j' savais ça, dit-il patiemment, j' pourrais calculer l'âge que j'ai. Et vous le dire.

Le fonctionnaire esquissa un sourire. Oui. Bien sûr. Alors, pourriez-vous nous dire, à peu près, quel âge vous pensez que vous avez ? Avez-vous plus de soixante-cinq ans ?

Beaucoup plus que ça.

Bon, environ combien, à votre avis ?

C'est pas environ, dit le vieil homme. C'est l'un ou l'autre. Ou bien quatre-vingt-trois ou bien quatre-vingt-quatre.

Le fonctionnaire écrivit ça dans son formulaire, examina un moment la feuille d'un air satisfait. Bon, dit-il. Où habitez-vous en ce moment ?

Si j'ai quatre-vingt-quatre je vivrai jusqu'à cent cinq ans, si seulement je vais jusqu'à quatre-vingt-cinq.

C'est ça. Votre...

Quand est-ce que vous êtes né ?

Le fonctionnaire leva le nez de ses formulaires. En 1913, dit-il, mais nous...

Quelle date ?

En juin. Le 13. Monsieur Ownby...

Le vieil homme leva les yeux au plafond pour réfléchir. Hum, dit-il. C'était un vendredi. Un mauvais début, pour sûr. Est-ce que votre père avait plus de vingt-huit ans quand vous êtes né ?

Non. Je vous en prie, monsieur Ownby, ces questions, comprenez-vous...

Le vieil homme se tut et le fonctionnaire resta une minute à l'observer. Bon, dit-il. Votre adresse actuelle ?

Ben, dit le vieil homme, j'habitais à Fork Creek, chemin des Trois-Routes, mais j' suis parti dans les montagnes. Je me suis installé une petite baraque là-haut.

Où ça ?

Juste où elle est et elle y est bien.

Mais il nous faut une adresse, monsieur Ownby.

Bon. Alors mettez chemin des Trois-Routes, dit le vieil homme.

Vous habitez seul ?

Rien que moi et Scout. Avant, j' veux dire.

Scout ?

Mon chien.

Le fonctionnaire continuait d'écrire. J' suppose que vous n'avez ni famille ni proches parents.

Si, m'sieur.

Le fonctionnaire releva les yeux. Bon, dit-il, nous avons besoin de leurs noms dans ce cas.

J' veux dire si, j'en ai pas, dit le vieil homme d'une voix lasse.

Le fonctionnaire continuait de poser ses questions, le vieil homme répondant par oui ou par non ou donnant des renseignements. Sa main droite retournée posée sur son genou s'ouvrait et se refermait, avec le même mouvement qu'on ferait pour pétrir ou modeler, comme s'il y avait eu dans sa paume quelque chose qu'il essayait de ramollir. Jusqu'à ce qu'elle s'arrête enfin et que le vieil homme se redresse, le poing serré et frémissant et les veines pareilles à d'anciennes cordelettes bleues imprimées dans la peau transparente, et reste assis le buste droit et interrompe le fonctionnaire en lui posant une question de son cru :

Pourquoi est-ce que vous dites pas ce que vous voulez me demander ? C'est pour ça que vous êtes venu ici. Pourquoi pas me le demander carrément ?

Je vous demande pardon ? dit le fonctionnaire.

Pourquoi j'ai fait ça. Pourquoi j'ai entaillé les cartouches tout autour et pourquoi j'ai bousillé tout vot' machin ? D'où vous sortez, hein ? Vous parlez comme un foutu Yankee. Qu'est-ce que vous faites pour gagner vot' vie ? Vous posez des questions ?

Monsieur Ownby...

Monsieur Ownby, mon cul. J' pourrais vous dire pourquoi, et vous pourriez toujours pas comprendre. Ça va bien. Vous pouvez rester assis sur vot' cul et poser tout un tas de questions sans queue ni tête. Mais de pas savoir une chose l'empêche pas d'être ce qu'elle est. Bon, je suis un vieux bonhomme et j'ai connu de durs moments et j' crois pas que Brushy Mountain est le pire des endroits par où je serai passé.

Monsieur Ownby, je vois bien que vous êtes énervé et je vous assure...

Ah, ah ! dit le vieil homme.

Monsieur Ownby il ne reste que quelques questions. Si vous voulez je pourrais revenir une autre fois. Je... À l'agence il nous a semblé...

J' crois que vous pourriez faire ça, dit le vieil homme. J' m'en vais nulle part. Il s'adossa au mur et se passa la main devant les yeux comme pour chasser une image. Puis il resta tout à fait immobile, les mains sur les genoux, sa tête ébouriffée appuyée contre les briques, ayant retrouvé la patience, une expression de sainteté mise à l'épreuve et inviolée, ses yeux bleus délavés se déplaçant le long de la rangée de cages, d'une forêt de barreaux métalliques suintants, de formes humaines debout ou tassées sur leurs châlits, et le vieil homme sentit le cercle des années se refermer, l'arc ultime de la courbe le ramener à l'origine, au flux prismatique des sons et des couleurs à l'intérieur duquel il avait dérivé jadis comme maintenant au-delà du monde des hommes. Le temps que le fonctionnaire eût rassemblé ses formulaires et les eût remis dans sa serviette, le vieil homme avait fermé les yeux et le fonctionnaire appela doucement le gardien et sortit.

Le gardien l'accompagna le long du couloir. Le fonctionnaire avait repris contenance. Eh bien, dit-il d'un ton jovial, il est malgracieux le vieux gredin, vous ne trouvez pas ?

Le vieux ? J' vous crois. Il se tient bien tranquille depuis qu'il est chez nous, mais je vous jure que ça a pas été du gâteau pour l'amener ici.

Comment ça ? dit le fonctionnaire.

Eh bien, il a blessé quatre hommes avec son fusil. Luther Boyd marche encore avec des béquilles.

Il a tué personne ? demanda le fonctionnaire.

Non, mais c'est pas faute d'avoir essayé. C'est qu'il est mauvais, ce vieux bonhomme.

Oui, dit le fonctionnaire, songeur. Un individu anormal, certainement.

Mauvais comme un serpent, dit le gardien. On y est, attention à la porte.

Le fonctionnaire remercia le sergent de service en traversant le vestibule. Il transféra sa serviette dans sa main gauche et se tamponna le front avec son mouchoir. Ses pas ne faisaient pas de bruit contre l'étroit tapis usé tendu sur les dalles du vestibule et il marchait avec une grâce élancée, un port svelte de félin.

Chaque année au printemps on peut les voir se promener dans le parc ou peut-être assis dans les andains des faucheuses vrombissantes et ramasser les corolles de marguerites blanches et déchiquetées tombées sans bruit dans l'herbe. De longs monologues se déroulent et s'interrompent, ils parlent d'exploits et d'hommes et de nobles temps révolus. Les faucheuses reviennent en formation militaire le long de la clôture, noyant le babillage des voix.

Les bâtiments de brique en haut de la colline sont noircis par l'âge, imposants mais tristes, comme les ruines d'une ancienne forteresse. Les familles passent du vestibule dans le soleil pâle, marchant doucement, discutant, s'attristant de leurs peines silencieuses. Ceux qui n'ont pas de visites vont et viennent d'un pas pressé à travers le parc comme des chiens quêtant le gibier, gesticulants et désœuvrés.

Il y en a d'autres qui sont assis dans l'herbe en silence et sans personne pour s'occuper d'eux. Ils regardent, l'air serein et enfantin, avec des yeux sérieux. Des voix tendres caressent leurs oreilles, interminablement, et ils sont au-delà de la douleur. Quelques-uns saluent d'un geste chaleureux les voitures qui passent chargées d'excursionnistes et de baigneurs. Leur aîné à tous est assis un peu à l'écart, avec un brin d'herbe qui tourne entre ses dents jaunies, et il se souvient de l'été.

La route de montagne rouge brique sous la poussière avec la dentelle des empreintes de lézards monte à travers le clos des pêchers, brûlante, sans un souffle, monacale dans un silence sans oiseaux sauf un unique vautour qui plane dans le vide gris-bleu de la pente sans soleil et se balance sur l'air ascendant, et la route serpente enserrée entre les buissons de ronces lustrées et vertes, et il y a le sourire grimaçant du cadavre vert scellé dans les eaux fangeuses de la fosse du verger, le crâne vert de vase avec des salamandres lovées dans les orbites et une perruque de mousse.

Le vieil homme s'arrêta sur le seuil, l'infirmier le guidant par le bras pour lui faire franchir la porte et le faire entrer dans la salle, apparemment contre son gré, contempla le gamin à travers ses paupières plissées comme s'il n'était pas habitué à une aussi vive lumière. Il paraissait plus âgé que le gamin n'en avait gardé le souvenir. L'infirmier le tirait pour le faire entrer dans la salle, le vieil homme traînant les pieds dans ses vieux brodequins aux semelles minces comme du papier qui grinçaient contre le sol de ciment.

Ils arrivèrent à l'endroit où le gamin était assis. Voilà votre neveu, dit l'infirmier en parlant d'une voix forte contre l'oreille du vieil homme. Vous vous souvenez de lui ?

Le vieil homme lança un éclair d'yeux bleus qui semblait venir de très loin, de derrière les paupières qui se refermaient. J' crois, dit-il.

L'infirmier le poussa dans le fauteuil en rotin qui se trouvait à côté du gamin et les laissa, repassant par l'encadrement de la porte, le grincement aigu du crêpe diminuant dans le couloir. Le vieil homme était assis dans son fauteuil, les yeux fixés sur l'espace nu de plâtre blanchi à la chaux.

Oncle Ather ?

Il tourna la tête. Le gamin lui tendait un énorme sac de tabac à chiquer.

J' vous ai apporté du tabac, dit-il. De la noix de bouleau, c'lui que vous aimez.

Le vieil homme lui prit lentement le sac et le glissa sous le devant de sa chemise. Merci, fiston, dit-il. Merci beaucoup.

Ils restaient assis en silence. Les faucheuses repassèrent sous la fenêtre, le bruit grossissant puis de plus en plus faible. Des rires et des voix au loin, quelqu'un qui pleure, tout doucement, comme un enfant qui se sent un peu seul.

On dirait que ça se réchauffe un peu, tu crois pas ? dit le vieil homme.

On a eu un peu de pluie dans la montagne, dit le gamin. Dimanche la semaine passée, je crois.

Oui. J' crois pas qu'il en est tombé beaucoup cette année, dit le vieil homme. C'est venu d'un seul coup. On est bon pour du temps chaud et ça va durer. Y a rien qui viendra, rien qui va tenir. C'est une septième année, voilà ce que c'est.

Il contemplait le plancher entre ses pieds, ses tibias sortant des brodequins à la tige béante, glabres, blêmes et polis comme des bouts de bois mort dans les hautes eaux, et disparaissant dans les jambes de son pantalon. Quand on vieillit, dit-il, on a plus besoin de compter. On peut lire les signes. On sent ces choses-là dans ses os. J'ai connu un aveugle dans le temps qui pouvait prédire des tas de choses avant qu'elles arrivent. Mais il va faire très chaud et sec. Les gelées tardives c'est un signe, même si t'en connais pas d'autres. Alors les gens vont pas gagner gros parce qu'on croit que c'est les saisons qui font tout pousser mais c'est pas vrai. Ce qui compte c'est le temps qu'il fait. Beau ou pas beau. Et c'est pareil pour le gibier, et pareil aussi pour les gens, seulement ils en savent rien. Je me rappelle un hiver, j'étais tout jeune en ce temps-là, où y a pas eu d'hiver. Il a à peine gelé. Il fallait voir tout ce qui poussait et comment. C'était une septième année, c'est ça, une septième et tu seras aussi vieux que moi avant qu'y en ait une autre.

Le vieil homme fit une pause, examina un bouton de son pantalon. Puis il dit : J' crois que cette année-ci ce sera une mauvaise année. J' crois qu'y aura une vraie calamité avant que l'année soit finie.

Quand le gamin lui demanda pourquoi le vieil homme expliqua qu'il y avait une année maigre et une année grasse tous les sept ans. Le gamin réfléchit. Puis il dit : Ça en fait une tous les quatorze ans, alors ?

Eh bien, dit le vieil homme, ça dépend comment on compte j' suppose. Si on compte seulement les maigres et qu'on laisse de côté les bonnes ou le contraire on peut sans doute dire que ça en fait une tous les quatorze ans. J' suppose qu'y a des gens qui compteraient de cette façon-là. Moi j'appelle ça la septième année.

Il contemplait le mur au-dessus de la rangée des fauteuils en rotin. L'infirmier traversa la salle avec un jeune homme et une femme. Elle se tamponnait les yeux avec un mouchoir jaune en dentelle. Ils sortirent. Au bout d'un moment le gamin dit :

Ils ont arrêté Marion Sylder.

Le vieil homme tourna la tête, la fine soie blanche de ses cheveux, comme frôlée par une brise, vaguement soulevée par le mouvement. Qui ça ? dit-il.

Sylder. Le... Le type qui transportait du whisky pour Hobie. Ils l'ont pris avec un chargement et ils l'ont envoyé à Brushy.

J' croyais qu'il s'appelait Jack, dit le vieil homme.

Non, Sylder. Marion Sylder. C'était un ami à moi.

Ah oui ! dit le vieil homme. Je m' rappelle l'avoir vu une fois ou deux sur la montagne... Il avait une automobile noire. Sans doute une neuve, j' crois. Tu dis qu'ils l'ont envoyé à Brushy.

Pour trois ans. Pour avoir transporté du whisky.

C'est dommage, dit le vieil homme. On se fait prendre pour pas grand-chose par les temps qui courent. Oui, j' me souviens de ce garçon, j' suis pas sûr de l'avoir jamais rencontré. Bon, j'espère qu'il s'y fera plus facilement que moi. J' peux pas m'habituer à tous ces gens ici. Le vieil homme semblait sur le point d'ajouter quelque chose mais il se tut et regarda le gamin, ses sourcils épineux et touffus froncés dans une expression de tristesse ou de courroux et ses yeux décolorés par l'âge d'un bleu de porcelaine, mais farouches, un visage d'un autre temps et d'ailleurs.

Combien de temps il va falloir que vous... que vous restiez ici ?

Ici, dit-il en regardant autour de lui. Sans doute un bon moment, fiston. Ils m'ont jamais dit de quoi on m'accuse ni rien de tout ça mais à mon avis ils s'imaginent que j'ai plus toute ma tête, voilà. J' suppose que t'as compris que c'est une maison de fous ici. Ce qu'ils ont l'intention de faire de moi quand ils finiront par s'apercevoir que j' suis pas fou j'en ai pas idée. Il tapota le devant de sa chemise où il avait caché le tabac. Comment va le fils Pulliam ? dit-il.

Il est parti habiter chez sa grand-mère, dit le gamin. Il reste plus grand monde dans le coin à présent.

Non, dit le vieil homme. Il a fini par attraper un vison ?

Non. Mais j'en ai attrapé un.

Sans blague ? Combien t'en as tiré ?

J'en ai rien tiré du tout. Y a un chat sauvage ou je sais pas quoi qui l'a trouvé et qui l'a tout déchiqueté.

C'est dommage, dit le vieil homme. Est-ce que t'as tendu un piège pour attraper ce gros malin de chat ?

On en a tendu un, avec Warn. Mais tout ce qu'on a attrapé c'est un gros opossum.

C'est rusé les chats, admit le vieil homme. Bien sûr c'était p'têt' un vulgaire chat de gouttière. Les chats ça te déchiquette n'importe quoi, c'est comme ça qu'ils sont. Et les chats de gouttière aussi sont rusés. Plus rusés que les chiens ou les mulets. Les gens s'imaginent qu'ils sont pas intelligents parce qu'on peut rien leur apprendre, mais la vérité c'est qu'ils veulent rien apprendre, voilà la vérité. Ils sont trop rusés. J'ai connu quelqu'un dans le temps qui avait un chat qui parlait. Lui et ce chat ils se parlaient tous les deux, on aurait dit deux personnes comme n'importe qui. Ce chat-là j' m'en suis toujours tenu à l'écart. J' savais ce que c'était. C'est une chose qui arrive souvent, quelqu'un meurt et son âme passe dans un chat et y reste un moment. Ça arrive surtout à des personnes qui se sont noyées ou quelque chose comme ça et qui ont pas été enterrées comme il faut.

Mais pas pendant plus de sept ans alors il serait parti à présent et j'aurais plus besoin de m'occuper de lui sauf qu'il aurait pas fallu qu'il brûle, non ça aurait jamais dû arriver et j' suis sans doute fautif d'avoir permis que ça arrive mais c'est fait maintenant et il est parti, c'était sans doute lui qu'Eller disait qu'il avait entendu et il se demandait qui ça pouvait être pour brailler pareillement, mais moi j'en avais jamais parlé à personne – ce devait être lui qui quittait le corps du chat et tout le reste sans doute pour aller en enfer. J' dirais que c'est le plus probable et j'espère que personne a plus jamais entendu parler de lui. Et celui qui l'a fourré là qu'il ait eu une bonne raison ou pas c'est entre lui et le bon Dieu à présent parce que au bout de sept ans personne peut plus vous faire d'ennuis, c'est ce que c't' avocat m'avait dit et ça faisait neuf ans que j' courais les bois et ça faisait deux ans de plus que c'était nécessaire mais cette fois-ci j'étais trop vieux et ils m'ont eu. Oui, dit-il, y a des tas de choses comme ça dont on a même pas idée. Les chats c'est un mystère, ça en a toujours été un. Il s'interrompit, se passa la main sur le visage, d'un air songeur. Puis il tourna la tête vers le gamin. On dirait que t'as pas mal grandi, hein ? dit-il.

Le gamin pressa ses paumes sur ses genoux : J' crois que oui, dit-il.

Hum, fit le vieil homme. Qu'est-ce que tu vas faire, t'en as idée ?

J'en sais rien, dit-il. Sûrement pas grand-chose.

Oui, dit le vieil homme, c'est toujours difficile au début pour un jeune gars. On dirait qu'y a toutes sortes de moyens de gagner de l'argent par les temps qui courent, c'était pas pareil de mon temps. Quand j'étais jeune c'était pas facile de se faire un peu d'argent comptant. Y a même une prime pour trouver les cadavres, y a un type à Knoxville qui gagne très bien sa vie en repêchant avec une gaffe ceux qui sautent du pont comme ça arrive là-bas tous les jours. Il paraît qu'il se dépêche tellement qu'il arrive toujours le premier là où y a quelqu'un à repêcher mais tout de même pas assez vite pour qu'il respire encore. C'est ce qu'on dit en tout cas.

Mais j'ai sûrement pas fait ça pour en profiter parce que j' savais qu'il faudrait que j' recommence à courir les bois s'ils découvraient que c'était moi qui avais fait ça comme je pensais qu'ils finiraient par le savoir et même si j'avais mes raisons personne peut dire que j'ai fait ça pour en profiter.

Quand on devient vieux, dit-il, on s'aperçoit qu'y a beaucoup de choses dont on peut très bien se passer et on a plus besoin de se faire du mouron pour ceci et pour cela comme c'est le cas quand on est jeune. J'ai travaillé presque toute ma vie et j'ai jamais rien eu à moi. On pourrait croire qu'un vieillard a droit à un peu de repos mais quand on est vieux on s'aperçoit vite qu'y a des choses qu'il faut faire parce que y a personne d'autre pour s'en occuper. Comme si ça allait les faire disparaître de pas s'en occuper. Et ça a p'têt' l'air d'être trois fois rien mais ça peut mener loin comme quand tu débusques un lapin avec ton chien au coin de chez toi et qu'il t'a traîné à travers la moitié du pays avant la nuit tombée. Et pour ça il faut pas être un vieillard. Il fit un petit mouvement dans son fauteuil pour ajuster sa position. Tout le monde veut vivre en paix, dit-il, et un vieillard plus que n'importe qui.

Ou personne qui sait seulement qu'il faut s'en occuper. Mais j'ai sûrement pas fait ça pour en profiter. J'ai tiré dans ce machin. Parce que j'avais gardé mon secret pendant sept ans par respect pour cet homme que j' connaissais pas, même que j'avais jamais vu sa figure, j' savais même pas à quoi il ressemblait et voilà que je tombe sur ces types qui avaient rien à faire là-bas et si je pouvais pas les faire décamper j' pouvais tout de même leur faire savoir qu'y avait quelqu'un qui pourrait faire savoir qu'il était au courant de ce qu'ils trafiquaient là. Mais j' savais que s'ils avaient construit ce machin-là ils pourraient aussi bien le reconstruire et j'ai tout de même fait ce que j'ai fait. Tout le monde veut vivre en paix et un vieillard plus que n'importe qui.

Est-ce qu'on vous permet de chiquer ici ?

Ça m'étonnerait bien, dit le vieil homme. En tout cas j'ai pas l'intention de leur demander la permission. Je m'en ferai une petite quand je verrai qu'y a personne autour. Y en a ici qui hésiteraient pas à vous dénoncer. Les demi-fous. Les vrais fous feraient pas ça. Y en a quelques-uns ici comme moi qui sont pas fous du tout, ceux-là j' crois pas qu'ils iraient cafarder.

J' me demande comment ça se fait qu'ils sont ici, dit le gamin.

Le vieil homme passa une main maigre et noueuse dans ses cheveux. J' pourrais pas le dire, dit-il. J' comprends pas grand-chose à ces gens-là. Je voulais te demander, t'aurais pas vu mon vieux chien ? Ça m'étonnerait.

Non, dit le gamin, je l'ai pas vu. Si vous voulez je peux aller du côté de chez vous et le chercher.

Bon, si jamais tu passes par là, tu peux toujours l'appeler. J' sais pas ce que j' peux te dire d'en faire. J'ai pas d'argent pour payer quelqu'un pour le nourrir et j' pourrais pas l'abattre même s'il pouvait plus tenir debout, mais quelqu'un d'autre pourrait p'têt' le faire...

Si je le vois je m'occuperai de lui, dit le gamin. J' vous ferai rien payer du tout, sûrement pas.

Bon, dit le vieil homme en joignant de nouveau les mains sur ses genoux. Ils levèrent les yeux tous les deux en même temps, un infirmier traversait la salle d'un pas vif, traînant derrière lui une odeur de désinfectant, un détergent aux effluves de sassafras qui venaient du couloir où deux Noirs lavaient par terre en se rejoignant à reculons. Ils purent entendre le frottement régulier des balais sur les planches par-dessus le long sifflement pneumatique de la porte qui se refermait puis ce fut de nouveau le silence, avec la lumière du soleil, intense et aérienne dans la salle.

C'était pas celle-là. Il dit : Et celles-ci qu'est-ce que c'est ? Avec le stéthoscope qui se balançait encore autour de son cou et son contact caoutchouteux quand il bougeait.

Ça c'est un fusil de chasse qui m'a fait ça, dit le vieil homme, assis à moitié nu, bien droit et très digne sur la table d'examen et les pieds juste au-dessus du sol et les yeux braqués droit devant lui – de sorte que l'interne le fit pivoter brutalement sans dire un mot comme on ferait d'un paralytique émacié par l'âge et que le vieil homme finit par lui demander tranquillement s'il avait l'intention de le tuer.

Qu'est-ce que vous étiez en train de faire, de voler dans un poulailler ?

Le vieil homme ne répondit pas. Il avait répété :

Je sais qu'elle est ici.

Si elle y est elle veut pas vous voir.

Il faut que je la voie.

Puis le canon du fusil soudain plus court et se rétractant dans le creux de l'épaule et le visage baissé contre la crosse et lui qui marchait droit dedans, le noir panache de fumée se formant sans bruit autour de la bouche de l'arme et le plomb lui entrant dans la jambe, audible et indolore dans sa chair et lui qui faisait encore un pas sur la même jambe et tombait en avant comme s'il avait posé le pied dans un trou et à ce moment-là il avait entendu la détonation.

Vous croyez que vous allez retourner dans la montagne, dit le gamin. Quand vous... rentrerez ?

Oh ! dit le vieil homme, eh bien... Oui. Oui, y a de bonnes chances pour que j'y retourne. J' me disais que j' pourrais retourner là-haut, là où j' m'étais installé, mais j' suis pas sûr d'y retourner. On finit par se sentir seul sans personne dans un endroit où on a pas l'habitude. J' suppose que je reviendrai dans ma vieille maison si elle s'est pas écroulée. Oui. Sans doute.

Il remua les pieds sur le plancher. Une ombre passa et il leva les yeux et vit le gamin debout. Tu t'en vas ? dit-il.

Oui, dit le gamin. Il faut que je rentre.

Bon. J' te remercie pour le tabac.

Y a pas de quoi.

Bon.
Je reviendrai.
Non, dit le vieil homme.
Si. Sûrement.
Bon.
Il s'arrêta encore une fois sur le seuil et leva la main. Le vieil homme lui fit signe, et il fut de nouveau seul. Les faucheuses revenaient. Un peu plus tard l'infirmier vint le chercher.

Il était de nouveau devant le bâtiment du tribunal, de nouveau le dais stagnant de la chaleur et de la brume sulfureuse, sans un souffle au-dessus de la circulation automobile. Il sortit le billet d'un dollar de sa poche et le pressa entre ses paumes pour effacer les plis. Ça lui laisserait deux dollars et le reste de la monnaie des cinquante cents puisqu'il avait tiré cinq dollars cinquante de ses peaux, dont les deux dollars qu'il avait remboursés à Sylder et maintenant ce dollar dont il avait finalement compris qu'il devait le rendre. Puis il suivit l'allée, le dollar dans la main, passa devant l'arche et l'infatigable soldat de bronze et se retrouva sous les jeunes ombrages des marronniers. Il gravit quatre à quatre les marches usées et poussiéreuses, entra dans le hall, tourna à gauche et arriva comme l'autre fois devant le long comptoir derrière lequel se trouvaient les bureaux. Il n'y avait qu'une employée, pas celle à laquelle il avait eu affaire ce jour-là. Elle était assise derrière une machine à écrire qui faisait un vacarme assourdissant dans la pièce vide. Il était devant le comptoir et l'observait. Au bout d'un moment il toussota. Elle s'interrompit et leva les yeux. Vous désirez ? dit-elle.
Oui, madame.
Elle restait assise à sa place, les mains posées sur la machine. Il lui retourna son regard. Elle posa les mains

sur ses genoux, fit pivoter sa chaise pour être en face de lui. Il ne dit rien d'autre et elle se leva et s'approcha lentement du comptoir, ajustant ses lunettes en marchant.

Bon, dit-elle, qu'est-ce que je peux faire pour vous ?

C'est rapport à la prime. La prime pour les éperviers.

Ah. Vous avez un épervier. Elle braquait les yeux sur lui.

Non, madame. Je vous l'ai déjà apporté. Il avait le billet d'un dollar dans sa main tendue et l'agitait doucement, se demandant si le prix ne risquait pas d'avoir augmenté. Je me demandais si je pourrais pas le reprendre en vous remboursant, si vous y voyez pas d'inconvénient, dit-il.

Elle leva les sourcils, ce qui fit saillir un petit bourrelet de chair au-dessus de l'os du nez. Le reprendre ? dit-elle. Vous voulez dire que vous voulez reprendre votre épervier ?

Oui, madame. Si vous y voyez pas d'inconvénient.

Quand est-ce que vous l'avez apporté ?

Il regarda au plafond, baissa les yeux. Voyons, dit-il. J' crois que ce devait être à peu près en août, mais ça aurait pu aussi bien être au début septembre j' crois.

Seigneur Dieu, mon petit, dit la femme, il ne sera plus ici. En août dernier ? Alors...

Qu'est-ce que vous en faites ? demanda-t-il, s'imaginant encore qu'on devait les conserver, qu'ils devaient avoir en plus du seul fait de leur décès une valeur ou un usage à la mesure du tarif d'un dollar pièce auquel on les payait.

On les brûle dans la chaudière, j' suppose, dit-elle. Sûrement qu'on ne peut pas les garder ici. Ça pourrait sentir un peu trop fort au bout d'un moment, vous ne croyez pas ?

On les brûle ? dit-il. On les brûle ?

Je crois que oui, dit-elle.

Il regarda autour de lui, les yeux vagues, puis de nouveau l'employée, pour l'instant sans se pencher en avant ni toucher le comptoir. Et on met les gens en prison et on les passe à tabac !

Quoi ? dit-elle, se penchant en avant.

Et on enferme les vieux dans la maison de fous !

Mon petit, j'ai du travail, maintenant si vous avez encore besoin de quelque chose...

De nouveau il défroissa le billet d'un dollar qu'il tenait à la main, avança le bras, timidement d'abord, puis tendit le billet à l'employée par-dessus le comptoir. Prenez-le, dit-il. J'en veux pas de vot' dollar. Je me suis trompé, il était pas à vendre. Il fit volte-face et se dirigea vers la porte.

Hé vous, là-bas ! criait-elle. Revenez ! Revenez ici, vous ne pouvez pas...

Mais ce fut tout ce qu'il entendit, franchissant la porte maintenant, traversant en courant l'immense vestibule jusqu'au portail grand ouvert par lequel entrait une brise qui agitait les affiches et les avis épinglés au mur et sortant du bâtiment et retrouvant la chaleur incandescente d'un midi de mai.

Le gamin était déjà parti quand ils arrivèrent de Knoxville, sept ans maintenant après l'inhumation et sept mois après la crémation, et tamisèrent les cendres, battues depuis par les pluies du printemps, mais sèches maintenant, agglutinées en croûtes, les tamisèrent et y trouvèrent des lamelles et des pointes crayeuses d'os du même blanc grisâtre et aussi friables que les cendres, et le crâne, plein de vers et de marbrures de vers, évidé et réduit par le feu au poids et à la consistance élastique du carton carbonisé, avec les dents cariées qui bougeaient dans leurs alvéoles. Et une fermeture Éclair en laiton, informe à cause du métal fondu, revêtue d'une épaisse pâte vert foncé.

Ce fut tout. Ils passèrent là quatre heures, les deux gendarmes obséquieux devant le médecin légiste, époussetant les morceaux avec leurs mouchoirs et les lui tendant pour qu'il les mette dans un sac propre en toile blanche.

De ses petites dents M. Eller mordit dans une carotte de tabac corsé, replia la cellophane et la remit dans sa poche de poitrine. Et le crâne, dit-il. Avec tous les plombages et toutes les fausses dents qui avaient fondu.

D'accord. Et le crâne. Johnny Romines s'interrompit, tenant dans sa main gauche la cigarette à moitié roulée dont le tabac fuyait quand il gesticulait. Bon, dit-il, ce que j'aimerais savoir c'est si le fils était au courant ou pas, et s'il aurait pu savoir que c'était son père ?

J'en sais rien, dit M. Eller. S'il était au courant, j'en ai jamais rien su. En plus il est parti depuis mai ou juin et on est aujourd'hui le 4 août et c'est seulement maintenant qu'ils viennent pour fouiller là-dedans. À mon avis la seule personne qui était au courant c'était le vieux.

Le vieil Ownby ? C'est lui qui a fait ça, vous croyez ?

Non, dit M. Eller. Bien sûr ils sont capables de lui mettre tout ça sur le dos pour pas avoir à chercher ailleurs.

Mais c'est lui qui a mangé le morceau ?

Autant qu'on peut le savoir c'est lui.

Johnny Romines passa le papier contre sa langue et referma la feuille. Bon, vous croyez que c'était lui ? dit-il.

Tu veux dire, si c'était son père ? Là-dessus aussi on peut se poser des questions. Mme Rattner prétend que c'était lui et que le gamin est parti à la recherche du type qui l'a jeté dans le trou. Elle dit qu'elle a tout vu en rêve – une vision comme elle dit.

Et que son mari était recherché dans trois États elle en savait rien. Pour ça elle a pas eu de visions, dit Gifford.

M. Eller se tourna vers le brigadier. Non, dit-il, j'en doute. Et j' crois pas qu'elle en ait besoin. C'est une bonne chrétienne, ça y change rien pour moi qui elle a épousé et qu'elle a manqué de jugeote.

Le brigadier regarda l'épicier.

Et le gamin aussi, ajouta M. Eller.

Vous occupez pas du gamin, dit Gifford. En tout cas on a rendez-vous moi et lui pour une conversation entre quat'z- yeux.

Il va d'abord falloir que vous le trouviez.

J' me demande qui c'est, dit Johnny Romines. Qui c'est qui l'a mis là-dedans, j' veux dire. Vous croyez que c'était quelqu'un de par ici ?

Ça m'étonnerait que ce soit quelqu'un de New York, dit le brigadier. Il se tourna vers M. Eller. Et où est-ce qu'est passée cette drôle de plaque que tout le monde disait qu'il avait à la place des os, dans le crâne, depuis la guerre ?

Où est-ce qu'elle est passée ?

Eh bien, y a jamais eu de plaque. Comment est-ce qu'elle explique ça ?

J' crois qu'elle a jamais douté qu'y en avait une, ça lui serait même pas venu à l'esprit de se le demander. Elle était sûre qu'il en avait une dans le crâne, puisqu'il lui avait dit qu'il en avait une, et que c'était lui qui était dans ce sac-poubelle, du moment qu'elle avait décidé que c'était comme ça et pas autrement. M. Eller gonfla les joues et cracha sans bruit et la salive passa par-dessus le brigadier et retomba dans une boîte à café. M'est avis que vous devriez quand même dire un petit mot à vot' homme de main, dit-il.

De qui vous parlez ?

De Legwater.

C'est pas mon homme de main, dit Gifford. Et j'ai rien à dire à personne sauf quand je le juge nécessaire.

M. Eller regarda une mouche en vol, réfléchissant apparemment à quelque obscur problème d'aérodynamique. Bon, dit-il d'un ton conciliant, vous avez sans doute raison. Empêchez-le tout de même de faire l'idiot.

Gifford plissa des yeux soupçonneux. Quoi ? L'empêcher de faire quoi ?

De faire du camping dans la montagne. Avec sa pelle et son treillis de moustiquaire.

Il y eut une série de toussotements. Une caisse se renversa en grinçant.

Hum, dit Gifford, en se détachant du comptoir avec une nonchalance délibérée. Il sortit adroitement ses cigarettes d'une poche tendue à craquer. Puis : Qu'est-ce qu'il fait là-haut ?

M. Eller attendit le temps qu'il fallait pour que l'allumette passe par-dessus le comptoir. Puis il dit : Il cherche du platine, je crois. À moins qu'il tamise les cendres pour en faire du savon.

Legwater avait déjà passé trois jours dans la montagne quand on put enfin l'approcher d'assez près pour lui dire qu'il se trompait, que le type n'avait jamais eu de platine dans le crâne et qu'il perdait son temps, que tout ça était une erreur. La première nuit il avait allumé un feu et s'était assis devant avec son fusil de chasse appuyé contre un arbre et sirotait du café dans une tasse d'intendance en métal quand le chien arriva en chancelant dans la clairière de l'autre côté du feu et resta là avec sa tête aveugle qui se balançait de droite et de gauche comme une tête d'ours, son museau levé pour saisir ce que le vent pourrait lui apporter.

Te voilà toi ! s'écria Legwater, se redressant d'un bond, renversant son café. À nous deux ! dit-il, et il alla à l'arbre et saisit le fusil de chasse. Mais avant qu'il ait pu mettre en joue, le chien était reparti, absorbé sans bruit par l'obscurité. Legwater braqua le fusil sur la nuit et tira, puis écouta longtemps l'écho multiplié de la détonation et retourna auprès du feu et ramassa la tasse et la remplit à la cafetière, accroupi maintenant, le fusil de chasse appuyé contre son genou. Il écoutait, mais sans rien pouvoir distinguer. Il reposa la cafetière sur le petit rond qu'il avait confectionné avec des pierres et essuya le bord brûlant de la tasse contre sa lèvre. Le chien ne reparut pas. Quand il eut achevé le café il déroula ses couvertures, rechargea la chambre vide du fusil et s'apprêta à dormir.

Au petit matin il se réveilla, s'assit brusquement et regarda autour de lui. Il faisait encore sombre et le feu était mort depuis longtemps, encore sombre et silencieux d'un silence dont on eût dit qu'il écoutait, une paix sidérale où les planètes s'entrechoquaient sans bruit dans une tout autre dimension que celle de l'ouïe. Il était à l'affût. Au-dessus des noires rangées des arbres le ciel d'été sans nuages et froid d'étoiles. Il s'allongea de nouveau et le contempla et au bout d'un moment il se rendormit.

Quand il se réveilla le soleil était déjà haut. Il était encore allongé sur le dos et un épervier croisait dans le vide bleu sans profondeur. Il se mit debout et commença à marcher de long en large, le corps raide et mal reposé. Il partit en reconnaissance dans les bois et revint avec un fagot de branches mortes, les cassa sous son pied et bientôt il eut un feu qui flambait et du café qui chauffait. Quand le café fut prêt il resta un moment à souffler dans sa tasse ou à la changer de main quand elle le brûlait ou quand il trouvait une nouvelle piqûre de moustique à gratter. Il y avait un sac tyrolien de modèle militaire accroché à l'arbre près de ses couvertures et il sortit d'une poche des biscuits froids et les mangea. Puis il se mit à la tâche.

Les cendres dans la fosse avaient plus d'un pied de profondeur et le sol en était jonché. Il travailla toute la journée, rejetant des pelletées de cendres et remontant ensuite de la fosse pour les tamiser avec le treillis de moustiquaire qu'il avait apporté. En fin d'après-midi des garnements arrivèrent dans la clairière et restèrent un moment à le regarder. Il continua, soulevant de gros nuages de cendres. Les gosses ne tardèrent pas à faire des réflexions à haute voix. Il les regardait d'un œil mauvais, sans s'interrompre, passant les cendres au crible, examinant les fragments de bois de cèdre carbonisés. Au bout d'un moment ils commencèrent à ricaner. Il feignit de ne pas les remarquer, se comportant comme s'il accomplissait une tâche officielle. Sans succès.

Pourrait y avoir des dents en or, psalmodiait l'un des garnements. Une volée de ricanements fusa et s'interrompit. Legwater se redressa et les foudroya du regard. Ils étaient cinq, debout en rang serré à la lisière des arbres avec des figures grimaçantes. Il redescendit dans la fosse avec sa pelle. De temps à autre il tendait le cou pour regarder par-dessus le bord du trou et voir ce qu'ils faisaient, mais la troisième fois il y en eut un qui se mit à glouglouter comme un dindon et tous les gosses éclatèrent d'un rire perçant ce qui fit qu'il abandonna et s'efforça de ne plus regarder de leur côté. Il continuait de travailler avec la pelle. Au bout d'un moment il entendit un petit choc près de la fosse. Il leva les yeux mais les gamins étaient partis. Puis une pomme tomba à ses pieds dans les cendres avec un bruit mou. Il s'arrêta et tendit le cou. Comme il fallait s'y attendre, il en tomba une autre. Il nota sa trajectoire, sortit d'un bond de la fosse et saisissant au passage le fusil de chasse il s'avança d'un pas vif dans la direction d'où la pomme était partie. Il y eut des craquements dans les buissons. Une voix criait : Courez vite, les gars, courez ! Il va vous tirer dessus et vous scalper. Et une autre : Si t'as de l'or dans les dents t'es un homme mort. Il s'arrêta. Les bruits cessèrent. Sur la route, un peu plus bas dans la montagne, des rires sonores, des sifflets. Il se remit au travail. À la tombée de la nuit il n'était plus qu'une figurine de poussière grise – son visage, ses cheveux, ses vêtements, tout était du même ton monocolore. Il crachait des boules de mucus gris strié. Même les arbres près de la fosse semblaient pâles et épuisés.

Le chien revint à la nuit tombée. Il l'entendait trotter dans les feuilles, s'arrêter, repartir. Il avait mangé le reste de la nourriture qu'il avait apportée et put à peine dormir parce qu'il avait des crampes d'estomac. Il gardait le fusil de chasse dans la main et attendait que le chien entre dans la zone éclairée par le feu. Le chien ne s'approchait pas. Il finit par s'endormir avec le fusil posé en travers de ses genoux. Il était très fatigué.

Quand il retourna à la fosse le lendemain matin la première chose qu'il vit ce fut un vieux crâne de chèvre, la boîte crânienne bourrée de papier d'argent. Il le jeta avec dégoût et se mit au travail avec la pelle.

En fin d'après-midi sa faim s'était calmée et il avait déblayé la fosse dont le ciment nu était visible à une extrémité, noirci et incrusté d'une indéfinissable substance carbonisée qui s'effritait sous la pelle et présentait une teinte verdâtre en dessous.

Il travaillait plus vite maintenant, avec une énergie proche du désespoir à mesure que les cendres qu'il lui restait à filtrer diminuaient, quand Gifford apparut, tout essoufflé d'avoir gravi la colline. Legwater s'interrompit et le regarda approcher à travers la petite clairière, ses chaussures alourdies par la boue, son visage brûlant d'un rictus rouge. Quand il arriva à la fosse, Legwater s'appuya sur la pelle et le regarda. Alors, tu viens chercher ta part, on dirait ? Après que j'ai...

Espèce d'imbécile, dit Gifford. Nom de Dieu, quel crétin tu fais. Il était debout sur la bordure de ciment et contemplait le brave gendarme, hâve et fantomatique sous les cendres, contemplait les gros tas de cendre et le treillis de la moustiquaire, la couverture, le sac tyrolien, le fusil de chasse.

Tu crois ? fit Legwater.

Je le sais. C'était pas un héros de la guerre. C'est

même pas sûr que c'était lui, mais si c'était lui il a jamais eu de plaque dans le crâne.

Ça c'est à moi de le dire, dit Legwater, en se penchant avec la pelle à la main.

Gifford l'observait, s'éloignant un peu pour se mettre à l'abri du vent et de la poussière. Au bout d'un moment le brave gendarme sortit de la fosse et commença à entasser de nouvelles cendres sur le treillis, puis il agita la moustiquaire pour les tamiser, l'œil fiévreux, frénétique nécromancien cherchant à deviner d'urgence le sort de galaxies entières pour se préparer à leur imminente destruction. Le brigadier alluma une cigarette et s'adossa à l'arbre.

Legwater rejeta deux autres pelletées de cendre et les passa dans son tamis et quand il eut de nouveau disparu dans la fosse Gifford l'entendit gratter, mais sans faire de bruit de pelle. Il se pencha et regarda en bas. Legwater était à quatre pattes et examinait soigneusement le sol dénudé de la fosse, grattant ici et là avec le bout de la pelle. Finalement il s'arrêta et leva les yeux. Ce p'tit salaud a menti, dit-il. C'est lui qui l'aura prise, ce petit salaud de menteur.

Allons-nous-en, Earl.

Faire ça à son propre père, disait le brave gendarme.

Gifford repartit vers la route, marchant d'un long pas d'homme écœuré. Arrivé aux pommiers il se retourna. Legwater était debout dans la fosse, seule sa tête dépassait. Il regardait fixement devant lui.

Alors, dit le brigadier.

L'autre regardait toujours devant lui du même regard fixe.

Alors ! cria Gifford.

Legwater tourna la tête et lui lança un regard hébété, l'expression incrédule et vide commune aux victimes d'une tragédie, d'un désastre et d'une faillite.

Tu veux rentrer en voiture, oui ou non ?

Il remonta de la fosse et commença à marcher vers le brigadier, puis il pressa le pas, courant presque, tenant toujours dans sa main la pelle qui rebondissait derrière lui. Gifford attendit qu'il l'eût rejoint pour le renvoyer chercher le fusil de chasse et le matériel de camping.

Ils redescendirent ensemble par la route du verger, leurs pas s'enfonçant dans la poussière rouge, le brigadier marchant de sa démarche chaloupée, et le brave gendarme, l'air hagard, ses yeux noirs ensommeillés fumant presque, sinistre apparition avec le fusil de chasse et la pelle qui pendaient à ses flancs entre ses maigres griffes. Gifford portait sans effort le sac tyrolien et la couverture et jetait parfois un regard de biais sur Legwater, l'observant avec pitié ou avec dédain. Ils n'échangèrent pas une parole jusqu'à ce qu'ils aperçoivent le chien et à ce moment-là ils étaient déjà presque à la route, au dernier tournant au-dessus de la barrière. Ils l'avaient dépassé et même pendant les quelques instants où il lui fut donné de le voir vivant Gifford fut frappé par sa contenance. Le chien marchait dans les ornières avec une exotique délicatesse, comme un chien de cirque sur une corde, la tête rejetée bien en arrière, le nez presque perpendiculaire, de sorte que Gifford leva instinctivement les yeux pour voir quelle menace venait de surgir du ciel. La pelle tomba sur la route avec un bruit mat et quand il tourna la tête il n'eut que le temps de voir Legwater sursauter sous le choc du recul et de sursauter lui aussi à l'instant où le canon du fusil tonna contre son oreille. Il fit volte-face et vit le chien bondir en avant, la tête toujours très droite, virer sur le côté et se coucher dans la poussière de la route.

Les vitres manquaient aux étroites fenêtres à part ici et là un morceau ou un coin de verre déchiqueté qui tenait encore dans les châssis taillés à la main. Les bardeaux du toit gisaient en janelles sur les larges planches du grenier et la maison n'abritait que des courants d'air.

Des derviches de feuilles ratissaient la cour et dans le vent les chênes ployaient et grinçaient, et dans le vent même la maison en ruine suspendue entre les cheminées de pierre semblait donner de la bande. Les portes étaient ouvertes et le vent soufflait par rafales dans le salon, agitait les feuilles échouées sur le plancher de la cuisine et secouait les toiles d'araignée accrochées aux encoignures de la fenêtre. Il n'alla pas au grenier. Les pièces du bas étaient poussiéreuses et vides et tout à fait étrangères à part de vieux vêtements en loques à demi familiers. Il retourna dans la cour et resta un moment tranquillement assis sous un arbre. Regarda un oiseau aquatique glisser sous la ligne d'ombre de la montagne, captant au creux de ses ailes les rayons obliques du soleil, suivre la longue courbe sur sa voilure immobile au-dessus des arbres en direction de l'étang pour regagner les chaudes eaux noires. Il le regardait descendre. Qu'est-ce qui attirait son oreille ? Un mince et grêle crissement de plume, une ombre qui passe, rien. La lumière explosait en frêles récifs à travers la masse sombre des nuages à l'ouest. De vieilles feuilles sèches frémissaient, fragiles et flétries comme d'anciennes voix, passaient rigides à travers la cour, ballottées comme de minces coquillages s'enfonçant dans la mer, ou tournoyaient, antiques parchemins qui s'enroulaient sans message à révéler.

Le jeune Rattner acheva sa cigarette et retourna à la route. Un Noir d'un grand âge passa, haut perché sur le siège d'une charrette, somnolent au rythme des sabots du mulet mal ferré cliquetant sur l'asphalte déformé. Autour de lui les grandes roues tournaient et oscillaient sur d'erratiques paraboles de pièces de monnaie projetées d'une chiquenaude et déroulaient leurs circonférences comme si rien ne les rattachait à la charrette et que c'était par pur hasard qu'elles roulaient ainsi dans cette quadruple symétrie. Il traversa la route pour leur faire place et ils passèrent lentement, laborieusement, comme s'ils subissaient la force d'une insolite et déraisonnable pesanteur. Le mulet rompu et minable, la charrette, l'homme... Ils continuèrent le long de la route, les roues oscillant sur les essieux, les jantes crissant et grinçant sur des rayons qui ne tenaient plus..., passèrent en miroitant dans les ondes de chaleur qui montaient de la route, leur image pâle et floue s'estompant au loin.

Il les suivit, continuant vers le carrefour des Trois-Routes. Arrivé en haut de la colline il fit halte et regarda en arrière et aperçut le toit de la maison vert foncé sous la mousse, ou béant et noir par endroits là où il s'était affaissé. Mais de toute façon ça n'avait jamais été sa maison.

Le soir. Les morts enfouis dans la croûte terrestre et tournant selon le lent diurnal de la roue terrestre, en paix avec les éclipses, les astéroïdes, les poudreuses novas, leurs os tachés de moisissure et la moelle captive changée en pierre fragile, tournant, leurs doigts enchevêtrés de racines, ne faisant qu'un avec Toutankhamon et Agamemnon, avec la semence et les naissances à venir.

C'est comme d'avoir son nom dans le journal, pensa-t-il, en lisant l'inscription :

Mildred Yearwood Rattner
1906-1945
Si tu les offenses et qu'ils crient vers moi
j'écouterai leur cri
Exode.

La pierre s'arrogeant déjà en ces trois brèves années une apparence grise et intemporelle, avec une glaçure de mousse et de nids de petits râles d'eau marron, l'anneau de fil de fer rouillé suspendu par-dessus n'importe comment avec ses lambeaux de feuillage sales et chiffonnés. Il étendit le bras et caressa la pierre doucement, un geste, comme s'il voulait peut-être évoquer une image, retrouver une allégeance à un nom, à un lieu, des souvenirs hallucinatoires où les visages se confondaient inextricablement, vrais et immuables pourtant ; il la toucha, une pierre ciselée moins réelle que l'odeur de la fumée du bois ou la saveur du vin chez un vieil homme. Et il ne cherchait plus à savoir ce qui avait vraiment eu lieu et ce qui n'était que rêvé.

Les jambes de son pantalon étaient trempées et lui collaient aux chevilles. Il s'assit sur le petit carré de marbre et enleva une chaussure, tâtant sa chaussette pour voir si elle était mouillée, se reposant comme pourrait le faire un quelconque passant. À travers les herbes hautes, d'au-delà les ruines de la clôture de pieux métalliques pointus, lui parvenait le déclic des feux de circulation installés au carrefour. Une voiture sortit des arbres à sa droite et s'arrêta. Il y avait un homme et une femme à l'intérieur. La femme le regarda par-dessus les épaules de l'homme puis se tourna vers son compagnon. Tous deux le regardèrent. La boîte cliqueta. Il leur fit signe de la main et l'homme tourna la tête, vit le feu vert et démarra, l'ovale blanc du visage de la femme continuait de l'observer. Alors il lui fit de nouveau signe juste au moment où la voiture disparaissait derrière une haie, les roues faisant gicler une fine écume sur la chaussée.

Il resta assis là un moment, se frottant le pied avec des gestes absents, sifflotant à mi-voix. Vers l'ouest une épaisse nappe de nuages hâtait la venue du soir. Il y avait déjà des lucioles. Il remit sa chaussure et se leva et commença à marcher vers la clôture, sur l'herbe mouillée. Les ouvriers étaient partis, laissant derrière eux leur sciure de bois et leurs copeaux, la face blanche de la souche captant l'ultime lueur filtrant de l'obscurité qui tombait. Le soleil perça le dernier gradin de nuages, ensanglanta les arbres ruisselants, teinta les pierres d'un délicat badigeon de couleurs, comme si l'air lui-même avait été changé en vin. Il franchit le trou de la clôture, laissant derrière lui les pieux de fer brisés et partant vers la route de l'ouest, la pluie continuant de bruiner doucement et les promontoires gagnés par la nuit aspirant les restes du jour, héraldiques, avec leurs bannières de feu, les mignons en fuite éparpillant leurs ombres dans le sillage du soleil.

Ils sont partis à présent. Enfuis, bannis dans la mort ou l'exil, perdus, défaits. Sur la terre, le soleil et le vent reviennent encore brûler et secouer les arbres, l'herbe. De ces gens rien ne demeure, aucun avatar, aucun descendant, aucun vestige. Sur les lèvres de l'étrange race qui habite ici désormais leurs noms sont mythe, légende, poussière.

RÉALISATION : GRAPHIC HAINAUT À CONDÉ-SUR-L'ESCAUT

CPI Bussière

Cet ouvrage a été imprimé en France par
CPI Bussière
à Saint-Amand-Montrond (Cher)
en juillet 2009.
N° d'édition : 38207-3. - N° d'impression : 91080.
Dépôt légal : octobre 1999.